은밀한 ──── 선언

장편소설
은밀한 선언

초판인쇄 2020년 5월 25일

초판발행 2020년 6월 5일

지은이 김정주

펴낸이 공홍

펴낸곳 케포이북스

출판등록 제22-3210호

주소 서울시 서초구 반포대로14길 71, 303호

전화 02-521-7840

팩스 02-6442-7840

전자우편 kephoibooks@naver.com

값 15,000원

ISBN 979-11-88708-08-6 03810

ⓒ 김정주, 2020

김정주
장편소설

은밀한 ——

—— 선언

케포이북스
KEPHOI BOOKS

차례

샌드백, 저것은 치라고 있는 것. 맞고 또 맞으라고 있는 것.

붉은색 라이트가 샌드백 위로 떨어진다. 스모그가 무대 중앙으로 스멀스멀 퍼진다. 박수소리인지 응원의 함성인지 야유 섞인 고함인지 모를 소리가 웅성웅성 밀려나온다. 스모그와 소리 다발이 용케도 분위기를 합성시킨다.

양복을 쪽 빼입은 남자가 스모그 안으로 들어온다. 걸음걸이가 딱딱하다. 보일 듯 말 듯 절기도 한다. 긴장을 했나?

양복쟁이가 샌드백에 거수경례를 한다. 딱딱 각을 맞추는 저 동작, 제법이다. 저런 포즈엔 새까만 선글라스를 써야 핏이 사는데.

양복쟁이가 샌드백을 쓱쓱 쓰다듬는다. 알코올 솜으로 주사 놓을 자리를 닦듯 기계적이다.

양복쟁이가 샌드백을 치기 시작한다. 퍽퍽, 퍽퍽, 샌드백은 터지지 않는다. 양복쟁이의 팔다리도 멀쩡하다. 땀 한 방울 흘리지 않고 얼굴빛도 달아오르지 않는다. 오랫동안 훈련하지 않고는 나올 수 없는 저 자세, 훌륭하다.

양복쟁이가 샌드백에 대고 거수경례를 한다. 작업 종료의 인사, 깔끔하다.

양복쟁이가 들어가자 드레스를 입은 여자가 나온다. 어느 외국 영화에 나왔을 법한 흑자줏빛 드레스. 색과 선의 파짐이 압도적이다. 노력은 가상한데 섹시해 보이진 않는다. 연출가의 의도인가?

여자가 드레스 자락을 활짝 펼치더니 샌드백에 대고 배꼽인사를 한다. 여자는 애인을 애무하듯 샌드백을 어루만지며 몇 바퀴를 돈다. 애정의 과도함이 어울리지도 않게 손끝에서 흘러내린다.

여자가 샌드백을 부둥켜안더니 샌드백에 입을 맞춘다. 저런 입맞춤도 있었나.

여자는 입맞춤을 끝내자 신고 있던 하이힐로 샌드백을 지기 시작한다. 힐의 굽이 샌드백을 찍는다. 박수소리인지 응원의 함성인지 야유 섞인 고함인지 모를 소리가 무대를 채운다. 여자 역시 땀 한 방울 흘리지 않는다. 덕지덕지 칠한 분장의 효과가 아닌 다음에야.

여자가 샌드백을 향해 드레스 자락을 펼치며 한쪽 다리를 반으로 접는다. 실컷 팼으니 예의라도 차리시겠다?

여자가 드레스 자락을 사뿐 들더니 무대를 떠난다.

저런 연출은 시니컬한 듯하나 시니컬하지 않다. 차라리 탕! 탕! 탕! 드르륵 드르륵!

슬그머니 자리에서 일어난다. 문 쪽을 향해 가는 동안 몇 안 되는 관객이 눈에 들어온다. 따분하다는 표정이 역력하다. 연출가는 소극장 앞에서 공짜표를 나눠준 게 틀림없다. 시간 때우기용조차 무가치한 티켓.

무대엔 어느새 유치원생으로 보이는 소년과 소녀가 나와 있다. 아이들은 쌍둥이처럼 같은 키에 같은 몸집이다. 사내놈은 검정색 양복 재킷에 검정색 반바지, 흰 타이즈, 반짝이는 검정색 에나멜 구두를 신고 있다. 계집애 또한 검정색 짧은 드레스에 흰 타이즈, 검정색 에나멜 구두를 갖추었다. 연주회에 나가다 들렀나? 모델 사진을 찍으러 가다 왔나?

아이들이 서로를 돌아보며 빙싯빙싯 웃는다. 입가 근육만 늘이는 저런 웃음, 기술적이다. 저런 웃음도 실력이니 연출가의 의도는 어느 정도 성의가 있어 보인다.

아이들은 언제 들고 왔는지 하드를 쪽쪽 빤다. 아주 맛있다는 표정을 짓지만 저 표정 역시 근육만 씰룩인다. 연습 많이 했네.

사내놈이 샌드백에 대고 하드를 먹으라는 시늉을 한다. 계집애도 사내놈이 하는 짓과 똑같이 한다. 돼먹지 않은 짓거리들.

아이들이 샌드백에다 하드를 칠한다. 고름 같은, 누렇고 찐득한 액이 샌드백을 타고 흘러내린다. 구역질나는 꼬락서니들.

사내놈이 샌드백을 치기 시작한다. 손으로 발로 머리로 닥치는 대로 친다. 계집애도 꼬집거나 깨무는 시늉을 한다. 거친 숨소리도 들뜬 표정도 없는 장난질. 함성인지 야유인지 모를 음이 조금 더 커진다.

갑자기 멀미 같은, 미열이 오른다. 문을 열고 밖으로 나온다. 덥지도 않은데 몸이 축축하다. 심호흡을 한다. 가슴 저 밑, 혹은 뇌의 저 깊은 어디쯤이 조금 열린다.

서너 계단을 내려온다. 누군가 어깨를 친다. 찜찜해 보이는 얼굴이 반갑다는 듯이 웃는다. 저 얼굴 또한 극의 한 부분을 옮겨놓은 듯 튜닝 냄새가 물씬거린다.

두하는 내 아래 위를, 본인도 모르게 스캔한다.

"끝도 안 보고 나오기냐?"

나는 입구 쪽으로 가며 시큰둥하게 대꾸한다.

"시나리오도 안 쓰고 올렸을 극을 끝까지 보기를 바랐나 보네?"

두하의 얼굴이 일그러진다. 저런 얼굴은 오래 보면 안 된다. 마음이 표정에 잡혀 주먹을 날리게 된다.

두하는 흔들리는 목소리를 애써 추스른다.

"끝까지 보지도 않고 그런 소리 하면 징역 간다."

나는 우뚝 멈춰 서서 두하가 아닌 입구 쪽으로 고개를 튼다.

"아무리 데뷔 무대라지만 저건 아닌 거 같다. 딱 봐도 편협에다 히스테리가 질척인다. 미치게 갑갑하고 환장하게 지루하고 딱할 정도로 피곤에 절어 있어. 엄청난 은유인 것처럼 굴지만 누구나 짐작할 수 있는 은유는 은유가 되지 못해."

두하는 곧 울음이 터질 듯한 얼굴로 나를 쏘아본다. 극과는 대단히 상반된 표정이 무슨 까닭에선지 즐거워진다.

은밀한 선언

두하는 허옇게 굳은 얼굴을 감추려는 듯 수염도 없는 턱을 쓱쓱 문댄다.

"이해…… 한다 네 말."

전혀 이해하지 못하는 표정과 말이 좀 전에 본 극의 일부분으로 떠오른다. 쪼다새끼. 저러니 저런 극밖에 못 올리지. 그러지 말고 이 자리에서 날 패봐라. 그래야 좀 된다 하는 극을 올릴 수 있지 않겠니. 이해가 뭔지도 모르면서 이해한다고 우기는 자식들, 짜증이 솟는다.

소극장을 나온다. 햇빛과 공기가 그럴 수 없이 상쾌하다. 이런 날씨에 나는 왜 이렇게 독이 올라 있나. 상대를 할퀴고 나 자신을 할퀴어야 할 만큼 모든 것에 진저리를 치고 있나.

배고픈 자처럼 허겁지겁 사람들 속으로 들어간다.

횡단보도 앞, 녹색등이 켜진다. 녹색등 안에 십칠이라는 숫자가 뜨고 사람들이 길을 건넌다. 횡단보도를 건너며 십칠에 눈을 박는다. 십육 초, 십오 초, 십사 초, 십삼 초…… 나는 십칠 초 안에 이 길을 건널 수 있을까.

인도에 올라선다. 녹색등 안의 숫자는 일. 나는 기어이 십칠이라는 숫자를 넘어 길을 건너고야 말았다.

횡단보도 바로 앞에 있는 카페로 들어간다. 날씨가 좋아서인지 사람은 많지 않다. 아메리카노를 주문하고 창가 자리에 앉는다.

투명 유리 밖에는 길을 건너고, 건너길 기다리고, 다시 건너고,

또 건너길 기다리는 사람들이 있다. 그들은 뭔가를 향해 부단히 걸음을 옮긴다. 십칠 초는 반복적으로 켜졌다 꺼졌다 하고 사람들은 십칠 초, 그 안에 도착하려 걸음을 빨리한다. 누군가가 정해버린 규칙 아닌 규칙에 따라야 하는 게 보행자들의 임무라면 보행하기는 너무도 쉽다.

무선 진동 벨이 부르르 진동음을 토해낸다. 십칠 초, 그것이 한 번, 또는 몇 번인가 꺼졌다 켜졌는지 모를 시간에 아메리카노 한 잔을 받아든다. 속도를 조절해야 할 필요는 없다. 모든 건 타인과 기계와 기관이 알아서 한다.

두하의 속도는 이제부터다. 극을 올린 것으로 데뷔했으니 앞으로 연극연출가라는 타이틀을 받게 될 것이다. 타이틀을 달고 나면 두하는 행복해질까. 헤드기어와 글러브와 마우스피스를 끼고 샌드백을 쳐야만 할 일이 생기는 건 아닐까.

헐떡대야만 하는 게 두하의 행복이라면 말릴 수 없다. 행복은 따뜻하고 정중하기만 한 건 아니니까. 극에 나왔던 인물들처럼, 차렷 자세로 상대를 존중하는 척하며 주먹을 날릴 때의 기쁨 또한 별다르다면 별다른 행복에 속할 테니까. 그들은 예의를 다했지 아마? 그 정도면 펀치 솜씨도 괜찮았어. 스테핑이나 무브 어라운드도 없이 치기만 하는 것도 쉬운 일은 아니지. 대신 동요라도 불어줄 걸 그랬나? 아니, 탕! 탕! 탕! 드르륵 드르륵!

멀미 같은, 미열이 다시 오른다. 횡단보도 앞에 선 사람들은 녹색등의 숫자를 보지 않는다. 앞만이 최고의 가치인 양 모두가 차렷 자세다. 저런 자세는 훈련 없이도 나올까, 훈련을 받아야만 나올까.

저들에게 횡단보도가 아닌, 십칠 초가 아닌, 무한한 시간과 공간을 던져본다. 저들은 당황한다. 기계나 기관 없이는 그 무엇도 할 수 없다고 주저거린다. 주저거림이 하늘을 찌르기도 전, 기계와 기관은 알아서 친절을 베푼다. 세련된 테크놀로지로, 그에 맞는 테크니컬한 솜씨로 토막토막 세분화한다. 사람들은 잘 분리된 프로그램에 감사하며 기계와 기관을 추앙한다. 그런데 참 착한 사람들이네.

카페를 나온다. 오늘의 날씨는 기상캐스터가 만들었는지 귀여우면서도 우아하고 천진하면서도 느낌이 들어 있다.

느닷없이 슬픔 같은, 그렇게밖에 부를 수 없는 어떤 것이 차오른다. 서서히 수조에 물이 차듯 심장인지 자궁인지 모를 저 어디쯤에서 물큰한 것이 북받친다.

뜬금없게도, 우리는 우산 없이도 비를 맞을 수 있을까 하는 생각이 난다. 이 생각은 오래전부터 있어왔던 것 같기도 하고 아닌 것 같기도 하다. 오래전이라면, 그때 나는 무엇을 하고 있었나. 횡단보도를 건너고 있었을 테지. 아니면 건너려 기를 쓰거나, 건너지 못해 바라보고만 있거나. 이런 따위는 이롭지 못한 생각의 생각의 더빙. 두하의 극과 같은 영혼 없는 동작의 동작과도 같은 디지털 코드. 그렇지만 다 지나간다. 지나가지 않음 새것이 올 수 없잖아. 저 십칠 초쯤, 다 지나간다고.

나는 지나간다. 내 옆을 지나가는 사람을 지나가고, 나를 지나가게 하는 이 길을 지나간다. 이런 단순 행위가 십칠 초를 지나가게 하느냐 하면 그렇지는 않다. 당장은 관 바닥에 누운 것이 아니니 잠시나마 마음을 달래보는 정도.

관 속에선 안전띠가 필요하지 않다. 관 밖에선 안전띠가, 절대적으로 필요하다. 나처럼 독설의 안전띠를 매거나, 두하처럼 무척추의 안전띠를 매거나, 엄마처럼 허영의 안전띠를 매거나, 엄마의 그 놈처럼 두 얼굴의 안전띠를 매거나, 출판사 편집장처럼 빈 콧대의 안전띠를 매거나.

안전띠는 안전하지 않다. 펑펑 내린 눈이 사물을 덮어버리듯, 안전이라는 단어로 눈속임을 한다. 눈이 녹으면 추한 게 드러나는 것처럼 안전띠만 풀면 거지발싸개가 드러난다. 그러니 잠시라도 안전띠가 없으면 안 된다, 관 밖의 것들에겐.

나는 독설로 가득 찬 몸뚱이를 움직인다. 내 몸은 허수이기도 하고 실수이기도 하다. 허수와 실수는 끊임없이 다툰다. 다툼이란 살아있기에 가능한데, 살아있다는 건 그렇게 대단한 일인가? 대단하긴 대단하다. 두하처럼 자신을 극에 투사시킬 줄 아니 그렇다. 출판사 편집장처럼 자신을 뭐나 되는 것쯤으로 아니 그렇다. 엄마처럼 명품 백이나 기차다는 옷을 아끼니 그렇다. 엄마는 히틀러와 자신의 안위에만 관심이 있던 에바 브라운과 같다, 똑같다.

나치 당원도 아니고 정치에 간섭하지도 않고 그저 휴양지와 옷과 화장품에만 열중하던, 미친, 미쳐버린 에바 브라운. 그녀를 사모할 걸 그랬나.

모른 척하는 것이야말로 최고의 안전띠다. 위험하다 싶으면 반응을 멈추는 동물들처럼, 정지와 침묵은 자신을 보호하는 또 하나의 안전장치이기도 하다. 나는 그 그룹에서 겨우, 적자생존을 이어간다. 적자생존자에겐 안전띠보다 더한 안전띠가 필요하다. 안전띠를 능가할, 방탄복쯤이 아닐까. 그렇지, 탕! 탕! 탕! 드르륵 드르륵! 방탄복이 있는 곳으로 가야겠다.

·　·　·

사격장엔 방탄복만 있는 게 아니라 방탄복과 짝을 이루는 총과 총알도 많다. 사격장 유리 전시실에는 길거나 조금 짧거나 아주 짧은 총신들이 있다. 저것들은 움직일 줄 모르는 사물이나 잠시 움직임을 멈춘 관능의 몸이기도 하다. 격발하는 순간에 떠오르는 영상들, 소리의 관절들, 반동의 떨림은 고혹적으로 나를 마비시킨다. 나는 마비가 필요한가? 안전띠같이 깔짝깔짝대는 따위는 성에 차지 않는가?

나는 갱들처럼 무자비한 모종의 잔인성을 원한다. 사격장에서 할랑할랑 총소리나 즐기는 얄팍한 즐거움인 아닌, 더 큰, 더 실제

적이고 확실한, 증거물이 될 만한 파괴를 원한다. 이게 잘못인가? 잘못이라고 한다. 교육을 잘 받은 이들에겐 그렇게 보이는 것도 무리는 아니다. 무리든 아니든 나는 나를 원한다. 내가 그 무엇도 아닌 나를 원한다는데 뭐가 문제지? 나는 기껏해야 피스톨을 즐기는 것뿐인데.

안내 데스크로 가 회원카드를 내민다. 여직원은 오셨냐며 딴엔 아는 체를 한다. 그동안 인사도 없이 사무적으로 대하기만 한 걸 감안하면, 살짝 미소까지 띠는 건 놀라운 변화다. 나는 두하가 말했던 것처럼 그런 너를 이해…… 한다. 사실 두하가 말했던 "이해…… 한다 네 말"은 '이해…… 한다 네 심보'라는 뜻이다. 여직원이 나를 대하던 그 심보와 흡사한 심리 상태.

몇 번인가 나를 지도해 준 안전요원이 다가온다. 그를 따라 사격실 앞으로 간다. 안전요원이 오늘은 어떤 걸로 하겠냐고 묻는다. 나는 잠시 총신들을 바라보다 스미스&웨슨60으로 정한다.

사격장에 올 때마다 피스톨을 바꾼다. 어느 땐 타우루스85로, 어느 땐 스미스&웨슨M629로, 사격장에 비치된 피스톨을 하나씩 써 본다. 총은 생긴 모양대로 소리며 진동, 발사의 느낌이 제각각이다. 같지만 다른 것, 기분을 신선하게 역류시킨다.

안전요원이 방탄조끼를 내민다. 방탄조끼는 안전을 보장하나? 방탄복이 안전띠보다 안전하다고 말한 건 거짓이다. 나는 안전을 바라지 않는다. 그렇다고 안전하지 않은 것을 기웃대는 건 아니다. 어차피 산다는 건 불완전하고 불안전하다.

방탄조끼를 입고 노란색 고글을 받아 쓴다. 이 고글은 행여 있을지도 모를 불상사를 막아주겠다는 약속이다. 약속을 믿는다. 믿는 만큼 믿어지지 않기도 한다. 이런 말은 말장난이다. 말장난이 하고 싶은가? 하고 싶다. 수조에 차오르는 물처럼, 먹먹하게 차오르는 이런 감정 나부랭이를 도무지 주체할 수가 없다. 더 나쁜 건 주체하기 싫어진다는 거다. 이건 불행하거나 부패한, 일종의 유독 가스다. 피스톨은 다르다. 지독히도 현실적이며, 정체 모를 불안과도 같은 느꺼움을 기꺼이 토해낸다. 달래주는 게 아니라 확실하게 쏴버린다.

사격실로 들어간다. 이곳에 들어올 때마다 관 속에 들어온 느낌이 든다. 회색 빛 방탄벽, 발사 지점부터 맞은편 벽까지 죽 걸린 굵은 와이어들, 나와 안전요원만이 들어갈 수 있는 칸막이, 결코 밝다고 할 수 없는 조명. 나는 이 공간에서 살아있음에 환호하며 환멸한다.

헤드셋을 쓴다. 안전요원이, 가져온 탄알을 피스톨에 장전한다. 나는 사격실 옆에 걸린 타깃의 종류를 눈으로 훑는다. 안전요원이 오늘은 어떤 타깃으로 할지 묻는다. 나는 남자 모양의 타깃으로 할까 하다 하트 모양을 택한다. 사격을 할 때마다 피스톨을 바꾸듯 타깃 역시 여러 종류를 하나씩 써본다. 타깃은 하나가 아닌 다수가 아닌가.

피스톨을 받아든다. 스미스&웨슨60은 다른 피스톨에 비해 가볍다. 가볍지만 묵직한 느낌이야말로 피스톨만이 주는 가치다. 긴장감이 슬슬 차오른다. 이런 긴장감은 늘어진 정신을 자극하는 값진 향신료다. 나는 이 향신료에 중독되어 간다, 갔다.

오른손으로 피스톨을 잡고 과녁을 향해 팔을 뻗는다.

안전요원은 사격할 때의 자세나 주의할 점을 따로 설명하지 않는다. 나는 이 사격장의 단골손님이다. 안전요원과 나는 피차 익숙해져 농이라도 칠 법하건만 그 어떤 말도 나누지 않는다. 적어도 두하와 나와의 관계, 엄마와 엄마 남자와의 관계, 나와 엄마와의 관계와는 다르다. 그저 그렇게 총을 주고, 쏘는 걸 옆에서 지켜보고, 표적을 확인해주면 그만이다.

안전요원이 몇 미터로 잡을까 묻는다. 저 하트 모양의 타깃을 맞추려면 몇 미터가 좋을까. 다섯 발 다 맞추려면 처음 총을 잡아보는 사람들이 택하는 칠 미터 거리가 적당하다. 나는 최대 거리 십오 미터를 잡고 쏜 지 꽤 됐다. 피스톨의 종류나 타깃의 모양을 바꾸듯 거리도 바꾼다. 이번엔 칠 미터.

사격은 베스트 드라이버가 초보 운전을 하기 어려운 것과는 달리 언제든 초보로 돌아갈 수 있다. 안전요원이 와이어에 매단 타깃을 당겨 칠 미터 전방에 놓는다. 왼손으로 오른손을 받친 후, 총신에 붙은 가늠쇠와 가늠자를 타깃에 일직선으로 맞춘다. 드디어 엄마와 엄마의 남자가 일직선상에 놓인다. 십칠 초, 십육 초, 십오 초, 십사 초…… 하트 모양의 타깃은 사랑에 구멍이 날까 벌벌 떤다. 사랑은 예민한 것, 벌벌 떨 만도 하지.

호흡을 멈추고 방아쇠를 당긴다. 총성이라는 단어가 생생한 몸으로 헤드셋을 뚫고 들어온다. 그뿐이면 시시하다. 백혈구와 적혈구가 용솟음치고 경동맥은 자지러진다. 이런 충격이야말로 내겐 안전한 믿음이다. 총알은 타깃을 향했을 테고 커다란 하트엔 구멍이 났을 테니 그래야 하지 않나? 사랑이라고 속고 속이는 하트 모양에 불과한 것들은 피스톨도 과분하다.

다시 칠 미터 앞 타깃을 조준한다. 내 몸은 진지해져 간다. 눈은 타깃을 향해 화들짝 열리고 십칠 초, 십육 초, 십오 초, 십사 초…… 균형을 잡으려 몰두한다.

몰두하는 이 순간은 한마디로 설렘이다. 설렘이 격하게 마음에 든다. 비웃고 싶은데 비웃지 못할 때, 격려하고 싶은데 격려하지 못할 때, 무시하고 싶은데 무시하지 못할 때를 무시하며 나를 그럴싸하게 위장시킨다.

자, 때가 왔다. 거침없이 독설을 뱉듯 방아쇠를 당긴다.

탕!

피를 쏟으며 쓰러지던 아빠는 무엇을 보았나. 그때 내 눈은 어디로 향했나. 그때 그 남자는, 엄마는 무엇을 했나. 이것은 총성이 만든 픽션. 아니, 논픽션.

멀미 같은, 미열이 다시 오른다. 팔을 내리고 심호흡을 한다. 아전요원이 좀 쉬었다 하는 게 좋겠다는 눈빛을 던진다. 이제 세 발째, 단호히 타깃을 향해 팔을 뻗는다. 안전요원이 예의 나를 주시한다. 실탄이 장전된 총을 가졌으니 왜 안 그럴까.

하트는 겨우 칠 미터 앞. 타깃을 향해 차분차분 눈으로 걸어간다. 십칠 초, 십육 초, 십오 초, 십사 초…… 까짓, 저런 것쯤이야. 나는 새내기 연극연출가가 아니다. 팔 초, 칠 초, 육 초…… 피스톨의 무게가 뜻하지 않게 버거워진다. 총신을 받친 손에서 힘이 새어나간다. 일직선으로 뻗은 팔이 조금 흔들린다. 심호흡을 하고 눈을 감았다 뜬다. 아메리카노 한 잔이 나오길 기다릴 때처럼 여유롭게, 가늠쇠와 가늠자와 타깃이 일직선이 되도록 맞춘다.

일직선, 지금이 쏠 때. 그대로 방아쇠를 당긴다. 당기는 순간 몸의 에너지가 쑥 빠져나간다. 탄피가 고글 표면을 치며 발밑으로 떨어진다. 장난감처럼 생긴 노란색 플라스틱 조각이 우습게도 안전을 책임진다. 안전했던 만큼 나의 격발은 하트, 그 사랑을 찢지 못했다.

다시 총을 잡는다. 하트 모양의 타깃이 격렬하게 섹스한다. 저 가짜들, 각본대로만 움직일 줄 아는 저 모조품들. 사랑과 진심을 모욕하는 저 냉혈한들. 나는 거짓을 향해 총구를 겨눈다.

탕!

총알의 매끄러운 유선형이 직선으로 난다. 온몸에 날카로운 칼날을 꽂고 숨넘어가게 공기를 찢는다. 이것은 피스톨과 표적의 암

거래, 무척이나 괜찮은 패러다임.

가짜들은 총을 맞고 섹스를 멈춘다. 현기증이 너울거린다.

안전요원이 와이어에 걸린 타깃을 잡아당긴다. 하트 정중앙엔 한 개의 구멍이 찢겨 있고 바로 그 옆에도 한 개의 구멍이 나 있다. 하트 모양을 따라 중앙에서 바깥쪽으로 일정한 간격을 이룬 선 안엔 숫자 구, 팔, 칠, 육이 있고 팔에 구멍이 나 있다.

다시 피스톨을 잡는다. 남아 있는 탄알로 무엇을 할 수 있을까. 행여, 진실을 찾고자 한다면 어리석다. 진실은 천지사방에 널려있다. 안전띠를 매거나 매지 않거나, 우산 없이 비를 맞거나 피하거나, 총을 맞거나 쏘거나, 그 모든 게 진실인 바에야.

남은 총알을 되는 대로 쏜다. 가늠자와 가늠쇠와 타깃이 협력하지 않아도 되는 이 진실, 실탄과 함께 날아간다. 사수는 형편없고 하트는 그런 사수를 비아냥댄다.

안전요원이 타깃을 당겨 내게 건넨다. 두꺼운 캔트지로 된 타깃을 들고 안내 데스크로 간다. 여직원이 타깃의 구멍을 점검하더니 붉은 색연필로 점수를 매긴다. 팔십팔 점.

여직원이 캔트지를 둘둘 말아 고무줄을 끼운다.

"오늘은 컨디션이 별로였나 봐요. 점수가 첫 사격 때처럼 나왔네요. 그동안 쭉 명사수였댔는데."

큭, 내가 명사수였단다. 명사수라는 걸 알았다면 달라진 게 있을까? 명중률이 좋다는 피스톨을 사러 필리핀이나 미국행을 꿈꾸었을 수도. 총기 소지가 가능한 나라를 검색하며 시간을 때우고 있었을 수도. 아빠처럼 관자놀이에 총을 누르며 눈에 핏발을 세우고 있었을 수도. 지금처럼 실탄 사격장에서 깨작깨작 총질이나 하는 따윈 일찌감치 버렸을 수도.

둘둘 만 타깃을 북북 찢어 버린 후 밖으로 나온다. 사람들, 가벼운 옷차림들, 번화한 상점들, 도로를 빡빡하게 메운 차들. 부러울 것 없어 보이는 것들이 왠지 뒤틀린다. 나는 나사가 빠져 있거나 더 박힌 게 틀림없다.

처음 두하를 만났을 때가 그렇다. 그 일은 나사가 빠져 있거나 더 박혀야만 일어날 수 있는 발작이다.

도착한 지하철을 타러 뛰는데 구두 굽이 떨어진다. 휘청, 몸이 한쪽으로 쏠리고 발목이 꺾인다. 바닥에 주저앉아 떨어진 구두 굽을 줍는다. 낭패감이 먹구름으로 몰려온다.

지하철은 떠나고 다시 지하철이 온다. 구두 굽을 든 채 절뚝이며 지하철에 오른다. 승객들은 호기심을 감추고, 낱낱이 뜯어보고 싶은 욕구를 자제하며, 사건의 원인과 결과를 추측하며, 사진이라도 찍어 전송하고 싶은 충동을 억제하며, 남몰래 자신의 구두를 점검하는 데까지 간다.

약간은 그렇게 삐딱한 생각을 하며 삐딱한 자세로 선다. 내 앞에 앉았던 남자가 자리에서 일어난다. 약자를 배려하는 의미였는지, 안 일어났다간 비난의 눈초리를 받을 듯해서였는지 그것까지는 모른다.

내가 자리에 앉자 남자는 내 앞에 잠시 서 있다 출입문 쪽으로 간다. 한 손엔 까만 비닐봉투를 들고 다리는 보일 듯 말 듯 전다. 연극에 나왔던 양복쟁이의 걸음걸이.

남자와 나는 어떤 텔레파시인지 뭔지 같은 역에서 내린다.

남자는 지하철 출입문으로 갈 때보다 조금 더 절룩인다. 나는 한 손엔 떨어진 구두 굽을 들고 남자 옆을 절뚝이며 걷는다. 모두가 평화롭게 걸어가는 지하보도에서 남자와 나는 평화롭지 못하다. 나는, 아빠에게 총을 쏜 그 인간과 비슷한 유전자를 보유한 절름발이에게, 외톨이로 겉도는 남자에게, 급격히 마음이 쏠린다.

"저…… 별일 없음 구두 수선점에 같이 갈래요?"

남자의 얼굴에 당혹함이 스친다. 남자는 자리를 내어줄 때처럼 심약해서 그랬는지 호기심이 넘쳤는지 나와 함께 구두 수선점엘 간다.

두하는 그때나 지금이나 그 모양 그 타령이다.

지하철을 타러 계단을 내려간다. 구두 굽은 멀쩡하다. 멀쩡하지만, 그때의 발작은 여태도 멈추지 않는다. 두하 역시 그렇다고 본다.

지하철이 온다. 거대한 음모와 인연이 레일을 타고 움직인다. 나와 두하가 만났던 것도, 내가 다리를 절룩이는 남자를 잊지 못하는 것도, 저런 지하철이 가진 음모와 인연의 연속일 터.

지하철에 올라 빈자리로 가 앉는다. 지하철은 정해진 노선을 향해 달린다. 타깃을 향해 날아가던 총알처럼 공기를 가르며 찢으며 미치게 간다. 지하철과 총알은 고독하다. 목적지와 타깃이 있지만 너무 차가워 뜨겁기만 하다. 갑자기 지하철과 총알에 애정이 솟는다. 나를 닮은 그것들, 환희도 눈물도 믿지 않는 그것들, 파르르 혓바늘이 돋는다.

· · ·

혓바늘이 성성하다. 거울을 볼까 하다 그만둔다. 벌겋고 길쭉하니 밀룽밀룽한 살덩이, 거기다 허옇게 물집 잡힌 혓바늘이라니. 혓바늘은 본다고 치료할 수 있는 게 아니다.

십칠 초만 더 생각하자. 그럼에도 혓바닥은 생각한 것을 어찌 그리 잘 아는지 곧장 뱉어낼 줄 안다. 그 순간의 혓바닥은 순도 사십오 도의 알코올이 선사하는 취기를 준다. 화끈하며, 후련하며, 황홀하며, 쓰디쓰며, 약간은 서글픈 감상들을 풀어놓는다.

자장면을 먹어도 좋겠는 오후 세 시.

자장면을 꾸역꾸역 넘긴다. 혓바닥의 노동은 혓바늘이 조절하고, 혓바늘의 고단함은 자장면이 달래준다.

자장면을 끝냈으니 일을 시작할 때. 밥상 위에 교정지를 펼친다. 글자로 빼곡한 종이뭉치 속에서 글자들은 나뒹굴며, 울부짖으며, 어긋나며, 삐걱거리며, 다가오며, 도망치며, 꿈틀거린다. 글과 나는, 자장면과 혓바닥과 혓바늘처럼 잘 사귈 수 있을까. 빨간 펜을 들고 첫 페이지를 연다.

소설의 주인공은 나처럼 혓바늘로 고생한다. 별로 당기지도 않던 도넛을 먹어야 했던 것처럼 삶은 거북하다.

출판사로 가던 날 도넛을 산다. 첫 대면이다. 도넛 상자를 책상에 놓으며 편집장과 편집위원들과 인사를 나눈다. 편집위원 한 사람이 커피를 뽑아 편집장과 내게 건넨다.

편집장은 도넛을 집으며 말한다.

"슨생님, 혹시 우리 사장님 아는 분이세요?"

사장은커녕 이 출판사도 모른다. 지인의 지인이 추천해서 왔을 뿐, 인터넷에 나온 그 이상의 정보는 알지 못한다.

편집장은 모르는 사람이라는 답을 듣자, 조금은 거만하게 그러나 여전히 싹싹하게 말한다.

"우리 출판사, 아무한테나 책 내주지 않아요, 슨생님."

그래서 어쩌란 말이냐. 납죽 절이라도 할까 최신 공기청정기라도 들여놔줄까. 편집장은 이 자리에서의 편집장만 아니라면, 그런 말을 할 줄 모르는 사람이라면, 꽤 매력 있게 보일 수도 있다. 어깨 바로 그 선에서 찰랑거리는 머리, 맑은 피부, 말을 할 때마다 가볍게 튕기는 경상도 어투는 남자에게라면 충분히 어필할 만하다.

편집장이 도넛과 커피를 번갈아 먹으며 말한다.

"아, 슨생님, 도넛 좀 드세요. 커피와 먹으면 맛이 좋아요, 슨생님."

말끝마다 슨생님을 달고 있는 저 꾀꼬리 목소리, 어쩌면 좋아. 헌데 나는 도넛 아니라 커피조차 물리고 싶은 마음이 간절해진다.

편집장이 도넛 한 개를 건넨다. 마지못해 도넛을 받아 한 입 베어 문다. 목구멍이, 아니 혀부터 도넛을 밀어낸다. 얼른 커피를 마신다. 도넛은 그 달고 강한 향을 커피와 사귀며 목구멍으로 들어간다.

편집장은 입가에 묻은 허연 파우더 슈가를 손끝으로 닦으며 말한다.

"근데 슨생님, 사장님이 최고 인세로 무조건 내주라고 하셨거든요. 이런 적이 한 번도 없었는데. 사장님과 슨생님이 아는 사이인가 했어요."

뭐 이런 출판사가 다 있담. 내가 유명작가도 아닌데 왜? 내 소설이 돈을 벌어줄 뭣도 없는데 왜? 대접을 받는다는 느낌보다 의구심이 끈적인다.

더는 도넛을 삼키지 못한 채 출판 계약서에 도장을 찍는다.

출판사를 나와 횡단보도 앞에 선다. 편집장의 목소리가 도넛의 그 달고 강한 향처럼 귓전에 떠돈다. 양치라도 했으면.

입안이 탑탑하다. 자장면 냄새가 혓바늘을 농락한다. 욕실로 가 양치를 시작한다. 위에서 아래로, 앞니에서 어금니로, 바깥쪽에서 안쪽으로, 입안이 쓰라리며 아리며 싸하다. 기어이, 입안이 터지게 아프다. 음, 쇼트 블로. 더블 펀치이며 트리플 블로. 치약 거품을 뱉는다. 이런 너절한 쓰라림은 감정 과로에서 오는 어리광.

욕실을 나온다. 밥상이 거실 복판에 누워있다. 빨간 펜이 그대로다. 저 펜은 도끼다. 잘못된 표현이나 문맥을 잡아 찍어낸다. 저펜은 피스톨이다. 낭비된 언어를 골라 쏴버린다. 찍어내고 쏴버리면 정제된 언어만 남는다. 과연, 정제된 언어는 영혼을 만족시키나? 바람에 날아갈까 꼭 물고 있는 빨래집게처럼 임무를 다하는게 되나?

빨간 펜을 물고 밥상에 눕는다. 팔과 다리와 머리가 밥상 밖으로 꺾인다. 원고 더미에 누운 꼴로 복부를 눌러본다. 뜬구름이 뭉실뭉실 뱃속을 떠다닌다. 폐는 폐허가 되어 간다고 난리를 치고, 간은 간이 맞게 살아달라고 충고를 하고, 신장은 신체의 장이 되어야 한다고 으름장을 놓고, 심장은 심기를 흐리지 말라고 토라지고, 창자는 창피하게 살 바엔 죽어버리라고 떠든다. 떠드는 소리가 아우성이다. 이것도 저것도 아닌, 이것이기도 하고 저것이기도 한, 두하의 연극에 나왔던 혼합 음. 혼합 음이 혼절할 만큼 시끄럽다.

몸이 밥상 밖으로 쿵 떨어진다. 팔도 다리도, 머리도 폐도, 그 외의 모든 것이 미안할 정도로 멀쩡하다.

바닥에 엎드려 빨간 펜으로 샌드백을 그린다. 샌드백은 참 단순하다. 젖먹이도 그릴 수 있게 간단하다. 누구라도 때릴 수 있게 쉽다. 무언극에 써먹기엔 최고다. 그런데 새내기 연극연출가여, 관객을 극 속으로 끌어들이지 못했다는 게 결정적인 흠이었다는 걸 아시는지 모르시는지? 그러니 새내기 연극연출가여, 힘을 내시라.

빗소리가 숙연하다. 저 빗소리를 사진으로 찍으면 눈물로 뭉그러진 목구멍이 나올지도 모른다. 그 목구멍은 미제사건이다. 생각만으로 울어버린 목구멍은 증거가 되지 못한다. 다리를 심하게 절던 남자가 총을 쐈다는 것도 증거가 되지 못한다. 머릿속에 웅크린 생각은 증거가 될 수 없다. 정신을, 차·려·야·지.

빗소리가 따갑다. 혓바늘도 따갑다. 편집장의 말도 따갑다. 따가움의 열기가 속을 뒤집는다. 급기야 속이 느글느글해온다.

조금 전에 먹은 자장면을 게워낸다. 진한 향이 위산에 섞여 들큰하니 시큼하다. 냄새 때문인지 자꾸만 구역질이 난다. 토하고, 또 토한다. 창자가 경련을 일으킨다. 목구멍이 욱신댄다. 혓바닥이 찢어진다. 이제 그만. 입안을 헹군다. 몸이 후르르 떨린다.

얼음을 찾아 냉동실을 연다. 도넛 상자가 샌드백을 눕혀놓은 듯이 있다. 상자 속엔 모양도 색도 각각인 도넛이 일렬종대로 들어있다. 이것을 왜 샀을까. 먹고 싶었지만 먹을 수 없어서였나. 아니, 도넛과 친해지고 싶었을 뿐.

도넛을 상자째 쓰레기통에 던진다. 도넛은 형질 변경으로 재사용할 수 있는 토지가 아니다. 단념은 이렇게 쉽다.

비는 단념하지 않고 내린다. 저 빗소리는 진짜다. 진짜는 모두 씩씩한가? 또렷한가? 아니, 불편한가? 내 혓바늘처럼?

출판 계약서를 꺼낸다. '갑'과 '을'이 찍은 도장이 명확하다. 이십몇 조항까지 이어진 계약 조건은 사실적이다. 사실을 자잘하게 찢는다. 사실로 인쇄된 사실이 쓰레기가 된다. 쓰레기를 들고 쓰레기통으로 직행한다. 쓰레기통에 박혀 있던 도넛 상자가 사실이었음을 일깨운다. 도넛 상자를 열고 사실 위에 사실을 뿌린다. 빗소리가 사실 위를 넘나든다.

이러한 사실들, 시큰시큰한 부조리극이다.

부조리극을 무대에 올리려 낑낑대던 두하.

두하가 했는지 내가 했는지 모르지만 "우리는 우산 없이도 비를 맞을 수 있을까" 했던 말이 떠오른다.

그때 나인지 두하인지는 이렇게 응대한다.

"나나 너나 우산 없이 태어난 건 맞아."

그때 두하인지 나인지는 대꾸한다.

"우리가 막을 수 있는 건 비가 아니라 우리의 결혼이야."

그 말에 나 혹은 두하는 말한다.

"너는 나를 사랑하지 않을 수 있고, 나도 너를 사랑하지 않을 수 있어. 결혼을 하든 하지 않든."

부조리극의 절정.

절정을 절정으로 이끄는 빗소리. 빗소리가 절뚝인다. 두하의 걸음걸이처럼, 나와 두하가 결혼이라는 장치로 파멸의 의지를 다지는 것처럼.

이제 그만. 교정 작업을 해야지.

교정지의 글은 나를 닮아 있다. 사소한 것에 열을 올린다. 문장을 살피고 토씨를 바꾼다. 한 장을 넘긴다. 과잉된 자아가 안달한다. 빨간 펜을 자근자근 씹어댄다.

입술을 자근자근 씹어대며 말하던 때 나는 안달이 났던가. 안달이 났다. 다리를 절룩이는 두하가 내 마음을 사로잡았고, 사로잡힌 마음이 사라지기 전에 나는 나를 결정짓고 싶었다.

"그래도 괜찮겠어? 나와 결혼하는 거. 나는 네가 아니라 절룩이는 네 다리에만 관심이 있는데 그래도 할 수 있겠어?"

그 말을 하기 전, 나는 너무도 초조해져 이런 생각까지 했었다. 두하가, 총을 쏜 그놈처럼 심하게 절었다면 더 좋았을 걸.

나는 그즈음 주로 그런 생각에 쫓기며 불안한 기쁨을 느꼈다. 내 몸의 육백육십 개의 근육은 와들와들 떨며, 마른침을 삼키며, 잠을 이루지 못했다.

나는 횡단보도 앞에서 그 말을 했고, 두하는 고개를 끄덕였다. 끄덕이는 걸 보며 다시 한번 전율했다. 저런 쪼다새끼 같으니라고. 결혼이 장난인 줄 아나.

신호기에 녹색등이 켜졌다. 두하의 손을 움켜잡고 종종걸음으로 횡단보도를 건넜다. 인도로 발을 내딛는 순간 신호기의 숫자는 일에서 빨간색 사람 모양으로 바뀌었다. 영. 제로.

내 생각은 독감에 걸려 있다. 기침과 콧물과 재채기와 열이 수시로 들락대며 추근거린다. 빨간 펜을 곧추 잡는다. 문장은 지나치게 비장하고 내러티브는 성대 결절을 모사한다. 나를 진정시키기는커녕 뜨끔뜨끔 쏘아대는 이 진실한 벌침들이라니.

무슨 복수심인지 억하심정인지 모를 것이 울근댄다. 손가락으로 점자를 읽듯 명사에 붙은 조사만 짚어가며 연결해본다. 비문조차 되지 않는 이것들에, 나는, 활활 타는 심정으로, 활활 불을 지펴, 활활거리는 쾌락을, 아, 그만!

빗소리와 헛바늘이 총소리만큼이나 딱딱거린다.

엉뚱하게도, 엉뚱한 것이 절실해진다. 두하와는 반드시 결혼하고야 말겠다. 인생이라는 스프링엔 부조리극의 완판도 들어있지 않나.

말에 말을 걸어

　이것은 틱 장애. 반복적으로 목을 삐쭉거리거나 한쪽 눈을 찡긋거리거나 코를 움찔거리거나 느닷없이 꽥 소리를 지르는 것처럼, 나가, 안 나가, 나가, 안 나가가 끝없이 들볶는다 나를.

　'나가'와 '안 나가'가 서로 투쟁을 하다보면 휴전협정을 할 때도 있다. 먼저 '나가'에 선택권을 준 다음 '안 나가'에 선택권 주기. 그런데 말이지, 선택권이 무용지물이 될 때가 허다하다는 거지. 어렵사리 침대에서 일어나 나가자! 그냥 나가보는 거야! 하면 어느새 '안 나가'가 앞을 가로막는다. 백 번쯤 이러다 보면 제풀에 지쳐 '나가'와 '안 나가'를 팽개치고 펑펑 놀아버린다. 논다고는 하나 노는 게 아니다. 여태도 '나가'와 '안 나가'의 모터는 펄펄 끓으며 열을 토해낸다.

　과거진행형, 현재진행형, 미래진행형을 동시에 수행하는 이 어마어마한 힘은 그칠 기미가 없다. 나가자고 생각하는 것과 동시에 나가기 싫어지는 이런 현상, 영락없는 틱 장애.

　자, 마음을 다스립시다. 우선 심호흡을 하는 거야. 한 번, 두 번,

열 번, 스무 번, 폐와 기도가 친해져 상피 붙을 때까지. 그렇다고 마음이 다스려질까? 기동타격대라도 온다면 혹 모를까. 기동타격대가 오면 틱 장애는 물러나나? 아무렴, 물러나겠지. 더 깊숙한 곳으로, 더 응달진 곳으로, 더, 더, 더, 사람이 없는 데로 숨어버리겠지.

이럴 게 아니라 무조건, 스스로, 침대에서 일어나 보기. 용감하고 대담하지 않아도 좋으니 일단 일어나기. 그 다음엔?

이대로가 좋다. 희망을 걸지 마라 내게.

다시 침대에 엎드린다. 인간이기를 포기한 것도 아닌데 왜 이모양일까. 그동안 지껄여댄 왜라는 질문인지 의문인지를 펼쳐놓으면 지구를 수백 겹 쌀 포일보다, 그렇지 많다 많아. 왜라는 포일에 겹겹이 싸인 지구, 마음에 들거나 들지 않거나. 지구란 원래 질문 내지 의문투성이다. 틱 장애에 걸린 자도 의문투성이다. 의문은 바깥세상과 맞지 않는다. 침대 속은 다르다. 의문을 의문하지 않는다. 이러니 침대를 좋아하는 자, 천년만년 살지어다. 오직 침대 속에서만 천년만년 살 거라, 접수.

카레 냄새가 몽실몽실, 김치 냄새가 폴락폴락. 방 밖으로 나를 끌어내리려는 저 힐링 캠프. 나가자. 나가서 밥에 카레를 비벼 김치와 먹자. 나가지 말자. 안 나가고 지금처럼 침대에 박혀 공상이나 떨자.

다시 틱 장애.

틱 장애는 솔직히 유난스럽다. 자신에 대한 애정인지 학대인지 가늠하기가 쉽지 않다. 가늠하기 쉽지 않다는 바로 그 이유 같지도 않은 이유로 나의 틱 장애는 사망을 모른다.

김치와 카레가 지칠 줄 모르고 수다스런 냄새를 피운다. 저런 냄새는 살아있으나, 별로 살아있지 않은 나를 살아있는 것처럼 착각하게 한다. 비생산적, 비효율적, 비능률적인 힐링 캠프 그리고 나.

에이 씨! 벽을 친다 나는. 싱크대를 친다 나는. 소파를, 의자를, 식탁을 닥치는 대로 친다. 생각으로 치는 주먹은 아프지 않다, 물건들도 흠집이 나지 않는다. 이번엔 침대를 친다. 침대에 벗어 놓은 티셔츠도 친다. 이런 구타는 구타가 아니다. 영상으로 모의 전술 훈련을 하는 것보다 훨씬 떨어지는, 그저 그런 틱 장애다. 의지와는 상관없이 반복적으로 눈이나 코를 찡긋대거나 꽥 소리를 지르는 것처럼, 문득 치고야 마는 이 반복적인 운동성은 뇌질환이다. 피곤이나 희열이나 후련함 따위도 없이 뇌가 부상을 입은 상태라는 말이다. 부상을 입었으면 치료를 해라 치료를.

백에서부터 하나까지, 천에서부터 백까지, 만에서부터 천까지, 억에서부터 천까지, 숫자를 또박또박 써보는 치료는 어떠신지. 아니면 세상의 모든 파충류를 찾아내 항문의 구조를 그려보는 치료는?

생각이라는 게 겨우 이렇다. 이러니 이러고 있는 거다. 천장을, 방바닥을, 다리를, 생각인지 모를 것들이 드글거리는 머리를, 손톱을, 모세혈관을, 식기를, 티브이를, 신발장을, 치고 쳐봐야 깨지거나 부서지거나 터지는 게 없다. 이 엄연한 사실, 헛수고이자 실패이자 혐오감의 극치다.

기분이 더러워진다. 온종일 침대에 박혀 틱 장애에 시달리는 것은 대기권을 벗어난 곳에서 서커스를 하는 것과 비슷하다. 왜냐고 물어본다면 어렵게 대답하겠다. 몸과 마음이 진공상태라서 그렇다. 굳이 어렵게 답을 한 이유는 틱 장애를 얕보지 말라는 뜻에서다.

한나절이 넘어간다. 방문을 노크하는 사람은 없다. 귀찮게 해봐야 꼼짝하지 않는다는 걸 안다 우리 가족은. 나를 존중해서가 아니라 포기, 또는 방치, 좋게 말하면 방목이다. 그게 최고의 처방법이라는 것도 안다 우리 가족은.

가족을 지치게 한다 나는. 사람 구실을 하려면 방을 나가, 대문을 나가, 길거리로 나가, 무조건 나가기부터 해야 한다. 누구와 시비가 붙어 고소를 당하더라도, 교통사고가 나 몸이 반 동강이가 나더라도, 사기를 당해 달랑 하나밖에 없는 이 집이 날아가더라도, 나가기를 해야 한다.

이번엔 고기 볶는 냄새.

저 떠들썩한 냄새, 열정을 뭉텅뭉텅 잘라 직구로 보낸다. 열정이 귀찮다, 번거롭다, 짜증난다, 힘들다. 힐링 캠프는 지치지도 않고 지칠 줄도 모른다. 저만한 열정이라면 성큼 문턱을 넘었어야 하는데 그보다는 잔머리라는 생각이 든다. 잔머리에는 파랑별이 달린 헤어밴드를. 감동이 눈물로 얼룩진 스카프를. 새파란 불꽃이 파닥이는 금색 지포라이터를. 지포라이터는 쓸 줄 아시지요 엄마. 그걸로 불을 지르세요 엄마. 음식 냄새로 가두지 말고 불로 튀어나오게 하시라구요 엄마.

지포라이터로 똥폼을 잡던 그 선임 새끼는 여태도 똥폼을 잡고 있나? 엄지로 뚜껑을 탁 열었다 탁 닫았다, 탁 열었다 탁 닫았다, 영락없는 틱 장애로 으스대던 새끼. 짝다리로 건들대며 담배 연기를 푸푸 내 얼굴에 쏟아대던 새끼. 발길질 외엔 할 줄 아는 게 없던, 욕의 대백과사전이던 새끼, 그 새끼들은 잘 있나? 새끼들아 영원하라. 너희 같은 새끼들로 인해 우리 엄마는 많은 음식을, 냄새 조제기를 돌리느라 팔이 빠진다고 새끼들아.

새끼들의 얼굴이 넘실대며 달려든다. 새끼들의 발길질에 이리 채이고 저리 채이던 몸뚱이와 그때 그 화장실이 숨통을 조인다. 새끼들이 질겅거리며 씹다 뱉은 담배꽁초와 욕설과 침이 나뒹굴던 생활관 뒤 으슥한 곳과, 오줌을 지리던 내가 숨이 막히게 다가온다. 지포라이터를 빼앗아 확 불을 지르지 못했던 내가 선명하게 보인다. 목이 돌아가도록 따귀를 때리던 손과, 화끈대던 뺨과 코피와, 그 뺨을 비틀며 꼬집어대던 그 새끼들의 표정이 눈을 쑤신다. 평발이라며 군홧발로 내 맨발을 짓이기던 그 새끼들이 심장을 갉아댄다.

새끼들은 잘 살고 있나? 어느 년을 꼬실 땐 꼬리가 짧다 하고 흔들어댔을 테고, 승진을 위해서라면 무좀 걸린 어느 놈의 발가락까지 핥았을 새끼들. 새끼들에게 박수를. 박수 대신 주먹을. 주먹 대신 발길질을. 발길질 대신 대본을. 잘 나가는 대본을. 안 나가는 대신 나가는 대본을 써보기로 한다.

침대에 조신하게 엎드려 연극 대본을 쓴다. 새끼들은 어엿한 신사가 된 줄 알고 양복을 차려 입는다. 충성! 거수경례를 잊지 못해 그럴싸하게 인사도 할 줄 안다. 신사인 척하는 새끼들의 아내들도 한다 하는 상류층인 양 드레스로 아양을 떤다. 신사인 척하는 새끼들의 새끼들도 꽤나 깜찍하고 귀여운 줄 안다.

척하는 것들이, 조용히 사는 샌드백을 친다. 샌드백은 꼼짝도 못한 채 맞기만 한다. 자폐증 환자가 된 샌드백, 누구라도 칠 수 있다. 누구라도 칠 수 있지만 누구도 알아챌 수 없다. 샌드백이 맞아주며 비웃는 웃음을, 얕잡아보는 시선을, 퍼붓는 악담을, 척하는 것들이 알 수나 있나.

치졸하다면 치졸한 대본이지만 약간의 의미는 있다. 약간의 동의를 구하며, 약간의 반성을 구하며, 약간의 은유가 되기도 한다.

이 대본을 무대에 올리자면 나가야 한다. 나가는 건 어렵지 않다. 신발만 꿰면 나가기가 된다. 진짜 어려운 건 신발이 아니라 나와 사귀는 일이다. 나가라고 명령을 내리는 나를 찾아내는 것 말이다. 어디에 있을까 나는. 나와 사귀려는 나를 방해하지 마. 이 대본을 무대에 올려야 한다고. 샌드백은 맞는 역할만 하는 건 아니거든. 이히히히 약을 올릴 줄도 알거든. 그 정도밖엔 안 되냐고 우 헤헤헤 깔볼 줄도 알거든.

옆구리에 대본을 끼고 방을 나간다. 우리 엄마, 둥그레진 눈을, 더는 둥그레질 수 없는 눈을 내게 꽂는다. 이럴 때가 아니지. 엄마 는 얼른 지갑을 열어 지폐를 꺼낸다. 아이고, 내 새끼 예쁘기도 하 지. 이럴 줄 알았어. 어서 나가라 나가. 그저 나가주기만 해줘도 고 맙다. 이런 말은 하지 않았지만 엄마는 지폐와 신용카드를 내 바 지주머니에 쿡 찔러준다.

얼마 만에 나왔나 이 도시. 사악한 신이 쓴 검은 관보다 더 무서 워진다.

다시 집으로 돌아가 문손잡이를 비튼다. 열리지 않는다. 몇 번 더 비튼다. 역시나. 엄마를 부를까. 부르면 뭐해. 부르지 말라고 못 들은 체하는데.

다시 계단을 내려간다. 다리가 휘청댄다. 몸이 아니라 몸 껍질 만 둥둥 떠서 허청거린다. 진정 달갑지 않은 불안감 더하기 불쾌 감이 통렬하게 작동한다.

두근두근, 불안불안, 어디다 눈을 둘지 모른 채 길거리로 나간 다. 내가 살던 동네가 맞나 싶게 도무지 눈에 익은 게 없다. 내 방 창에서 볼 때 늘 같은 자리에 걸려있던 빵집 간판만큼만 보여도 좋으련만, 이건 어째 전설의 고향, 퇴마록, 엑소시스트의 현장을 옮겨 놓은 듯하다.

언제부터 방에 박혀 있었나 나는. 언제 나오고야 안 나왔나 나는. 나를 잊으면 안 된다고 이 도시에 눈도장이라도 찍었어야 했나. 잊을 만하면 냉큼 윙크 한 번 던지고, 하이! 하고 손바닥을 펴 아는 척을 했어야 했나. 나를 친 그 새끼들이나 하는 짓을 내가 해야 했다고?

갑자기 도시가 어려워진다. 뜻 모를 어려움이 테러범처럼 곳곳에 배치되어 있다. 눈을 내리깔고, 고개를 숙이고, 어깨를 움츠리고, 비굴한 자세로 걷는다. 내가 가는 게 아니라 내 다리가 간다. 내가 움직이는 게 아니라 내 팔과 어깨와 가슴과 엉덩이가 움직인다. 이런 느낌, 조금은 으슬으슬하나 넘길 만하다고 속여 본다.

사람들이 보글보글 끓는 찌개처럼 지나다닌다. 어디서 나왔을까 저 사람들. 어디로 갈지도 모른 채 나온 나와 분주히 걸어가는 저 사람들, 같을까 다를까. 같다 한들 다르다 한들.

어느새 시장 입구에 와 있다. 연극 대본을 끼고 시장이라? 내가 아닌 몸뚱이가 알아서 왔으니 몸뚱이에 맡겨볼 일이다.

몸뚱이가 이층 상가로 올라간다. 수예품과 인형들이, 다닥다닥 붙은 상점과 경쟁이라도 하듯 매달려있거나 놓여있다. 드레스를 입은 신부 인형, 턱시도를 한 신랑 인형, 꽃바구니를 든 노랑머리 소녀의 오르골 등등. 내 몸뚱이는 저 인형들에 무슨 볼일이?

스위스풍 소녀 옆에 말이 놓여있다. 말은 타본 적이 없다. 타본 적이 없으니 신나게 타고 달려볼까. 아니, 앞발을 번쩍 들고 이히힝 위협적으로 울어볼까. 말의 발에는 평발이 없지 아마. 갈기를 휘날리며 질주하는 발은 있지 아마.

말에 대한 생각은 선임들한테 얻어터질 때 떠오른 생각인지도 모른다. 병신새끼로 얻어터지지만 말고 때리는 저 새끼들을 앞차기 옆차기 하는 거야. 보기 좋게 면상을 갈기고 놈의 몸뚱이를 짓밟고 뛰는 거야. 그런 생각을 했었나? 했었나보다. 그 시간을 넘어 여기까지 온 것을 보면.

발을 찾아 여기저기를 돌아다닌다. 말 인형은 다른 인형들에 비해 많지 않다. 상아를 이미테이션한 것으로 보이는 말이 상체만 덩그러니 있는가 하면, 어떤 재질로 만든 것인지 모를, 검은빛이 도는 말도 있다. 저 말은 색만 검었지 영 아니다. 소위 말이라는 것이 에헴 점잖을 빼다니 말이 되나.

말 인형은 일부러 찾아야 할 만큼 적지만 가게마다 한두 개씩은 있다. FRP(섬유강화플라스틱)에다 갈색 염료를 칠한 말은 정말이지 눈뜨고 보기 힘들게 조악하다. 주석으로 만든 은색 말은 떼 지어 달리기를 하는 양 대여섯 말이 연이어 붙어있지만 달리는 말로 보이지 않는다. 달리지도 못하면서 달리는 시늉만 내는 저런 말들, 흉물스럽다.

흉물스럽긴 하나 FRP에다 갈색 염료를 칠한, 끔찍하게도 조잡스런 말을 사고야 만다. 왜냐하면 앞발을 들고 있거든. 누굴 차게 생기지는 않았지만 앞발을 들긴 들었거든.

검은색 비닐봉투에 말 인형과 연극 대본을 넣고 지하철역으로 간다. 발이 아프다. 평발은 오래 걷는 것과 맞지 않는다. 하긴, 얼마 만에 나온 길인데, 안 아프면 정상이 아니지.

다리를 절뚝이며 지하철에 오른다. 다행히 앉을 자리가 있다. 대여섯 정거장을 지나자 떨어진 구두 굽을 든 여자가 탄다. 한쪽 발엔 킬힐을, 다른 쪽 발엔 납작해진 구두를 신고 엉거주춤 내 앞에 선다. 재수 없게 왜 내 앞이냐. 할 수 없이 자리에서 일어난다.

여자는 내 엉덩이가 자리에서 반쯤 떨어지기도 전에 자신의 엉덩이를 들이민다. 내 엉덩이의 체온을 고스란히 이어받았을 여자의 엉덩이, 고맙다는 말도 없다.

잠시 여자를 내려다보다 출입문 쪽으로 간다.

우연인지 고의인지 여자는 내가 내리는 역에서 내린다. 여자가 절뚝이며 걷는 내 옆으로 절뚝이며 다가온다. 다가와서 하는 말이라니, 구두 수선점에 같이 가 달라나. 헐~ 개성도 이 정도면 장성급이다. 방에 박혀 있는 동안 세상이 이렇게 무례하고 당돌해졌다는 말?

여자는 구두 수선점 앞에 이르자 그 작은 철제 상자 안으로 쏙 들어간다. 구두를 수선하는 동안 여자는 손바닥만 한 의자에 앉더니 이름을 건넨다. 세은.

세은은 수선한 킬힐을 신고는 따각따각 잘도 걷는다. 저 소리는 편자가 내는 음이다. 편자음의 뒤태가 영락없는 말이다. 역동성이란 눈곱만큼도 없는 말 인형보다 세은의 걸음걸이는 달리는 말보다 육감적이다. 말도 그냥 말이 아니라 얼룩말이다. 사람의 눈은 물론 혼마저 혼란시키기에 딱 좋은 줄무늬의 얼룩말.

움직일 때마다 따라 움직이는 무늬는 정체를 모르지. 항상 출발이며 늘 새로움이지. 별안간 욕심이 난다. 저 얼룩말을, 어떻게든 해봐야겠다. 된다면 결혼까지도.

· · ·

FRP 말을 침대 밑에 놓는다. 저 말은 두 번 다시 쳐다보기 싫을 만큼 표정도 분위기도 이미지도 주지 않는다. 나와 닮은꼴이라니, 그 이유만으로도 너는 미움깨나 받을 것이다.

FRP 말을 노려보고 째려보고 꼬나보고, 삼백육십육 분 이상 노려보고 째려보고 꼬나본다. 생각만큼 미움이 솟지 않는다. 미움은 어디 가시고 궁금증이 모락모락 모깃불 연기를 피워 올린다. 동물원엔 말이 있을까? 앞발을 번쩍 치켜들 줄 아는 말이? 이히힝 울며 따가닥따가닥 달릴 줄 아는 말이? 동물원에 가야겠구나.

동물원이 떠오르자 다시 틱 장애가 도진다. 가자, 가지 말자, 가자, 가지 말자……

틱 장애가 생긴 걸 보니 방에 박혀 지낼 공산이 크고도 크도다. 그동안 FRP 말에 말장난이나 해 볼까.

너는 어느 공장 출신이니? 너를 제작하고 관리한 공장장 이름은 아니? 너와 똑같이 생긴 형제가 너무할 정도로 많다는 것도 아니? 너는 겨우 그중 하나일 뿐이라는 것도 아니? 알려고 하지 마라. 알면 아픈 것들이 많아진단다. 아픈 게 많아지면 고장이 난단다. 고장이 나면 제거를 당한단다. 나처럼, 내 평발처럼. 슬프지 않니 FRP 말아. 슬프다 나는. 세상의 쳇바퀴는 고통과 슬픔이 돌린다고 하더라만, 그렇다고 하더라만, 그렇다고 하니 굳이 알려고 애쓰지 마라 FRP 말아.

때맞춰 슬픈 냄새가 난다. 이번엔 김치찌개다. 나오라고, 어서 나와 사람으로 살라고 손을 까분다. 복닥복닥 지지고 볶으며 살면 사람으로 사는 게 되나? 돈을 벌고 결혼을 하고 아이를 낳으면 사람이라는 증명이 되나? 증명이 되는 현실이 무섭다 나는. 내 평발처럼.

FRP 말에 수건을 덮는다. 어느 결혼식장에서 받아온 것인지 수건 하단엔 '우리 결혼했어요'라는 글자가 수놓아져 있다. 잠을 자거라 말아. 수건 면사포를 쓰고, 결혼해서 새끼 말을 낳는 꿈을 꾸며, 콜콜 쿨쿨 자라는 말이다.

말과 나는 같은 방에서, 같은 시간에, 같이 잠을 잔다. 같이라고는 하나 말과 나는 숙면을 취하지 못한다. 숙면이 방해를 받았기 때문이다. 왜 방해를 받았나 하면, 속이 울렁댔기 때문이다. 왜 속이 울렁댔냐 하면, 뛰지를 못했기 때문이다. 왜 뛰지를 못했냐 하면, 동자의 초점이 맞지 않았기 때문이다. 왜 동자의 초점이 맞지 않았냐 하면, 공장에서 동자를 잘못 그렸기 때문이다. 왜 동자를 잘못 그렸냐 하면, 동자를 그리던 순간 전화가 왔기 때문이다. 왜 전화가 왔냐 하면, 추석 대목을 앞둔 시기였기 때문이다. 왜 추석 대목이 문제였냐 하면, 어린아이들에게 장난감을 선물해 줄 시기였기 때문이다. 왜 장난감을 선물해 줄 때가 문제였냐 하면, 물량이 달렸기 때문이다. 물량이 달리는 건 공장 사장도 장난감 가게 사장도 원치 않았기 때문이다. 원치 않는 사실이 불량으로 이어진 건, 공장 사장이 독촉 전화를 받고 고래고래 고함을 쳤기 때문이다. 고함을 친 게 문제가 된 건, 동자를 그리던 순간 그 소리에 놀라 붓이 잘못 나갔기 때문이다.

지저분하게 지껄인 말을 정리하면 이렇다. FRP 말이 숙면을 취하지 못하는 건 납품 독촉 전화 때문이었고, 시 외곽에 있는 공장이 떠올라서였고, 그러한 사실을 FRP 말도 나도 알기 때문이다. 알았으니 수건을 벗기고 안대를 씌워준다.

말은 흰 안대를 차안대로 쓰고 그럴싸하게 있다. 차안대를 쓰면 경주할 때 공포심이 덜어진다는데 정말 그럴까? 그렇다면 나도 차안대를 쓰는 게 좋지 않을까? 차안대를 쓰고 트랙을 달리는 말. 차안대를 팽개치고 트랙 펜스를 뛰어넘는 얼룩말.

얼룩말 세은. 세은은 나쁘지만 나쁘지 않다. 말을, 그것도 얼룩말을 빼다 박았거든. 오늘은 얼룩말이나 보러 갈까. 동물원엔 얼룩말이 있을까.

또 틱 장애. 가자, 가지 말자, 가자, 가지 말자…….

틱 장애에 장단을 맞춰 힐링 냄새가 꾸역꾸역 몰려온다. 이번엔 된장찌개 냄새. 냄새가 점점 강해진다. 엄마는 음식을 하면서 선풍기를 내 방 쪽에다 틀어놓거나, 음식이 담긴 그릇을 내 방문 앞에다 놓고 부채질을 하고 있는지도 모른다.

에에라 모르겠다. FRP 말을 작은 배낭에 넣는다. 나가자 말아. 너와 같이 갈 데가 있다. 그곳에 데려다다오 말아.

FRP 말을 등에 메고 방을 나온다. 어렵사리 나온 나만큼이나 엄마의 얼굴도 쉬워 보이지 않는다. 불안과 안도가 빠르게 교차하는 얼굴, 오 초 이상 보면 다시 내방으로 직진하게 할 얼굴. 얼른 대문을 닫는 걸로 엄마의 얼굴을 닫는다.

지하철역으로 간다. 등에 업힌 말은 조용하다. 조용한 말은 말이 아니다. 편자 소리도 요란하게 뛰거나, 발길질을 하거나, 히히힝 머리며 갈기를 털거나, 뭐가 됐든 가만히 있으면 안 된다.

동물원이 가까워올수록 가슴이 벌렁벌렁, 목덜미가 후끈후끈, 신체가 불규칙동사로 들까분다. 조금은 긴장한 상태로 매표소에서 표를 끊는다.

동물원 입구엔 홍학이 웅덩이 속에서, 혹은 웅덩이 바깥 모래에서 나른한 자태로 서 있다. 홍학은 홍게를 연상시킬 뿐 날 기미를 보이지 않는다. 날개가 있지만 날기를 포기한 홍학, 동물원을 고발해야 하나 홍학을 고발해야 하나.

홍학을 뒤로하고 기린이 있는 곳으로 간다. 기린 역시 울타리 안에서 되새김질만 할 뿐 달리거나 싸우지 않는다. 여봐란 듯이 관람객을 우롱하는 기린, 기린에게 짧은 칭찬을.

미어캣이 있는 곳으로 간다. 다람쥐보다 조금 큰 크기의 미어캣, 발딱 서서 주위를 두리번거린다. 감시할 게 없어진 줄도 모르고 여전히 보초만 설 줄 아는 미어캣, 착실한 거니 미련한 거니. 미어캣의 튼튼 게놈에 하품을.

미어캣 우리 앞의 동판이 시선을 끈다. 개인지 늑대인지 모를 투실투실한 얼굴이 카메라 앵글을 노려보듯이 조각되어 있다. 동판 하단엔 한국의 마지막 야생늑대 '영주'라고 새겨져 있다. 누가 조각했는지 모르지만 노려보는 걸 야생성으로 안다면 생각을 달리해야 한다. '영주'가 야생성을 되찾으라는 의미에서 '영주'에게 하이파이브를.

동판을 떠나 영양이 있는 우리로 간다. 순대를 돌돌 말아놓은 듯한 뿔을 얼굴 옆에 달고 있는 영양, 바위를 타지 않는다. 동물원에 있는 다른 동물들에 질세라 잔뜩 얌전을 뺀다. 야바위꾼 영양에게 영양실조를.

동물들에 실망한다 나는. 나와 별반 다르지 않은 저 동물들, 야생성은커녕 나보다 더 소극적이며 소심하다. 동물원엔 동물이 없었던 거야. 있다면 FRP 동물과 FRP 동물원과 FRP 관리자만 있을 뿐. 그래도 말을 찾아야지. 마구 날뛰는 얼룩말을.

말 우리가 어디 있나 안내판을 따라간다. 가는 동안 사자 우리 앞을 지난다. 사육사가 먹이를 던져주는 중이다.

사육사는 깊게 파인, 성벽처럼 만든 시멘트 벽 아래로 생닭을 던진다. 피칭이 훌륭하다. 던진 방향에 있던 사자가 입을 쩍 벌려 한입에 받아먹는다. 성벽 바로 아래에 있는 사자나 나무 그늘에 웅크려 있는 사자들은 사육사의 그 다음을 느긋하게 기다린다. 자기 차례를 아는, 서열과 질서를 지키는 저 문화적 생리라니. 으스스, 으스스.

사육사가 이번엔 관람객을 위해 소고기를 변화구로 던진다. 사자들은 변화구마저 자기 자리에서 척척 받아먹는다. 자기 자리를 알아 조용히 받아먹을 줄 아는 저 자세, 똑똑한 게으름이거나 영특한 매너리즘이거나.

얼룩말을 보기도 전에 보나마나 뻔하다는, 비관적 예측이 어쩔 수 없게 든다. 비관에 대한 예비 학습을 하며 말이 있는 방향으로 간다.

말 우리엔 기름진 말이 아니라, 얼룩얼룩한 얼룩말이 아니라, 허연 몽고말 한 마리가 물끄러미 서 있다. 갈기는 보통 말과는 달리 등줄기를 따라 길게 스포츠머리처럼 정돈되어 있고, 발은 족쇄를 찬 듯 부동이다.

어디를, 무엇을 보나 저 몽고말은. 바람도 없는 우리에서, 바람이 떠돌던 고향을 그리워하나. 말에게 바람은 고향이다. 고향을 상실한 말은, 바람과 멋대로 놀던 초원과 강인했던 발굽을 잊으려 잊은 척하고 있는지도 모르겠다.

한참을 말 우리 앞에 있어 보지만 보통 말이나 얼룩말은 보이지 않는다. 말, 얼룩말은 어디에? 아프리카에? 티브이 속 다큐멘터리에? 얼룩말은 세은처럼 까탈을 부리는구나.

말 우리 앞으로 연인이 다가와 사진을 찍는다. 표정이 FRP 말만큼이나 플라스틱이다. 화학기호의 포즈를 잡고, 화학공식의 웃음을 웃고, 화학반응의 말을 나눈다.

동물원엔 화학제품 투성이다. 화학제품의 말이 배낭에 들어있거나, 화학제품이 된 동물들이 우리에 있거나, 화학제품으로 가공된 화학동물원이 있다. 그래도, 사람들은 화학으로 된 것이 많아야 살기가 편하다고 믿는다.

터덜터덜 동물원을 나온다. 이제 어디서 말을, 얼룩말을 찾아야 할까. 집으로 가면 다시 틱 장애가 올 텐데 그러기 전에 얼룩말을, 얼룩말을.

발바닥은 화끈대고 발목은 살짝 건드리기만 해도 꺾일 듯 몸의 한계를 넘나든다.

절뚝절뚝 지하철에 오른다. 배낭을 벗어 무릎에 얹는다. 맞은편 자리로 킬힐을 신은 여자가 앉는다. 그렇지, 킬힐의 얼룩말이 있었지.

킬힐의 얼룩말을 기다린다. 세은은 내 쪽에서 만나자는 소리가 없어선지 사귀는 남자가 없어선지, 연락만 하면 톡 튀어나온다. 우쭈쭈 착한 것.

세은은 착하지 않다. 표독스런 언어로 표창을 날린다. 표창에 찔려 피가 솟구칠까말까 할 찰나 뜨거운 소금을 끼얹는다. 화끈화끈 화상을 입히는 말의 소금. 한쪽 콧구멍엔 피어싱을, 양발엔 편자 대신 킬힐을, 눈엔 차안대 대신 선글라스를 끼고 징을 치듯 말한다. 세은은 말로 얼음산을 만드나 얼지 않는 말이 산다. 앞발을 번쩍 치켜들고 위협을 가하는 그런 말이 불로장생 한다.

세은이 앞자리에 앉는다. 피어싱도, 킬힐도, 선글라스도 없이 너무도 흔한 어자, 매력이 팍 떨어진다.

세은은 반쯤 남은 내 아이스커피를 대뜸 집어 마신다.

"날씨 얘기도, 왜 만나자고 했냐는 얘기도 하지 마. 맹목성에 대해 생각하는 중이었어. 누구를 죽인다, 죽일 수 있다는 건 맹목성이 아닐 거야. 순간적인 충동에 의한 살인이라도 어느 정도 계획은 있다는 거지. 자신도 모르게 또는 알게. 내 생각이야."

후르르 말갈기를 터는 저 언어들. 세은의 언어는 늘 그렇듯 트랙을 벗어나 유창하다. 첨가제 없이 날것으로 맛을 내는 통에 나는 아뜩해지고야 만다.

"답이 듣고 싶어서 하는 얘기가 아니라는 거 알지? 어설프게 답하는 거 듣고 있자면 참을 인 자 천 곱하기 만이야."

저 자객의 말씀은 위장장애가 일어나게 밉지만 부글부글 질투가 끓어오르게 부럽기도 하다.

"듣기만 하라는 얘긴 아냐. 무식하게 쏟아내기만 하려고 나온 건 아니니까. 그렇다고 말도 안 되는 말을 듣겠다는 건 아니고."

저 말은 오버헤드킥의 기술. 섣불리 말하지 말라는 경고이자 자신만 잘난 척하겠다는 의지. 말의 저격수 세은, 그 의지가 어디까지 가나 두고 볼까.

"맹목성을 몇 퍼센트나 가지고 있는가에 따라, 아니, 가지고 있다고 판단하느냐에 따라 살인의 고의성이 매겨질 거야. 말하자면 재판 때 형량. 소설 얘기야."

세은은 소설을 쓰나? 아니면 읽은 소설을 얘기하나? 세은이 어떤 일을 하는지 물어본 적이 없다. 세은 역시 내가 무엇을 하는지 물어본 적이 없다. 세은과 나는 그냥 세은과 나로 만난다.

"소설은 광기의 집합체야. 합리와 불합리를 넘나들며 세계를 빨아들이고 내뱉으며 또 다른 세계를 만들어. 그렇지만 소설가에겐 맹목성이 없어. 이리 머리 굴리고 저리 머리 굴려가며 구성과 맥락을 짜는 자들이니까. 그러니까 소설과 소설가는 자학과 가학이 어우러진 주이상스야. 항생제나 마약도 먹히지 않는 고단한 환자들."

세은의 눈길이 횡단보도 옆 신호기에 멈춘다.

"내게 가장 맹목적인 단어가 뭔지 아니? 아빠야. 아빠라는 단어만큼 맹목적으로 싫어하거나 좋아하는 것도 없을 거야. 따지고 보면 맹목적이기만 한 건 아니지만. 기억한다는 건 난치병과 다르지 않아. 내 의지대로 되는 게 아니니까."

세은의 말갈기가 잠시 숨을 고른다. 겉은 멀쩡해도 많이 걸으면 절뚝이는 내 평발처럼 세은에게도 평발이 있었나.

세은이 돌연 나를 돌아본다.

"그런 눈으로 보지 마. 추측하거나 동정하라고 한 말은 아니야. 나를 동정할 수 있는 건 나뿐이야. 헌데 난 너를 동정하고 있으니 어쩌면 좋니? 절룩이는 네 다리를 동정하는 게 아니라 그런 다리에 묶여 쩔쩔매는 너를 동정하고 있어. 동정해도 되지? 동정할 만하잖아."

사약을 일 점 오 리터쯤 먹어야 나올 수 있는 말갈기의 언어. 바다가 왈칵 떠내려가겠고, 솟구치던 화산이 폭삭 주저앉겠고, 하늘이 꽈당 떨어지게 생겼다. 멈춰라, 배설물로 싸지르는 말의 파편들아. 멈추지 말라, 컥컥 각혈하는 말의 집합들아.

시답잖은 생각이 시답잖게 방향을 튼다.

"결혼하고 싶다 너랑."

세은은 손 씻으러 가자는 말에 대꾸하듯 선선히 대답한다.

"그럼 그러지 뭐. 그게 뭐 어렵다고."

이래도 되나. 세은의 답은 세은이 했던 그 어떤 말보다 잔인하다.

배낭을 들고 자리에서 일어난다.

세은이 따라 일어난다.

"너의 결혼 얘기, 맹목성이 다분해. 그래서 믿어진다면 믿어줄 수 있겠니?"

배낭을 어깨에 메며 대꾸한다.

"바람이 어쩔 줄 모르게 분다. 네가 쏟아낸 말들처럼."

빗자루가 빌딩의 먼지를 쓸어내듯 바람이 획획 요란을 떤다. 빌딩의 먼지들, 나와 세은에게 무한 리필로 세례를 준다.

· · ·

동물원에서 얼룩말은 보지 못했지만 얼룩말의 말은 들었다. 얼룩말을 보지 못한 것은 불만족스러웠고, 얼룩말의 말을 들은 것은 만족스러웠다고 말하고 싶다 나는.

배낭에서 FRP 말을 꺼내 침대 머리맡에 놓는다. 저 생명 없는 말은 생명으로 말했던 나와 세은의 말을 들었을 것이다. 첫인상을 말해다오 말아. 여자가 히히힝 울 줄 아는 말로 보였다면 당근 열한 개. 갈기를 털고 뒷발질도 할 줄 아는 말로 보였다면 당근 스물두 개. 앞발을 번쩍 들고 사납게 눈도 부라릴 줄 아는 말로 보였다면 당근 아흔아홉 개. 그때 말이다, 전역 후 그 선임 새끼와 마주쳤을 때 말이다. 그 새끼야말로 세은의 그 살해와도 같은 말을 맛봐야 했다.

종합병원에서 정신과 진료를 받고 나오던 중 우연히 선임과 마주쳤다. 선임은 병문안을 왔는지 옆에 여자를 끼고 있었다.

"어? 너…… 냐? 어디…… 아퍼?"

그동안 열나절 씹어대던 것과는 달리 고분고분 대답했다.

"아, 저…… 병문안…… 예, 병문안 왔습니다."

선임은 내 대답이, 아니 대답하는 자세가 꽤나 마음에 들었는지 내 어깨를 가볍게 쳤다.

"어, 그래야지. 어디 아프면 안 되지. 병문안 잘 해라, 충! 성!"

선임은 집게손가락 한 개를 눈썹에 대며 찡긋 웃었다. 놈의 눈자위로 번들번들 웃음이 번졌다.

선임이 여자의 어깨에 팔을 두르며 복도를 꺾어 돌았다.

"저 자식, 군에 있을 때 엄청 잘해줬더니 지금도 벌벌 기네. 회사 차리면 운전기사나 비서로 써보실까 한다. 안마나 시키면서. <u>으흐흐흐</u>"

평발이라며 군홧발로 짓이기던 새끼. 너 같은 새끼 초딩 상대로 삥이나 뜯을 거라며 거품 물던 새끼. 사회에 나가봤자 성매매나 술집 찌라시나 돌릴 새끼라며 눈에 핏발을 세우던 새끼. 깜도 안 되는 새끼가 어디서 깝치냐며 허리띠를 풀어 휘두르던 새끼.

다시 틱 장애. 나가, 나가지 마, 나가, 나가지 마, 나가서 한 방 먹여, 나가서 죽여 버려, 나가긴, 빗소리가 이렇게 좋은데.

빗소리를 차근차근 안으로 들인다. 재갈을 물려야 할 말들, 폐기물로 처분해야 할 말들, 그런 말로 연봉을 받는 말들. 그것들은 저런 빗소리를 모른다.

세은은 빗소리를 밟으며 빗소리와는 다른 얘기를 한다.

"미안한 얘기지만 다리를 절지 않는 너는 내게 의미가 없어."

오만과 교만과 기만을 넘어 악의 역사를 새로 쓰는 세은. 그런 말로 간과 쓸개마저 제 것인 양 뽀글뽀글 파마하는 세은. 세은은 뭔지 모를 틱에 시달린다. 나가, 나가지 마, 나가, 나가지 마를 끼고 사는 나처럼 세은만의 기괴한 틱.

독살스럽기로 치면 독약보다 더한 말이었지만, 그 말을 들은 후 표 나게 다리를 절었다고 생각한다 나는. 세은은 그렇게 해도 될 만한 가치가 있지 않나?

빗소리가 경쟁 없는 소리로 살갗을 파고든다. 피부가 느끼는 이 진실은 더도 덜도 아니게 감미롭다. 감미로움으로 끝나면 어디가 어때서 심란하기도 하다.

FRP 말에 안대를 씌운다. 자자, 말아. 오늘도 너와 나는 달리지 못했으니 다음엔 네 혈육을 만나러 가자. 너의 형제들이 죽어라 달렸던 경마장 말이다.

경마장이 있는 지하철역 주변은 말들의 콧김처럼 달아올라있다. 경마로 제법 돈을 만진 사람들, 경주마를 잘못 짚어 돈을 날린 사람들, 그런 사람들을 겨냥한 포장마차들이 인도에 즐비하다. 대낮부터 술잔과 안주와 입씨름이 오간다. 안쓰럽고 애달픈 저 냄새들. 검은 차안대를 쓰고 들판이 아닌 트랙을 달려야 하는 말들만큼이나 슬픈 군상들.

건물 안으로 들어간다. 마권을 사는 사람들, 마권에 마킹할 수성 펜을 파는 사람들, 돈을 대주는 꽁지 아줌마로 보이는 사람들. 사람들의 발걸음이 어수선하니 불안하다. 돈이 걸렸으니 왜 안 그럴까. 돈이란 원래 불안하다. 결핍 인자로 태어나 많아도 불안, 적어도 불안, 도무지 적당한 게 없다.

경마장이 한눈에 내려다보이는 자리에 앉는다. 트랙은 말끔하다. 조교사들이 경주마를 끌고 트랙을 걷는다. 경주마 하나가 뒤쳐진 채 앞선 말들을 따라간다. 경기를 하다 다쳤는지 다리를 전다. 저는 다리가 존경스럽다. 존경은 무슨. 마권을 달구는 대박마는 다리를 절지 않는다.

경주마들과 조교사들이 경주 시작점으로 간다. 출발점에는 여러 개의 문이 달린 발주대가 있고, 그 뒤론 경주마들과 기수들이 레이싱을 기다린다.

내 바로 옆자리는 비어있고 몇 자리 건너엔 여자 혼자 앉아 있다. 여자는 흰 바탕에 입을 쫘악 벌린 호랑이 무늬 티셔츠에 호피 무늬 바지 차림이다. 남자들은 호피 무늬를 입지 않는다. 어쩌다 티브이에 나온, 지금은 귀하디귀해진 추장이나 허깨비 같은 놈이 과시용으로 입었을 뿐. 호피 무늬 여자는 호랑이였거나, 호랑이가 되고 싶었거나, 호전적인 겉치레로 호호거리고 싶었던 모양이다.

내 자리 옆의 옆 자리로 아줌마가 와서 앉는다. 아줌마는 호피 무늬가 아닌, 옆줄 무늬 티셔츠를 입고 있다. 옆줄 무늬가 호피 무늬를 가린다.

옆줄 무늬는 앉자마자 마권 구매 표 여러 장을 백 위에다 펼친다. 수성 싸인 펜을 입에 물고는 마권 구매 표 어디에다 마킹할까 들여다본다.

단승식은 일등 말을 적중시키는 승식이니 정보를 훤히 꿰고 있다면 단승식을 택할 것이다. 그렇지 않다면 일 이 삼등 내에 들어올 말을 적중시키는 연승식을 택하거나. 그것도 아니면 일능 말과 이등 말을 순서에 관계없이 적중시키는 복승식을 택하거나. 아니면 일등 말과 이등 말을 순서대로 적중시키는 쌍승식을 택하거나.

이 외에도 마권 구매 표는 종류가 다양하다. 배당금의 종류가 많다는 뜻이고, 돈을 벌 수 있는 방법 역시 간단하지 않다는 뜻이다. 경주마들의 경주는 스포츠가 아닌, 자본이 움직이는 장이다. 홀딱 잃거나 왕창 따는, 오십 대 오십의 경연장이다. 나처럼 흐릿하고 시시한 인간이 기웃거리자면 두 가지를 염두에 두어야 한다. 홀딱 잃어도 꽁지 아줌마에게 달려가지 않아야 하며, 왕창 땄어도 다시 딸 수 있다고 덤비지 말아야 한다.

이런 말은 자장가만도 못한, 세은이 들었다면 노발대발, 아니 개무시당할 말이다. 소무시, 말무시, 닭무시, 뱀무시, 쥐무시가 아닌 개무시. 소나 말도 개에 꼼짝 못하는 개의 위력 개무시. 그런 이유로 개무시가 좋아져. 사무치게 사랑스럽고 간절해져. 경마가 끝나면 세은에게나 가볼까. 개무시를 전신에 주렁주렁 달고 사는 세은에게.

옆줄 무늬가 마킹을 끝내자 자리에서 일어난다. 옆줄 무늬는 발매 창구로가 마킹한 표를 마권으로 바꾼 다음, 천지신명께 빌 것이다. 마킹이 철썩 맞게 해주십시오, 제가 찍은 말이 일등을 하면 그 돈으로 그 말을 사겠습니다. 그 말을 잘 교육시켜 일등, 또 일등만 하게 할 겁니다. 꼴등으로 졸업해 꼴등 인생으로 사는 게 지겹고 또 지겹습니다.

호피 무늬가 일어난다. 호피 무늬는 내가 앉은 몇 자리 건너에서, 옆줄 무늬가 앉았던 바로 옆 자리로 와 앉는다.

호피 무늬가 전면에 걸린 커다란 전광판을 바라본다. 시선은 전광판의 말 동영상에 꽂혀 있지만 허리는 오똑 세우고 어깨엔 잔뜩 힘이 들어가 있다. 경마장으로 면접을 보러 오셨나.

경마장엔 가벼운 바람이 불고 구름장은 제법 두텁다. 곧 경마가 시작된다는 안내방송이 나온다.

총소리가 울리자 발주대문이 일제히 열린다. 이 순간을 기다렸던 사람들은 승패의 갈림길에서 발을 동동 구른다. 마주의 뇌는 달아오르고, 마권을 쥔 자들 역시 그렇고, 기수들 또한 그렇다. 나와 호피 무늬만 빼면 경마장은 이 순간을 위해 존재한다고 말할 수 있다. 말의 경쟁이 아니라 돈의 경쟁.

경주마들이 번호표를 달고 트랙을 달린다. 기수들은 엉덩이를 한껏 세운 채 말과 하나가 된다. 달리는 말들 중에는 나와 같은 틱 장애가 있는 말이 없다고도 할 수 없다. 잘 달리다 무슨 발작인지 트랙 펜스를 부수고 뛰쳐나가는 말도 있다. 그것을, 굳이, 틱 장애라고 불러본다 나는.

출발점이 같았던 말들이 하나 둘 거리를 두기 시작한다. 말들이 푹푹 콧김을 쏟아내고 말발굽에서 모래가 튄다. 기수들의 엉덩이가 빳빳해진다. 마권을 쥔 사람들이 불끈 일어난다. 자신이 찍은 말의 번호나 말 이름을 목이 쉬어라 외친다. 저 열기들, 삶의 중심마저 뚫어버릴 단내 나는 열기들. 세은이 언어도 저 말들처럼 번호표를 달았다면 단연 우승했을 터.

말들이 결승점을 바로 앞에 두고 달린다. 열기는 거짓말처럼 식는다. 사람들은 어느 말이 일등을 했는지, 자신이 찍은 말은 몇 등을 했는지 벌써 알아차린다.

사람들 사이에서 한숨 소리가 나는가 하면 급히 자리를 뜨는 사람, 껌껌해진 얼굴로 담배부터 입에 무는 사람, 입가를 실룩이며 자리에 털썩 앉는 사람, 입술을 비집고 나오는 웃음을 참느라 고개를 숙이는 사람, 사람들의 희비는 전광판에 뜬 말의 등수보다 앞선다.

삼십 분간의 휴식. 레이싱을 보러 온 사람들이 앉을 자리를 찾아 왔다 갔다 한다. 어느새 호피 무늬가 내 옆자리에 앉아 있다. 텅빈 자리가 많은데 슬금슬금 내 옆자리에 앉은 까닭은 뭐지? 마권살 돈이 떨어졌나? 어느 말이 대박마인지 물어보고 싶나?

와불을 반쯤 흉내 낸 자세로 앉아 있기만 한다 나는. 달리는 말이 보고 싶었나 나는? FRP 말로는 안 된다는 걸 알았나 나는? 틱 장애로 군내가 나고 골마지가 낀 나를 말에 태우고 싶었나 나는? 그런 거창한 이유 따윈 필요 없다고 말해 줄 누군가를 만나고 싶어서 왔나 나는?

곧 다음 경기가 열린다는 방송이 나온다. 호피 무늬는 한참이나 핸드백을 뒤지더니 겨우 껌을 꺼낸다. 꺼냈으면 저나 씹을 것이지 그것도 반쪽을 내더니 내게 건넨다. 이런 수법은 껌이 처음 나왔을 때부터 있어 왔다. 영화나 소설에도 흔히 등장하는 그렇고 그런 삽화. 거절하기도 귀찮아 받긴 받는다. 껌은 내 나이만큼이나 핸드백에 박혀있었는지 은박지에 찰싹 달라붙어 있다.

호피 무늬는 내가 껌을 받은 채로 있기만 하자 수업을 진행한다. 우선, 은박지에 붙은 껌을 조심스레 떼어 낸다. 껌이란 이렇게 반으로 나누어 씹어야 제맛이고, 늘러 붙었을 땐 요렇게 떼어야 한다는 가르침이 친절하다 못해 절절하다. 보아하니 호피 무늬는 나보다는 족히 십 년은 연상이다. 호피 무늬를 입었음에도 전투성은커녕 시들한 나보다 더 시들해 보인다.

호피 무늬는 상해도 한참이나 상했을 껌을 잘강잘강 잘도 씹는다. 수업을 받았으니 호피 무늬가 했던 대로 은박지에 달라붙은 껌을 찌걱찌걱 떼어낸 후 입에 넣는다. 끈끈해진 손가락은 바지에 쓱쓱.

호피 무늬와 나는 애인이라도 된 양 나란히 앉아 한 개의 껌을 나누어 씹는다. 반쪽짜리 단물이 쏙 빠지도록 레이싱은 시작되지 않는다. 꼭 레이싱을 기다리는 건 아니다. 말의 그 육감적인 율동성을, 과거엔 잘나갔지만 지금은 파산한 사업가처럼 그리워한다 나는.

경기가 시작되려 하자 동남아 노동자로 보이는 남자 대여섯이 내가 앉은 바로 아래 칸 의자로 몰려가 앉는다. 저들은 경마로 한 밑천을 잡으려 이곳까지 왔나? 아니면 머리를 식히려? 그것도 아니면 나나 호피 무늬처럼 한심한 시간을 한심하게 때우려?

총소리가 나고 발주대문이 발딱 열린다. 헬멧과 원색의 기수복을 차려입은 기수들, 차안대와 귀마개를 한 경주마들이 초원이 아닌 트랙을 달린다. 사람들의 함성과 열기가 초원의 거센 바람으로 분다. 그 바람을 맞은 기수들은 회초리와 단발마를 쓰고, 경주마들은 근육이 터져라 달린다.

세은의 언어는 저 기수들이 쓰는 회초리이며 경주마의 속도다.

"네게 총을 주고 싶어. 총 쏘는 법은 알지? 언젠가는 네게 총을 주고 말 거야. 진짜 총 말이야. 그걸로 넌 뭘 할 수 있을까. 할 수 있다면 누군가의 관자놀이에 대고 쏘길 바라. 누군가를 나로 찍거나 너로 찍거나. 너랑 결혼하고 싶은 옵션 중 하나야, 총."

이럴 때는 어떤 코멘트를 해야 하나.

노코멘트는 세은에게 코멘트를 지속시키게 한다.

"소주를 보고 있음 물이 떠올라. 물을 보고 있음 소주가 떠올라. 소주를 만든 사람들은 어째서 물과 같은 색으로 만들었을까. 물처럼 마셔도 된다는 영업의 논리겠지. 난 소주도 물도 싫어. 술에 술

탄 듯, 물에 물 탄 듯, 그 말이 떠오르거든. 너를 보는 것처럼. 너 같은 사람이야말로 총을 가지고 있어야 해."

세은의 스피치는 격렬하다 못해 단숨에 비약의 꼭짓점을 찍는다. 어디서 어떤 교육을 받으면 저런 말을 할 수 있을까. 혈관이 백 번쯤 파열하다 이백 번쯤 제자리로 돌아와야 나올 수 있는 말이 아닐까.

아무렇지도 않은 척, 세은의 말을 되받아친다.

"메소밀도 물과 같은 색이야. 네 말대로라면 농약도 물처럼 마셔도 된다는 뜻이야. 너를 보는 것처럼. 너야말로 너를 위해 총을 가지고 있긴 바란다."

세은이 픽 웃는다. 제법이구나 싶은 표정이 생선 비린내로 물씬댄다. 저런 따위 때문에 세은과 결혼하고 싶다면 누가 믿을까. 나도 믿기 어려운데.

세은이 웃음을 그치고 고개를 끄덕인다.

"응, 그러자. 어차피 너와 나의 결혼은 불합리의 완제품이니까. 그래서 반드시 해야만 하니까."

세은은 맹독을 뿌린다. 맹독에 자신을 던질 만큼 힘이 드나 세은은? 괜찮지 않지만 괜찮다고 우길 만큼 아픈가 세은은?

세은은 결승선을 향해 달리는 말처럼 힘주어 말한다.

"또한 그렇기 때문에 막아야 해."

막자면 막을 수 있겠지만 나와 세은은 막지 않는다. 나와 세은은 보이지 않는, 틱 장애를 일으키는 신경 줄 같은 것에 끌려 다닌다. 끊임없이 피를 흘리나 피는 나오지 않는, 그런 질병을 앓으며 영혼의 근육을 하나하나 갉아먹는다. 그 다음엔 무엇이 어떻게 될지 생각하지 않는다. 더 정직하게 말하면 생각이라는 자체를 밀어버린다. 틱 장애의 추는 생각보다 무겁다.

앉아있던 사람들이 하나 둘 일어나는가 싶더니 나와 호피 무늬만 빼고 전부 일어난다. 경주마가 결승선을 코앞에 두고 달린다. 저 정도면 일등 말과 꼴등 말은 이미 결정이 났다는 얘기다.

경기가 끝나자 사람들이 부산스레 자리를 떨친다. 호피 무늬가 흘깃 나를 보더니 핸드백에서 메모지를 꺼낸다. 메모지에다 급히 뭔가를 끼적이더니 내 무릎에 살며시 놓는다. 호피 무늬 옷과는 어울리지도 않게, 사뭇 양반집 규수인 양 두 손까지 모아잡고는 눈을 내리깐다.

메모지에는 "밤중까지 같이 있어 줄 수 있어요?"라고 쓰여 있다. 양반집 규수가 밤중까지 같이 있어 달라? 얼씨구, 그러니까 호피 무늬는 호객을 하는구나. 저녁도 먹고 술도 마시고 모텔도 가자는 뭐 그런 말을 하는구나. 그런데 어떡하지? 호피 무늬보다는 뱀피 무늬가 더 좋은 걸. 뱀피 무늬보다는 악어피 얼룩말피 무늬가 더 좋은 걸.

조용히, 받은 메모지를 호피 무늬에게 돌려준다. 지하철에서 구걸하는 메모지를 도로 줄 때처럼 조금은 미안히게, 그러나 미안해할 필요가 없다고 스스로를 타이르며 줄 때처럼 준다.

메모지를 준 후 자리에서 일어난다. 호피 무늬가 따라 일어난다. 경마장을 뒤로 하고 밖으로 나온다.

길거리는 웅성이며 서성이며 우왕좌왕 하는 사람의 무리로 북적인다. 포장마차는 경마 끝판이 얼마 남지 않았음을 알리듯 들어갈 때보다 더욱 활기를 띤다.

지하철로 내려가는 계단을 밟는다. 호피 무늬는 내가 밟는 계단을 따라 밟는다. 호피 무늬가 건넸던 메모 내용이 떠오른다. "밤중까지 같이 있어 줄 수 있어요?" 고맙지만 그만 웃겨라, 계속 웃길 거면 진짜 웃어줄 테다, 그런 생각이 나는데 뜬금없게도 세은이 떠오른다. 물속에 있지만 갈증을 느끼는 물고기와도 같은 세은. 세은은 다른 무엇이 아닌, 저 호피 무늬나 메모의 내용과 다르지 않을지도 모른다. 퍽이나 무서운 듯이 굴지만 대량으로 프린트된 호피 무늬 정도의 급.

지하철이 나와 호피 무늬 앞에 선다. 지하철에 올라 빈자리로 가 앉는다. 호피 무늬가 내 옆자리에 앉는다. 경마장에서 나란히 앉았던 것을 그대로 복사해 놓은 모양새가 부조화를 극대화시킨다.

지하철이 레일을 트랙으로 달린다. 지하철에서 처음 세은을 만났을 때 다리를 절었던가. 세은은 저는 다리가 마음에 들어 결혼하고 싶다고 했던가. 선임은 저는 다리가 마음에 들지 않아 패고 또 팼던가. 세은과 선임과 나, 누구의 부르짖음이 더 강하고 악랄

하며 심금을 울리나.

심금을 울리는 최강자는 건너편 유리창에 있다. 어떤 조건도 달지 않은 채 밤중까지 같이 있어달라는 여자. 그 애절함이야말로 저는 다리보다 우월하다.

내 다리는 지하철에서 내리면 어디로 향할까. 어느 부르짖음을 따라 절룩이며 두리번거릴까. 저는 다리 못지않게 한참이나 휘청거리는 이 심사라니.

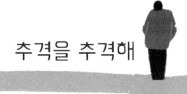

추격을 추격해

사르륵 사르륵…… 소리 없는 소리.

언니구나! 또 언니야! 이번엔 속지 않을 거야.

흐헉흐헉 흐헉흐헉…… 허벅지가 당기고 종아리에 알이 배게 뛴다. 뛰고 뛰어도 제자리. 등줄기가 화끈거리고 발바닥이 뜨끔거린다.

서늘한 기가 안개인 듯 그림자인 듯 발목을 맴돈다. 몸을 옹송그린다.

사르륵 사르륵…… 소리 없는 소리가 거머리인 양 지네인 양 어깨를 타넘는다.

언니야, 이러지 마! 어깨를 뒤튼다. 써늘한 기가 어깨를 짓누른다. 언니야, 진짜 이럴 거야? 그만 하라니까! 어깨를 파닥파닥 턴다.

이번엔 소리 없는 소리가 등짝에 달라붙는다. 아아, 언니야, 어쩌자는 건데! 등을 뒤틀며 죽어라 뛴다. 뛰고 뛰어도 제자리, 또 제자리. 헛기침이 나고 식은땀이 솟는다.

사방에서 고약한 냄새가 진동한다. 고무 타는 냄새 같기도 하고 내장이 썩는 냄새 같기도 한 냄새가 질척질척 발목을 휘감는다. 으윽! 언니 냄새다! 냄새가 뱀의 몸통으로 발목을 타올라 목을 죄고 팔다리를 비튼다. 몸이 덜덜 떨린다.

한 발짝 뒤로 물러난다. 차디 찬 무엇인가에 부딪친다. 언니가, 내 등에 찰싹 닿는다. 입가를 푸르르 떨며, 푸르르 웃는다. 아, 언니야, 왜 자꾸 따라다녀! 잘못한 게 없는데 뭘 어쩌라고! 제발 그만 쫓아와!

목젖이 붓고 목구멍이 찢어지게 악을 쓴다. 단단한 돌덩이가 목구멍을 틀어막는다. 머리칼이 곤두서고 표피가 오그라든다.

언니는 부들부들 떠는 내 어깨를, 손과 팔과 다리를, 손바닥으로 쓰다듬는다. 순식간에 뼈마저 얼릴 듯 차디찬 손. 언니의 손을 팩 뿌리친다. 뭐! 뭐! 어쩌라고! 언니가 이런다고 뭐가 달라지는데. 그때 언니 옷을 입은 건 훔친 게 아니잖아! 언니가 학교 가고 없어서 입게 된 것뿐이라고. 얼룩 하나 구김 하나 내지 않고 그대로 걸어놨는데 왜 이렇게 따라붙어. 자매지간에 너무한 거 아냐?

언니를 뿌리치고 흐헉흐헉 뛴다. 인대가 늘어나고 아킬레스건이 파열한다. 제자리, 역시 제자리. 버둥대다 허우적대다 털퍽 주저앉는다. 잘못한 게 없는데 도망은 왜. 눈물이, 식은땀처럼 줄줄 흘러내린다.

눈을 뜬다. 방은 환하다. 언제 어느 때나 형광등이며 스탠드 불이 켜있는 환한 대낮. 얼굴은 눈물로 젖어있고 잠옷은 식은땀으로 축축하다.

간신히 아랫목으로 눈동자를 굴린다. 당연히, 언니는 없다. 그런데도 있다. 커다란 목단꽃 무늬에 하얀색 깃을 단 이불을 덮고 가만히 누워있다. 언제까지나 저 모습으로 살아있는 언니.

나는 언니가 누웠던 것과 같은 꼴로 누워있다. 둥근 갓을 씌운 형광등 안엔 죽은 날벌레 몇 마리가 점처럼 거뭇거뭇 붙어 있나. 날다 죽은 것들. 날려다 죽은 언니. 날지도 못하고 죽어가는 나.

날다, 그것은 죽음의 예고편. 언젠가는 죽게 된다는 경고장. 그렇지, 쉬지 않고 날기만 하는 건 없지. 나는 걸 접게 되는 순간이야말로 죽음, 죽음. 죽기엔 일러. 죽고 싶지 않다고. 싫으면 싫지 않게 하면 된다고 말하는 입은 짓이겨놔야 해. 언니는 그 말을 하며 웃었던가 야유했던가.

느닷없이 류머티즘이 떠오른다. 통증과 경직을 수반하는 류머티즘. 눈만 감았다 하면 나타나는 언니는 류머티즘의 출현. 언니에게 시달린 후면 눈동자조차 굴릴 수 없게 나가떨어지는 건 류머티즘의 증상. 그 증상은 언제부터였나. 언제라는 걸 안다고 달라질 건 없다. 아랫목엔 늘 언니가 있고, 커다란 목단꽃 무늬에 하얀색 깃을 단 이불을 덮고 날 지켜본다. 보지 마! 보지 말라고! 눈을 확 찢어놓을까 보다.

눈을 감는다. 형광등으로 연출된 대낮은 단 하나의 효과도 주지 못한다. 효과를 기대했던 건 아니지만 기대하지 않았던 것도 아니다. 언니는 결코 나를 놓아주지 않는다. 매일, 내 잠을 비집고 들어와 차디찬 손으로 나를 만지고 악취로 더듬는다. 언니야, 제 발 그러지 마. 나도 언니를 괴롭히고 싶지만 언닌 죽었잖아. 괴롭 히고 싶어도 소용없게 돼 버렸잖아.

나는 언니와 헤어지려 별별 짓을 다 해봤다. 나도 몰라볼 정도 로 요란한 화장을 하거나 흰머리의 가발을 쓰거나 이사를 했다. 그때마다 언니는 용케도 따라와 아랫목을 차지한다. 입가엔 푸르 른한 웃음을 띠고 말없이 보기만 한다. 웃음이 소름끼쳐. 몽둥이 로 패기 전에 그만 웃어!

으스스 어깨가 시리다. 나를 만나던 남자들도 그렇게 말했다. 몸이 왜 이렇게 차냐고. 언니의 손이 들러붙어서 그렇다는 말은 하지 못했다. 나는 하고 싶은 말도 못하는데 언니는 하고 싶은 대 로 다 한다. 지긋지긋한 년.

자리에서 일어난다. 형광등으로 인해 한밤중도 대낮이고 대낮 도 대낮인 이곳에서 나는 부접을 하지 못한다. 눈만 뜨면 오늘은 어디로 갈까 그 생각뿐이다. 남자라도 꿰차고 들어올 수 있다면 운수 대통이다. 그렇지, 오늘은 시시껄렁한 놈팡이라도 좋으니 만 나기만 하면 집으로 데려와야지.

무조건 집을 나온다. 밖은, 그러니까 언니가 없는 밖은 찬란하 다. 아주 작은 색색의 유리조각이 빛을 튕겨내듯 현란하게 밝다.

밝음이 무섭고, 무서운 만큼 그립고, 그리운 만큼 만지고 싶고, 만지고 싶은 만큼 차지하고 싶고, 차지하고 싶은 만큼 벅차고, 벅찬 만큼 그립고, 또 그립고.

무너지지 않으려 기를 쓴다. 허리를 펴고 눈을 동그랗게 뜨고 또박또박 걷는다. 걸음걸이가 고꾸라질 듯 뻣뻣하다. 이래선 안 된다. 나는 만만하지 않다. 언니 따위가 집적댈 정도로 허약하거나 허술하지 않다. 나는 강하다. 언니보다 강하다.

버스 정류장 앞. 버스가 쉴 새 없이 와 한 무리의 사람을 토해놓고 또 한 무리의 사람을 삼키고 간다. 나도 저 버스 중 어느 하나를 타고 가긴 갈 것이다. 무작정 가기만 한다고 되는 걸까. 가는 것 말고 떠나기. 목단꽃으로로부터, 차디찬 손으로부터, 악몽과 악취로부터 영영 떠나기. 영영 도달하기 힘든 희망 고문.

언니의 추격은 탄력도 좋고 스피드도 대단하다. 있으나 없고 없으나 있는 것으로, 칼도 먹히지 않고 저주도 타협도 소용이 없다. 항상 내 어깨에 그 얼음장 같은 손을 얹고 나를 본다. 끔찍한 년!

정류장 앞을 서성인다. 언니가 이런 나를 보고 있다면 고소해할지도 모르겠다. 그래, 봐라 봐. 눈이 째지게 봐도 나는 그러한 시선에 반응하지 않겠다.

버스 정류장에서 조금 떨어진 곳에 퍼런색 비닐 방수포를 친 간이 점집이 보인다. 머뭇머뭇 점집 앞을 지나가본다. 무속인이 손바닥만 한 테이블 앞에 앉아 있다. 되돌아 주뼛주뼛 점집 앞을 지난다. 손바닥만 한 테이블 위엔 작은 책과 노트가 놓여 있다. 아무렇지도 않은 척 다시 점집 앞을 지나가본다. 무속인이 의자 뒤편에서 보온병을 집어 테이블에 놓는다. 되돌아 무심한 척 점집 앞을 지난다. 무속인이 종이컵에 따른 차를 입으로 가져간다. 나와 눈이 마주친다. 가슴이 덜컥 내려앉는다.

급히 버스 정류장 앞으로 간다. 도로의 열기는 차츰 올라가고 차와 사람들은 바쁘게 움직인다. 단단히 마음을 부여잡고 버스를 기다린다. 한 대의 버스가 도착한다. 사람들이 내리고 또 올라탄다. 버스가 엔진 음을 토해내며 자동차 전용도로를 수로인 양 달린다. 버스가 가는 쪽으로 고개를 튼다. 그곳엔 간이 점집이 떡히니 버티고 있다.

잔뜩 턱에 힘을 주고 간이 점집으로 간다. 비닐 방수포 안으로 들어가자 내가 마수걸이 손님인지 무속인의 얼굴이 환해진다.

무속인이 생년월일과 시를 묻는다. 대체 뭐하는 짓이냐 지금, 그런 생각을 한 것 같은데 입에선 생년월일과 시가 줄줄 나온다. 무속인은 한자가 빽빽하게 써진, 손때 묻은 작은 책자를 들춰보며 노트에 뭔가를 끼적인다. 한자 같기도 하고 그림 같기도 한 글자가 노트를 채워나간다. 저 정체 모를 기호엔 내가 들어 있다. 나는 어떤 모습으로 나올 것인가. 언니는 또 어떤 무엇으로 나올 것인가.

무속인이 고개를 갸웃한다.

"아직 결혼하지 않았네. 사주에 독수공방이 들어있어. 결혼할 생각이 있다면 여러 사람이 모이는 곳에 자주 드나드는 게 좋아."

저런 말을 들으려고 점을 친 게 아니다. 더구나 사주에 결혼이 없다면서 결혼할 생각이 있다면이라니 점답지 못하다.

조금은 허탈한 심정으로 간이 점집을 나온다. 결혼이 아니라 언니와 헤어지는 법을 물어볼 걸 그랬나. 언니와 헤어지면 결혼도 하고 애도 낳아야지. 우선 언니와 헤어지기부터.

무작정 버스를 탄다. 어느 노선인지 알지도 못한 채 버스를 탄다는 것은 모험이다. 먼 해외를 배낭 하나로 덜컹 나가는 것보다 더한 일이다. 뻔히 아는 도시, 같은 언어를 쓰는 도시, 어디서든 갈아탈 수 있는 도시, 다시 집으로 갈 수 있는 도시지만, 마음을 준비하지 않고 탄 버스는 생소한 그 어떤 곳을 여행하는 것보다 더한 모험이다. 사주에 남자가 있든 없든, 독수공방으로 죽든 말든, 나는 노선도 모르는 버스를 탔다는 사실이 중요하다. 이 버스는 언니를 피해 나온 나를 어디로 데려갈 것인가. 어디로든.

버스가 전용 차선을 타더니 시내로 들어간다.

시내, 이곳은 낯설지 않다. 친구와 쇼핑을 하고, 남자와 미팅을 하고, 선후배들과 술집으로 영화관으로 몰려다니던 데다. 지금은 그 어떤 것도 할 수 없는 무풍지대이기도 하다.

버스에서 내린다. 많은 사람이 어깨를 나란히, 혹은 손을 잡고, 또는 나처럼 혼자 걸어간다. 사람들 속으로 푹 들어간다. 뜻하지 않게 마음이 누그러진다. 그렇게 들볶아대던 불안도 조금은 가신다. 아니, 그렇지 않다. 마음은 간이 점집에 들어갈까 말까 하던 때와 별반 다르지 않다.

무슨 중요한 볼일이라도 있는 양 앞만 보며 걷는다. 점집에선 여러 사람이 모이는 곳에 자주 드나드는 게 좋다고 했다. 잠깐 들은 얘기지만 시내로 온 것은 뇌가 반응하기엔 좋은 말일 수도 있다.

헌데 언니는 이 복잡한 데까지 따라왔을까. 나는 다리가 아픈데 언니는 팔이 아프겠다. 그 팔에 쥐도 나고 경련도 나서 반으로 뚝 잘라졌으면 좋겠다. 쥐가 나는 건 언니의 팔이 아니라 내 발가락이다. 발가락 두 개가 슬슬 꼬이기 시작한다. 이대로 두면 걷기는커녕 주저앉아야 한다.

쉴 자리를 찾아 두리번거린다. 왼쪽 대각선에 사주카페라는 입간판이 눈에 들어온다.

사주카페는 지하에 있어선지 습습하다. 퀴퀴한 냄새도 난다. 나갈까 말까 하는 순간 어서 오시라는 소리가 난다. 카페 여주인이 다가와 이쪽에 앉으시라며 자리를 권한다.

엉거주춤 소파에 엉덩이를 걸친다. 붉은색 패브릭 소파는 어느 술집에서 쓰다 버린 것인지 쿠션은 꺼지고 군데군데 얼룩진 데다 희끄무레 바래 있다.

사이다를 시키고 구두부터 벗는다. 점점 꼬여가는 발가락을 잡아 심장 쪽으로 당긴다. 건너편 앞자리에 앉은 중년여자가 내 일

거수일투족을 빤히 지켜본다. 여자는 사이비 종교인들처럼 머릿밑이 아파 보이도록 머리칼을 바짝 당겨 묶었고, 묶은 머리엔 검은색 그물망을 씌웠다. 옷은 황토색 개량한복이지만 짙은 눈썹 문신 탓에 국적이 불분명해 보인다.

사이다가 테이블에 놓인다. 사이다 캔을 따 얼음이 든 유리잔에 따른다. 개량한복의 시선이 전신을 옭는다. 언니의 시선과 다르지 않은 시선, 속이 벌렁벌렁 떨려온다. 쥐가 나 발가락을 꼬물거리니에써 사이다를 마신다. 유리컵에 얼음조각만 남자 천천히 고개를 든다. 개량한복의 그 드센 인상과 마주친다. 할퀴고 또 할퀴어대는 눈빛이 견딜 수 없다. 훅, 숨을 토해내며 발딱 일어난다. 밖으로 나가자고 한 것 같은데 어느새 무속인이 있는 자리로 간다.

무속인은 올 줄 알았다는 듯, 오고야 말 거라고 여겼다는 듯, 확신에 찬 표정이 기세등등하기까지 하다. 무속인이 생년월일과 시를 묻는다. 나는 좀 전에 들렀던 간이 점집에서처럼 고분고분 대답한다.

개량한복의 무속인도 한자가 잔뜩 적힌 작은 책자와 노트 한 권을 펼쳐놓고는 뭔가를 끼적인다.

"음…… 양띠구만. 뭐가 알고 싶지?"

나는 무엇이 알고 싶은가. 이사를 해야 할지 말아야 할지 알고 싶나? 전생에 무엇이었는지 알고 싶나? 앞으로 어떤 남자와 결혼하게 될지 알고 싶나? 차라리 로또 번호를 물어보는 게 낫지 않나?

생각지도 않는 말이 튀어나온다.

"언니가 알고 싶어서요."

무속인은 예의 그 기분 나쁜 시선으로 쏘아보며 언니의 생년월일과 시를 묻는다. 나는 이번에도 고분고분 대답한다.

언니는 없는데 언니의 탄생은 낯선 사람의 노트에 적혀 재탄생을 준비한다. 언니는 어떤 모습으로 나타날 것인가. 어떤 존재로 나를 놀라게 하거나 기쁘게 하거나 두렵게 할 것인가. 이왕 나올 것이면 쥐로 나와라. 고양이 한 마리면 간단히 해결될 테니. 쥐가 싫으면 고양이로 나와라. 개 한 마리면 깔끔하게 정리될 테니. 고양이가 싫으면 개로 나와라. 개잡이 하나면 초토화가 될 테니.

무속인은 노트를 들여다보더니 드센 얼굴이 더욱 드세어진다.

"언니는 안 나와. 저세상 사람이구만 무슨 이유로 언니를 넣었지? 점을 잘 치나 못 치나 시험해보는 거야?"

무속인의 짙은 문신 눈썹이 꿈틀 미간으로 쏠린다.

나는 졸지에 졸아들어 우물쭈물 대꾸한다.

"언니가… 자꾸… 나와서요."

무속인의 어투가 고압적이다.

"그러니까 부적을 만들어달라는 거야 굿을 하고 싶다는 거야? 난 굿은 안 해. 부적은 만들어 줄 수 있어."

부적. 노란 기름종이 같은 것에 붉은색 문양을 도장처럼 콱 찍은 것. 그런 종잇조각이 과연 언니와 헤어지게 할 수 있을까. 무속인은 언니를 가볍게 여긴다.

사주카페를 나온다. 갑자기 덤벼드는 해의 빛살. 잠시 눈을 감았다 뜬다. 도로에는 중국인 관광객 무리가 가이드의 깃발을 따라간다. 깃발을 따라가면 언니가 없는 곳이 나오고, 기쁨 두 배 행복 두 배가 있는 곳이 나오고, 잠들기가 두렵지 않은 곳이 나오고, 또 더 나은 미래가 있는 곳이 나오고, 나오고……

중국인 관광객 뒤에 따라붙는다. 여행사 로고가 찍힌 노란색 삼각 깃발이 사람들에 묻혀 보이다 만다 한다. 삼각 깃발이 사거리에서 멈춘다. 가이드가 도로와 건물을 손짓으로 가리키며 중국어로 설명한다. 중국인 관광객 몇은 고개를 끄덕이고, 몇몇은 휴대폰으로 사진을 찍는다.

가볍기만 한 저 사람들. 저들에겐 목단꽃 무늬의 이불은 없다. 언제 어디서나 활개를 치는 얼음 손도 없다. 꿈이기도 하고 현실이기도 한, 무겁디무거운 악몽도 없다. 갑자기 속이 메슥거린다.

노란색 깃발이 움직이기 시작한다. 중국인 관광객의 무리도 깃발을 따라 이동한다. 나는 그 자리에 멀거니 선다. 언니를 피해 나왔지만 언니는 점집에도 대로에도 따라다닌다. 쇼윈도 유리창에도 마네킹에도 어른댄다. 열 추적기인지 내가 가는 곳마다 쫓아온다. 찰거머리 같은 년. 죽기를 잘했다.

팩 몸을 돌려 버스정류장으로 간다. 어디를 쏘다니든 무엇을 하든 언니는 살아있다. 언제까지 살 양인지 빳빳이 기를 세운다.

지독한 년. 그래봐야 언니 너만 힘들어.

이번에도 무작정 버스에 오른다. 버스를 기다리는 사람들은 사열하는 군인들처럼 좌향좌 자세로 버스가 오는 쪽을 바라본다. 어딘가로 데려다 달라고 신호를 보내는 눈빛들. 저 눈빛들은 이곳만 아니라면 무조건 오케이라고 사인을 보낸다. 떠나고 싶은 자들, 떠날 수 있는 여건이 주어진다 해도 쉬이 떠나지 못하는 자들. 상황극의 한편은 이렇듯 제자리걸음이다.

노선이 어떻게 되는지, 종점이 어디인지 모를 버스가 출발한다. 한 정류장도 가지 못해 횡단보도 앞에 멈춘다. 보행인들이 우르르 횡단보도를 건넌다. 발달장애아의 손목을 부여잡고 가는 젊은 엄마, 푹 찌그러진 얼굴로 바닥만 보고 가는 중년 남자, 비닐에 싼 장미 한 송이를 들고 가는 여자, 휴대폰으로 통화하며 가는 양복차림의 남자, 아웃도어를 정장처럼 입고 가는 아줌마, 묵직한 캐리어를 더그덕더그덕 끌고 가는 외국인 여자. 그들은 모두 횡단보도의 흰 색 선 가운데를 지난다.

내 머릿속에도 저런 횡단보도가 있다. 커다란 선글라스를 쓰고 해변을 걷는 일. 이를 활짝 드러내고 사진을 찍는 일. 드레스코드에 맞춰 입고 모임에 가는 일. 모임에 간 지가 언제였는지 가물가물하다. 언니가 죽기 전이었으니 꽤 오래전이다. 그때는 즐거웠던가.

언니와 즐거웠던 한때가 있었다 해도 언니는 추억이 되지 못한다. 그 꼴로 죽지만 않았어도 추억이 될 수 있겠지만 언니는 추억이 아닌 과거로 남아 있다. 지우려 해도 지워지지 않는, 지울 수 없는 흠집으로 말이다.

신호기는 꺼질 듯한데 한 여자가 무빙워크 속도로 횡단보도를 건넌다. 여자는 노랑 블라우스를 입고 있다. 자잘한 꽃무늬는 없지만 그때 언니가 입었던 옷과 흡사하다. 언닌 그 블라우스를 왜 찢었던가. 티도 안 나게 살짝 입었을 따름인데 왜.

언니의 그 노랑 블라우스가 욕심이 났던 건 사실이다.

언니의 남자 친구는 키 크고 잘생기고 똑똑했던 명문대 총학생 회장이었다. 약점이 대체 뭔지, 있기는 있나 싶은 그런 남자였다. 그 남자가 언니에게 노랑 블라우스를 선물했다. 나라면 모를까 언니에게?

언니가 노랑 블라우스를 입고 거울 앞에 섰다. 거울에서 자랑스러움이 몽실몽실 번져 나왔다. 언니는 거울을 뚫고 들어갈 듯이 보고 또 보더니 그 남자를 만나러 갔다.

언니가 나가자 나는 언니의 옷을 죄다 꺼내, 입어보다 구기다 던지다 질겅질겅 밟아댔다. 질투의 온도계는 박살이 났고, 나는 방바닥을 마구 뒹굴었다.

기어이 언니의 남자에게 연락했다. 의논할 일이 있다고 했던가 부탁할 일이 있다고 했던가. 어떤 말을 했는지 기억나지 않지만 언니의 그 노랑 블라우스를 입고 나갔다.

남자의 표정은 흔들렸다. 아니, 구겨졌다. 참담함이 아니면 나올 수 없게 일그러졌다. 남자는 한참이나 말이 없더니 휭 가버렸다. 언니가 입었을 때보다 예쁘다거나, 자매가 같이 입으니 좋아 보인다거나 흔히 할 수 있는 말조차 하지 않았다. 나쁜 놈.

노랑 블라우스의 여자는 신호기가 깜빡대자 민첩하게 인도로 올라간다. 저만한 순발력이면 친구의 애인 혹은 언니의 애인을 가로채는 것은 식은 죽 먹기일 터다. 나는 노랑 블라우스로 기회를 잡으려 했지만 무산됐고, 언니는 잡았지만 버렸다.

언니는 학교에서 돌아오자마자 노랑 블라우스를 찾았다. 장롱에 곱게 걸어두었던 노랑 블라우스를 꺼내 방바닥에 팽개쳤다. 열 개의 손가락을 세워 노랑 블라우스를, 그 사랑스러운 옷을 찢기 시작했다. 솔기가 북 뜯어지는 소리가 천둥소리보다 컸다. 언니가 가위를 들고 왔다. 싹둑싹둑, 싹둑싹둑. 내 심장이 싹둑싹둑 잘리는 기분이 들었다. 언니는 가위질을 하다 문득 나를 돌아봤다. 나는 뒷걸음질을 쳤다. 그렇게라도 하지 않았다면 가위가 내 목을 향했을 것이다.

언니는 블라우스를 조각내 버렸듯, 자신을 버렸다. 언니가 누운 아랫목엔 언니의 그림자가 짙게 떠돈다. 그 그림자는 어느 듯 육체를 되찾아 내 어깨를 누른다. 가위질하던 그 손 그 질감으로 장수한다는 말이다. 장수가 지겨워. 매일 같은 노선을 달리는 버스처럼 지겨워 죽겠어.

버스는 지겹도록 같은 노선을 달리지만 나만큼 지겨워하지 않는다. 사회를 물갈이하겠다는 허풍쟁이도 태우고, 나처럼 혼자를 못 견뎌 뛰쳐나온 인간도 태운다. 무좀균으로 천연 분유를 만들 수 있다는 정신병자도 태우고, 나처럼 울고 싶지만 울지 못하는 감정 장애인도 태운다.

버스가 선다. 버스에서 막 내린 여자가 자박자박 걸어간다. 호피 무늬 바지와 그에 맞추려 했음직한 호피 무늬 핸드백이 어깨 밑에서 달랑거린다.

호피 무늬는 언니가 끔찍이도 싫어하던 무늬다. 예쁘게 입을 게 천지로 많은데 하필이면 호랑이나 표범을 연상시키는 옷을 입을 게 뭐냐며 침이 튀어라 말아라 했었다.

갑자기 머리가 뜨끈해지고 겨드랑이에 땀이 찬다. 그렇지, 호피 무늬가 박힌 옷을 입어야겠다. 왜 여태 그것을 몰랐을까. 외출복이며 일상복, 잠옷이며 장신구까지 전부 호피 무늬로 바꿔야겠다. 살고 싶다는 마음이, 남들처럼 평범하게 살고 싶다는 욕구가 강렬하게 치민다.

버스에서 내린다. 무작정 버스에 올랐듯 무작정 걷는다. 이래도 좋다. 아니, 이래야 한다. 몸을 혹사시켜야 잠은 올 테고 잠이 들면 언니의 그 차디찬 손은 무색해질 테니.

걷고, 걷고, 계속 걷다 집 방향으로 몸을 튼다. 갈 곳이 집밖에 없다는 사실이 서글퍼진다. 나 같은 사람은 의미가 있든 없든 갈 곳이 많아야 한다. 호피 무늬를 입으면 그럴 필요가 없다고, 누군가가 말해주었으면 싶다. 언니는 내가 호피 무늬로 떡 벌어지게 입은 걸 보면, 정나미가 떨어져 다시는 찾아오지 않을지도 모른다. 그래야 하지 않나? 빌어먹을!

집 앞이다. 집에 들어가기엔 시간도 체력도 남는다. 픽 쓰러져 잠이 들려면 좀 더 걷거나 독한 술을 마셔야 한다. 술도 걷기도 내키지 않는다.

집 근처 골목을 이리 저리 돈다. 밤하늘엔 손톱만 한 달이 오롯이 떠 있다. 달도 달빛도 참 좋다. 잔잔한 음악을 듣거나, 시집을 펼치거나, 흑백사진을 보거나, 아무 생각 없이 달만 보거나, 그렇게 하라고 뜬 달처럼 보인다.

그 자리에 가만히 선다. 달빛에 푹 젖으면 잠이 올까. 언니의 손을 느끼지 못할 정도로 잠다운 잠을 잘 수 있을까. 고개가 아프도록 달빛을 마신다.

스르르 다리가 꺾인다. 그제야 대문 고리를 잡는다. 아랫목을 차지하고 있는, 언니가 사는 집 문고리.

. . .

태양을 이고 선 언니. 언니가 녹는 게 아니라 태양이 언다. 언니는 얼음덩이가 된 태양을 내려놓더니 그 앞에 쪼그려 앉는다. 언니가 그 차디찬 손을 쭉 펴더니 태권도 솜씨로 태양을 내리친다.

태양은 반으로 잘려 둥근 단면을 벌렁 드러낸다. 겉은 얼었는데 속은 검붉은 색으로 자글자글 끓는다. 언니는 얼음보다 더 찬 손을 자글대는 속에다 푹 찔러 넣는다. 언니의 손이 닿기 무섭게, 끓어대던 속이 순식간에 언다. 언니의 입가에 푸르르 웃음이 뜬다.

언니는 살인보다 더한 웃음을 웃어가며 반 토막짜리 태양을 거꾸로 든다. 태양 속에서 크고 작은 고드름이 우수수 떨어진다. 언니는 하얗고 마른 손으로 고드름을 톡 건드린다. 크고 작은 고드름이 꾸물꾸물 기어간다. 언니는 송충이처럼 기어가는 고드름을 뒤따라간다. 고드름에서 알 수 없는 음이 흘러나온다. 말도 아니고 노래도 아닌, 신음인지 한숨인지 모를 소리가 그치지 않는다.

언니는 무슨 음인지도 모를 음을 천연스레 따라 한다. 언니와 고드름은 듀엣으로 노래를 하듯 박자를 잘 맞춘다. 내겐 소름이 쪽쪽 끼치는 그 음을, 꼭 맞는 구두를 신었을 때만큼이나 꼭 맞게 부른다.

허연, 송충이 같은 고드름이 뚝 멈춘다. 잠시 그렇게 있다 아랫목, 목단꽃이 환하게 핀 이불 속으로 기어든다. 언니도 고드름들을 따라 이불 속으로 들어간다. 언니가 반듯하게 눕자 고드름이 언니의 손등에 기어오른다. 손등을 이리저리 기어 다니더니 손가락에 딱 달라붙는다. 언니의 손가락이 놀랍게도 고드름으로 바뀐다. 그 손가락이 목단꽃 위에서 피아노를 치듯 톡톡거리더니 갑자기 나를 향해 뻗는다.

으윽! 나는 뒷걸음으로 도망치다 힘을 다해 뛴다. 전신이 찢어 지게 뛰지만 내 발은 시멘트로 발라놓은 양 그 자리에서 한 발짝 도 나가지 못한다. 가슴이 말할 수 없게 조인다. 숨이 막히고 구토 가 인다. 언니의 그 가공할 얼음 손가락은 여전히 나를 가리킨 채 푸르르 웃는다. 나를 지목하는 저 얼음 손가락! 금세라도 눈을 찌 를 듯한 저 살해의 손가락! 예리하고도 무시무시한 손가락이 어 느새 내 눈에 쿡 박힌다. 윽! 컥, 컥, 크헉.

잠에서 깬다. 눈이 무지무지 아프다. 꿈에서 찔렸을 뿐인데 실 제로 아프다니 믿기 어렵다. 아마도 눈 저 깊은 곳까지 송두리째 뽑혔을 때가 이런 통증일 것이다. 욕도 안 나올 만큼 언니가 무섭 고, 또 무섭고 무섭다.

아아, 나가기. 무조건 나가기.

마음은 타들어 가는데 몸은 곤죽이 되어 꼼짝을 못한다. 눈이 쿡쿡 쑤시고 머리가 흔들린다. 으슬으슬 한기가 번진다. 심장은 조이고 머릿밑으로 소름이 돋는다. 몸의 반응은 언제까지고 이렇 게 있겠다는 듯 부정적이다. 간신히 아랫목으로 눈을 돌린다. 목 단꽃의 이불도 언니도 없다. 그런데도 있다.

나는 언니가 잠에서 깨지 못하는 걸 보면서도 학교에 갔다. 며 칠이 지나도록 언니를 그대로 둔 채 밥을 먹고 학교엘 갔고 친구 들을 만났고 영화를 봤고 클럽에도 갔다. 왜 그랬을까. 언니가 죽 었다는 걸 인정하고 싶지 않아서였나. 아니면 죽은 언니가 무서워서였나. 흔히 시체와 동거했다는 말로는 부족하다. 나는 언니가 되고 싶었는지도 모른다. 멋진 남자에게 프러포즈도 받고, 동생에게 질투도 받고, 자신의 생명을 자신이 처리할 줄도 아는, 그런 존재를 흠모했는지도 모른다. 젠장, 말이 안 되는 얘기다.

말이 안 되는 얘기로 언니는 죽어서 살아 있고, 나는 살아서 죽어간다. 상상이라기엔 지독히도 사실적이고, 사실적이라기엔 상상을 초월한다. 상상이든 사실이든 너는 현재 눈이 아프고, 목이 타고, 가슴이 벌렁대고, 머리가 깨지게 아프다.

비실비실 집을 나온다. 밖엔 더위가 물컹거린다. 더위 복판을 어질어질 걷는다. 실신하듯 버스 정류장에 있는 의자에 걸터앉는다. 버스가 서며 배출 가스를 내뿜는다. 저 열기는 차라리 깨끗하다. 열기 아닌 열기로 살아가는 나는 언니만큼이나 있으나 없는, 없으나 있는 존재다. 그러니 점이라도 쳐야만 했을 것이다.

점괘야말로 온전히 믿을 수 없다. 그런데도 곧잘 점 생각에 빠진다. 믿을 수 없지만 믿고 싶은 마음 때문만은 아니다. 언니의 무게를, 어떻게든 피하거나 덜거나 동조해 줄 누군가가 필요했던 것일지도 모른다.

버스에 오른다. 버스 노선은 대부분 시내로 향하게끔 짜여 있다. 시내 어디에 어떤 계시가 도사리고 있는지 모르나, 나는 이 버스가 좌표로는 찾을 수 없는 데로 갔으면 한다.

버스가 선다. 무턱대고 내린다. 좌표도 뭣도 아닌 보통의 비스

정류장이다. 이 정류장에도 비닐 방수포를 친 간이 점집이 있다.

습관이란 사소한 것에서 출발한다. 나는 어제 뜻하지 않게 점을 쳤고, 그 일은 두고두고 습관이 될 것이다. 아마도 그럴 것이다.

뾰쪽하게 깎은 연필처럼 생긴 여자가 타로카드를 앞에 두고 있다.

"무엇이 알고 싶은지 말씀하세요."

어제를 도돌이표로 옮겨놓은 질문.

어제를 도돌이표로 생각하는 나.

나는 무엇이 알고 싶은가. 결혼인가 재물인가 취업인가. 언니와의 동거에 헤어짐이 들어 있는가 아닌가인가. 그보다 언니를 추방할 묘책이 무엇인지 물어보는 게 낫지 않을까.

내가 말이 없자 무속인은 그 뾰쪽한 얼굴로 다그치듯 말한다.

"사주인가요 건강인가요? 사주는 전체를 다 보는 거라 건강만 보는 것보다 값이 따블이에요."

내가 눈만 껌벅대자 무속인은 성마르게 말한다.

"타로는 가까운 것만 봐요. 오 개월 정도?"

무속인은 앞뒤가 맞지 않는 말을 한다. 가까운 것만 본다면서 일 년 사주를 본다. 그랬음에도 나는 자리에서 일어나지 못한다. 마음 같아선 언니를 물어보고 싶은데 어쩐 일인지 입이 떨어지지 않는다.

한참을 망설인 끝에 사주를 택한다.

무속인은 기다렸다는 듯 타로카드를 테이블에다 좌르르 펼친다.

"이 중에서 여섯 장을 고르세요."

저 많은 카드 중 여섯 장으로 뭘 알아낼 수 있을까. 뒷장만 보이는 저 카드를 뒤집으면 그림이 나온다. 그 그림들은 행운과 불운을 암시하며, 의미와 상징을 새기고 있다. 저것들이 두렵다.

기술적으로 펼쳐진 부채꼴에서 여섯 장을 고른다. 꼭 그럴 필요는 없을 텐데, 이것으로 네 운명은 네가 결정짓는 것이라는 생각이 스친다.

무속인이 여섯 장의 그림을 훑어본다.

"외로운 사주네. 뭘 해도 잘 풀리질 않아. 남자가 들어와야 그나마 풀리겠지만 그것도 쉽지 않아. 소개팅을 해도 안 되고 연애도 안 되고, 사십 중반에나 남자를 만나겠어."

신비하게 그려진 그림 어디에 저런 말이 들어 있나. 돈을 받고 하는 말이니 아주 거짓은 아니라 해도 무속인의 그 다음은 신빙성에 문제를 던진다.

"만나면 대박치겠어. 남부럽지 않게 호강하겠어. 그런데 남자 말을 잘 들어야지 그렇지 않음 매 맞고 살겠어."

타로카드가 화투짝을 연상시켰던 느낌이 되살아난다. 되면 되고, 말면 말고.

타로카드를 보며 두려웠던 마음이 거짓말처럼 시시해진다. 또

한 번 여섯 장의 카드를 고르고, 다시 두 장을 고르는 동안 나는 갑자기 느른해진다. 이 돌발적인 감정의 변화가 이상하게도 나를 편안하게 한다.

처음 점집을 찾을 때만해도 어마어마한 결심이 필요했었다. 어마어마한 것일수록 가볍게 대해야 한다는 생각을, 억지로 해가며 점집엘 들어갔다. 사실, 점집보다 더 어마어마한 것은 이웃과의 만남이다. 얼굴을 마주보고, 목소리를 내거나 듣고, 찻잔이나 술잔을 기울이고, 까르르 웃거나 홀쩍이는 일상들. 나로선 거의 불가능에 가까운 여유로움. 지금의 나는 화살을 맞고 비칠비칠 어딘가를 헤매는 짐승만큼이나 간절하며 고립되어 있다.

점집을 나왔건만 다른 점집을 찾아 희번덕거린다. 어디로 어떻게 왔는지 모르지만 이곳은 시장 가까이에 있는, 좁은 골목이 많은 동네다. 소방차는커녕 소형차조차 다닐 수 없는 골목을 이리 꺾어 돌다 저리 꺾어 돈다. 한때는 잘 사는 집이라는 평을 들었을 법한 집들도 지금은 사람이 사는지 마는지 모르게 퇴락해 있다. 이런 데일수록 점집이 있게 마련이라는, 어디서 듣거나 본 기억이 난다.

경차 정도는 다닐 만한 데로 나오자 하얀 깃발이 꽂힌 허름한 주택이 나온다. 초록색 철대문은 활짝 열려있고 대문 양 옆엔 작은 화단이 있다. 화단은 붉은색 벽돌을 어슷하게 꽂아 만든 것으로, 그 안엔 달리아와 봉숭아, 채송화가 계절을 담아 내보낸다.

안을 기웃이 들여다본다. 머리를 기름칠 해 빗은 할머니가 평상에다 얇게 썬 가지를 널어 말린다. 할머니가 고개를 돌려 나를 향한다. 나는 주춤 한 발 뒤로 물러난다.

할머니는 가지를 손으로 훌훌 털어 다시 평상에 넌다.

"어찌 오셨수?"

나는 주뼛거리며, 하얀 깃발을 보고 왔다고 말한다.

할머니가 마당 수돗가로 간다.

"어서 들어오슈. 해가 좋아서 가지를 말리는 중이라오."

한 올 흐트러짐 없이 반들반들 빗어 쪽진 머리만 아니라면, 할머니는 점을 치기보다 평상에서 부침개를 부쳐 손주들에게 먹이는 게 어울릴 듯하다.

할머니가 수돗물에다 손을 씻는다.

"밥은 먹었수? 어찌됐든 밥은 먹고 다녀야 해."

점괘보다 할머니가 한 말이 더 믿고 싶다는 생각이, 울컥하게 든다. 할머니가 물 묻은 손을 현관에 걸어둔 수건에 닦은 후 안으로 들어간다.

집은 일반 여염집과 다르지 않은데 방으로 들어가자 서늘한 기가 방안을 휘돈다. 언니가 나타날 때면 느껴지던 섬뜩한 기운. 괜히 왔나. 어떻게 할까.

주눅이 든 채 서 있기만 한다. 방 한 면엔 허리 높이의 기다란 단이 방 이 끝에서 저 끝까지 닿아있고, 단 위엔 부처싱과 수염이 허연 할아버지 상, 어느 장군인지 모를 장군 상과 호랑이 그림이 족자로 걸려 있다.

할머니가 단 아래 포장을 들추더니 작은 상을 꺼낸다. 상 위엔 요령과 종지가 있고 할머니는 그것들은 무척이나 소중하게 다룬 듯 정갈하다. 할머니가 단에다 몇 번인가 절을 하더니 상 앞에 좌정한다.

"생년월일과 시가 어찌 되누?"

신에게 그렇게 절을 했으면서도 계시를 받지 못했나.

내가 아무 말이 없자 할머니는 내 속을 꿰뚫었다는 듯이 말한다.

"신내림을 받았으면 생년월일과 시는 말 안 해도 알겠거니 하겠지만 그건 아니라우. 신내림을 받았어도 생년월일과 시는 말해 줘야 해."

할머니는 밥은 먹고 다녀야 한다고 말했을 때와는 달리, 비장하리만큼 엄숙하고 경건하다. 할머니가 종지에 든 쌀을 집어 상 위에 뿌린다. 쌀 떨어지는 소리가 따끔따끔 전신을 찌른다.

할머니가 요령을 흔들며 알 수 없는 말을 웅얼거리더니 이윽고 요령 흔들기를 멈춘다.

"혼인을 안 했구먼. 남자가 안 보여. 헌데 이건 뉘여? 웬 여자가 있구먼. 소복을 했어."

신의 계시를 받긴 받았나. 할머니는 다시 쌀알을 흩고 요령을 흔들며 주문 같은 것을 웅얼거린다.

할머니가 요령을 조심스레 상에 놓는다.

"소복을 입은 여자가 방해를 해서 혼사가 안 돼. 진혼굿을 하거나 부적을 써야 하는데 굿은 내가 하지 않고 굿당은 소개해 줄 수 있어."

저 말은 신이 준 답인가 할머니가 꾸민 말인가. 나는 결혼이 하고 싶은 게 아니라 꿈이 없는 잠을 자고 싶다. 신이 나를 보고 하는 말이라면 악몽에 대한 얘기가 나와야 한다.

할머니는 흘깃 내 표정을 보더니 꿈과는 거리가 먼 얘기를 한다.

"굿도 부적도 내키지 않는 모양인데 오늘부터 동남쪽으로 가 봐. 사람이 많이 모인 곳에 가서 제일 가까이에 있는 남자에게 말을 걸어봐. 인연이 될 거야. 그 남자는 기가 세서 소복 입은 여자가 힘을 못 써. 잘하면 그 남자와 삼 년 내에 혼인할 수도 있어."

저 말을 곧이들어야 하나. 꿈 얘기는 없고 결혼 얘기만 하는데 신이 잠꼬대를 한 것인가.

내가 아무 말도 하지 않자 할머니는 자신이 한 말에 마침표를 찍는다.

"내 말이 틀리면 다시 와. 복채를 돌려줄 테니. 요즘 점쟁이들은 아무 말이나 지껄여서 나 같은 점쟁이를 욕 먹여요. 난 그런 점쟁이와는 달라."

나는 할머니의 그 어떤 말이나 표정에도 마음이 동하지 않는다. 그렇다면 어째서 점집을 찾았을까. 나는, 내 마음은, 무속인들이 흘린 말보다 더 믿을 수 없어진다. 자신이 설정한 오류를 오류인 줄 알면서도 행하는 까닭은, 그 오류가 유일한 의지가 되기 때문인지도 모른다.

나는 점집을 나오며 그 누구인지도 모를 존재에게 말한다. 기억이 아픕니다. 기억하지 않을 수만 있다면, 나는 점쟁이가 되라 해도 되겠습니다.

한적한 골목을 빠져나온다. 골목 밖은 차와 사람들로 시끌시끌하다.

대로변에 있는 시장으로 들어간다. 생선 좌판에선 생선을 흥정하고, 야채가게에선 물뿌리개로 시들해진 야채를 살려놓는다. 시장이야말로 군중 속이다. 언니가 얼씬거리지 못할 안전지대.

작심하고 나온 대로 옷가게들이 즐비한 곳으로 간다. 양말이며 속옷, 바지며 원피스, 티셔츠와 블라우스가 윈도 안에 놓여있거나 걸려있다.

흰 바탕에 커다란 호랑이가 인쇄된 티셔츠가 눈을 사로잡는다. 호랑이는 점집에서 봤던 족자 속 호랑이처럼 한껏 입을 벌린 채 으르르 이빨을 드러낸다.

상점 안으로 들어간다. 나는 옷걸이에 걸려 높은 곳에 매달려 있는 호랑이 티셔츠를 달라고 말한다. 상점 주인이 장대를 들어 옷걸이를 사뿐 들어낸다.

거울 앞으로 가 호랑이 티셔츠를 가슴에 대본다. 금세라도 튀어나와 물어뜯을 듯한 호랑이. 나는 그런 호랑이를, 언니가 노랑 블라우스를 입고 마냥 거울을 보았던 것처럼 실컷 본다. 그때 언니는 자랑스러움으로 터질 듯했던가. 볼따구니가 복숭아 빛으로 물들었던가.

나는 자랑스럽기는커녕 왠지 모르게 위축된다. 호피 무늬에 대한 기대감도 처음 생각했을 때보다 떨어진다.

호랑이 디서츠를 한편에 놓고 다른 호랑이가 없을까 둘러본다. 마네킹이 후들후들한 감촉의 호피 무늬 바지를 입고 뻣뻣이 서 있다. 상점 주인에게 마네킹이 입은 바지를 달라고 말한다.

호피 무늬 바지를 들고 거울 앞으로 간다. 거울 속의 나는 호피 무늬 바지를 허리에 대고 있지만 별로 달라 보이지 않는다. 눌리고 지친 얼굴, 무력감이 머리부터 발끝까지 줄줄 흘러내리는 얼굴, 일찌감치 희망을 포기한 얼굴, 뭐든 재미없다고 실토하는 얼굴. 그런데 거울 속의 눈은 호피 무늬에 고정되어 있다. 언니가 죽어라 싫어했던 무늬. 언니가 싫어해서 좋아하려는 무늬. 그 무늬에 기대감을, 억지로 채워본다.

나는 상점 주인에게 여기서 갈아입고 싶은데 되겠느냐고 묻는다. 상점 주인은 가게 구석을 가리키며, 저기서 갈아입으라고 한다. 나는 천으로 길게 내린 포장을 들추고 안으로 들어간다. 입었던 옷을 벗고 호랑이 무늬의 티셔츠와 호피 무늬 바지로 갈아입는다. 티셔츠와 바지는 헐렁하다. 크거나 말거나 그런 따위, 어디 문제가 되나.

언니가 혐오하던 무늬를 입고 차도로 나온다. 쨍하던 해는 어느새 구름장 속으로 들어가고 습기를 문 바람이 슬쩍 불다 그친다. 조금은 도도하게, 언니가 거울 앞에서 뽐내던 그 자랑스러움을 흉내 내며 버스 정류장 앞에 선다.

한기가, 꿈에서 휘돌던 선뜻함이 어깨에 내려앉는다. 야멸차게 어깨를 턴다. 냉동실 같은 손바닥이 꾸욱, 꾸욱, 어깨를 누른다. 몸은 시리다 못해 저리고, 저리다 못해 아프다. 느닷없이 눈물이 핑 돈다.

허겁지겁 버스에 올라탄다. 버스는 어딘지도 모를 곳으로 간다. 어딘지도 모를 그곳엔 낭만이 있을까. 흐르는 음이 있고 속삭이는 느낌이 있을까. 그보다 동남쪽이 있을까.

버스가 경마장 앞에 선다. 인도 옆 차도엔 승용차들이 빡빡하게 정차되어 있고, 좌회전 차선엔 경마장으로 들어가려는 승용차들이 신호 대기 중이다. 경마장, 말이 있고 사람이 바글대는 곳. 급히 버스에서 내린다.

경마장 입구에서 표를 끊고 안으로 들어간다. 사람들이, 군중이라 부르고 싶은 사람들이 부단히 오간다. 언니는 이 많은 사람들속에서 나를 찾아낼 수 있을까. 빠른 걸음으로 사람들 속에 섞인다.

트랙이 한눈에 내려다보이는 곳에 앉는다. 경마는 시작 전이다. 내 옆자리는 비었고 그 옆자리도, 그 옆자리도 비어 있다. 그

옆의 옆 자리에 한 남자가 앉아 있다. 남자는 마권도 없이 텅 빈 트랙과 전광판을 주시한다.

이 시간, 이 자리, 나와 가장 가까이에 앉은 남자는 무속인 말대로 인연이 깊어서인가. 무속인은 제일 가까이에 있는 남자에게 말을 걸어보라고 했다. 잘하면 그 남자와 삼 년 내에 결혼할 수도 있다고 했다. 기가 세서 언니가 꼼짝 못한다고도 했던가. 남자는 기가 세기는커녕 피죽도 못 먹은 양 비실해 보인다. 유치장이나 병실에서 막 나왔는지 낯빛은 누런 기에 허연 기가 섞여있고, 앉은 키는 크지도 작지도 않다.

경마가 시작됐지만 남자는 의자에 몸을 깊이 묻은 채 있기만 한다. 저런 남자는 밥맛이다. 그래도 남자다. 나는 밤중까지 있어야 하고, 경마장은 시간이 되면 문을 닫는다. 군중은 뿔뿔이 흩어질 테고, 그러기 전에, 그러기 전에.

한 칸을 건너 남자 쪽으로 간다. 남자는 돌아보지 않는다. 이번엔 두 칸을 건너 앉는다. 남자는 여전히 돌아보지 않는다. 다시 한 칸을 건너 앉는다. 남자가 뚜렷하게 보인다. 남자는 눈을 감은 것도 아니요 뜬 것도 아니다. 경마를 관람하는 것도 아니요 관람하지 않는 것도 아니다.

다시 한 칸을 건너 남자 옆자리로 간다. 그제야 남자가 나를 돌아보는가 싶더니 이내 트랙으로 눈을 돌린다.

나는 공연히 핸드백을 뒤지거나 입었던 옷을 담은 쇼핑백을 뒤적거린다. 남자는 내가 부스럭대는데도 돌아보지 않는다. 나는 핸드백 속주머니 바닥에서 녹진녹진해진, 언제 먹다 남은 껌인지 모를 껌을 신의 선물인 양 발견한다.

포장이 거의 해진 껌을 반으로 잘라 남자에게 건넨다. 남자는 뜨악한 눈으로 껌과 나를 번갈아 보기만 한다. 나는 은박지에 달라붙은 껌을 조심스레 떼어 씹는다. 남자는 내가 하는 양을 무슨 구경거리를 보듯 하더니 은박지에 붙은 껌을 뜯어 씹는다.

남자와 나는 같은 껌을 같이 씹지만 더는 진전이 없다. 조금 후면 경마는 끝이 날 것이고 나는 그 안에 뭔가를 해야 한다. 마음이 급해지고 머릿속은 무엇인지 모를 것을 더듬는다.

경마가 끝나는 순간 껌을 찾을 때 봤던 메모지가 생각난다. 나는 메모지에다 밤중까지 같이 있어 줄 수 있냐는, 내가 생각해도 낯 뜨거운 말을 적어 남자 무릎에 올려놓는다. 남자는 메모를 읽더니 아무 말 없이 도로 건넨다.

남자는 말없이 껌을 받고 메모지를 돌려주었듯, 조용히 일어나 나간다. 나는 남자 뒤를, 때론 옆을 따라간다. 남자는 나를 의식했음에도 별다른 반응을 보이지 않는다.

남자가 지하철 스크린도어 앞에 선다. 나는 슬그머니 남자 옆에 선다. 한참을 그렇게 서서 남자의 운동화를 보다 바짓가랑이를 보다 티셔츠를 보다 스크린도어로 눈을 돌린다. 스크린도어엔 호피 무늬의 여자가 나를 마주본다. 나는 화들짝 놀라 남자에게로 시선을 옮긴다. 남자는 스크린도어에 들어 있는 호피 무늬의 여자를 무심한 눈으로 보고 있다. 나는 내가 아닌 나를 보고 있는 남자에게 왈칵 기대치가 올라간다. 언니야, 저거 보이니? 저 남자 보이지? 봤으면 그만 꺼져라.

지하철이 온다. 나를 지켜줄 남자가 지하철로 들어간다. 나는 경마장에서 그랬던 것처럼 남자 옆자리에 앉는다. 남자와 내가 앉은 건너편 유리창엔 나와 남자가 나란히, 사이좋은 연인으로 찍혀 있다.

지하철이 노선을 따라 무난하게 달린다. 이렇게만 달려라. 기억의 추를 방향키로 잡고 겨우 호피 무늬로 허우적대는 짓, 더는 하기 싫다.

나는 건너편 유리에 든 남자를, 동족을 부르는 시선으로 낚아챈다.

....

그렇게, 여기까지 왔다.
이런 상태, 마땅하거나 마땅하지 않거나.

나의 나를 레이어드

나를 심문하서. 뭐든 괜찮으니 물어보서. 나에 관한 기사를 쓴다 해도 승낙할 것이고 평전을 쓴다 해도 허락하겠어.

이렇게 말하는 내가 누군지 궁금하지? 나로 말할 것 같으면 콜렉터야. 몸의 촉이란 촉은 모두 세워 내게 맞는 대상과 도구를 선정하는 개성 톡톡 콜렉터.

이런 나를 이해하려 애쓰지 마. 이해는 오해를 부르기 십상. 이걸 알아야 해. 오해는 기절할 정도로 두들겨 패도 쉽게 후퇴하지 않는다는 거. 섣불리 이해하려 들면 탈이 난다는 말씀. 나는 이해라는 까다로운 것을 원하지 않아. 있는 그대로를 있는 그대로, 자연의 법칙을 좋아하지. 그것이 기원전부터 있어왔던 건강법이라는 걸 아시는지 모르시는지? 이해를 한답시고 이러쿵저러쿵 안 돌아가는 머리를 짜봐야 스트레스만 가중처벌로 받는다는 사실.

헌데 저 여자는 뭐지? 나를 만나러 와선 짜득짜득 얼굴을 구기고 있잖아. 이건 이해나 오해의 차원을 떠나 기분이 엄청 잡친다고. 나를! 이 대단한 나를 만나러 왔으면서 인상파가 되시겠다?

고런 건 설거지할 때나 하셔. 난 바쁘시다고. 개성 톡톡 콜렉터라고 저런 표정까지 수집할 수준은 아니시거든.

나는 여자를 쿨하게 무시하며 기자수첩을 탁 덮는다. 기자수첩 때문인지 기자수첩을 덮을 때 나왔던 쿨함 때문인지 여자는 급히, 아주 급히 모드를 바꾼다. 짜득짜득을 다이아몬드도 울고 갈 광채로 세공한다. 여자는 튕김인지 뻗댐인지를 떨어봐야 저만 손해라는 걸 알았거든. 알았다는 실토가 얌전히, 공손히, 나온다.

"저를 만나고 싶다고 하셔서 나왔는데…… 무슨……."

요런 여자는 전반부와 후반부를 한꺼번에 말아 던지는 게 낫다. 나는 수첩 위에 버젓이 박힌 '한국기지협회'리는 글자와 로고를 집게손가락으로 쓱쓱 문댄다.

"지난 번 오페라 공연 때 말입니다, 같이 자고 싶다는 느낌을 받았습니다. 어떠신가요 지금?"

이 여자를 본 건 오페라 공연장에서다. 여자는 지인 중 누군가가 볼 형편이 안 돼 준 티켓을 써먹으러 왔다는 인상이 짙었다. 오페라를 보러온 여자치곤 차림새며 분위기가 영 아니었다. 나름 신경을 쓴 듯했지만 인터넷에서 주문한 것 같은 싸구려 집시 스타일의 치마와 티셔츠는 정통 오페라 공연을 보기엔 한참이나 떨어졌다. 딱히 옷차림 때문만은 아니었다. 여자는 조금 헤퍼 보인다고나 할까, 자신에게 달린 단추 여러 개를 넉넉한 마음으로 풀고 다니는 듯했다. 그런데 그게 그렇게 마음에 들 수가 없었다. 같이 자자고 하면 군말 없이 쫄랑쫄랑 따라 올 것만 같았다.

여자는 내 추측에서 빗나가지 않았다. 오페라 공연장에서 딱 한 번 스치듯 보고 이번이 두 번째인데, 거기다 대뜸 자고 싶다고 했는데 여자는 예상했던 듯 서슴없다.

"그러실 줄 알았어요. 그런데 어떡하죠? 딱 한 시간밖에 없는데. 한 시간만 놀아도 된다면 뭐 그렇게 하시든가."

히히히   니는 선수. 그녀들을 잘 고르고 디를 즐이는 최고의 선수. 여자 역시 선수. 찌고 있는 고구마가 익었는지 안 익었는지 찔러보지도 않고 알아채는 선수.

선수들은 군더더기를 생략하지. 그럴 줄 알았다는 말로 시간과 수고를 절약하지. 아직 자보진 않았지만 이런 여잔 본론이 끝나면 뒤끝 없이 빠이빠이 할 줄도 안다. 그러니까 짜득짜득했던 얼굴은 헐값으로 보지 말라는 수작? 여자가 마음에 든다. 이해나 오해 따위로 얽히고설킬 인물이 아니라는 사실만으로도 즐거워진다. 짐작컨대, 여자는 나와 꼭 닮은, 아쌀한 스타일의 형제임에 틀림없다. 형제끼리 그렇고 그렇게 놀다, 생각만으로도 찌릿하다. 이런 순간일수록 질질 끌면 안 된다.

나는 기자수첩을 백팩 앞주머니에 찔러 넣으며 자리에서 일어난다.

"한 시간이라면 가는 시간까지 포함하는 겁니까 노는 시간만 해당되는 겁니까?"

여자는 싱긋 웃더니 어디랄 데도 아닌 곳으로 눈을 돌린다.

"능력껏."

무슨 말인지 알겠다. 말이 한 시간이지 재미있으면 얼마든지 놀아도 좋다는 뜻이다. 한 시간이라는 단서는 딴엔 자존심 좀 챙기겠다는 별 의미 없는 말이다. 여자는 내가 알면서도 던진 말에 성실히 답했고, 나는 이렇게 말하는 여자가 자꾸 마음에 든다. 이러다 정들면 정 나게 큰일 나지. 나는 연애를 하려는 게 아니니까.

연애만큼 골치 아픈 것도 드물다. 이건 몸과 마음을 올인해야 하는 중노동이다. 올인한 만큼 결과가 좋다면 또 모른다. 결과란 내 마음이 아니라 결과 마음대로다. 나는 그따위로 묵지근하고 케케묵은 것에 생포될 마음이 없다.

결혼이나 연애는 반찬에 사뿐 앉았다 날고, 팔뚝에도 살짝 앉았다 나는 파리만큼이나 성가시다. 한마디로 심플하지 않다. 사귀기로 작정한 순간부터 헤어질 때를 고민해야 한다. 어찌어찌 약속을 잡으면 그때부터 잡스러운 팡파르가 꽥꽥 울어댄다. 어떤 장소를 예약해야 하나, 어떤 선물을 해야 하나, 어떤 멘트나 이벤트를 날려야 하나, 정말이지 머리가 급속도로 노화된다. 헤어질 땐 또 어떻고. 안달복달 울고 짜는 여자를 달래느라 울컥울컥 치솟는 짜증을 삼켜야 하고, 결국엔 인내심도 인격도 나달나달 헤지는 지경까지 간다.

이 여자는 다행히 연애 분위기를 풍기지 않는다. 사랑입네 애정입네 운운할 필요가 없는, 전혀 없어 보이는 참으로 산뜻해 보이는 여자다.

나는 홀가분한 마음으로 가까이에 있는 모텔로 향한다. 여자는 주뼛거리거나 어색해하지 않는다. 당당하거나 뻔뻔해 보이지도 않는다. 마치 마트에 장을 보러 나왔거나 백화점에 쇼핑을 나온 양 지극히 자연스럽다. 타인을 의식해 떨어져 걷는다거나 연인인 것처럼 붙어 서지도 않는다. 이 여자, 대체 뭐지? 갑자기 호기심이 증폭한다.

여자에 대한 호기심이야말로 폭탄이다. 수집과는 질이 다른, 자폭의 원인이 되기도 한다. 그때 그 일도 알고 보면 호기심 때문이다. 그때의 호기심과 이 여자에 대한 호기심은 분명 다르지만 어쨌든 호기심이란 호기롭게 대하면 안 되는 지뢰밭이다. 호기심 빼고, 있는 그대로를 있는 그대로, 나는 또 한번 나를 정비한다.

나는 건너편 모텔을 눈으로 가리킨다.

"제 폰 번호 아시죠? 먼저 들어가 방 번호를 문자로 찍어주세요. 저는 담배하고 맥주 좀 사가지고 가겠습니다."

나는 여자가 뭐라 말하기도 전에 편의점으로 간다. 담배와 맥주를 골라 계산을 마치는 시간은 불과 이삼 분. 여자가 룸에 들어가 문자를 치기도 전에 끝난다는 얘기. 그런 사실을 뻔히 알면서도 뻔히 이용하는 까닭은, 주머니 사정이 아슬아슬해서이기도 하지만 프라이드 때문이다. 나를! 이렇게 스펙이 빵빵한 나를 만나러 왔으면 비용 지불은 여자가 하는 게 마땅하지 않나?

편의점에서 계산을 마치도록 여자에게선 문자가 없다. 편의점 밖에 있는, 파라솔 테이블로 가 담배와 맥주가 든 봉지를 올려놓는다. 옆 파라솔로 작업복 차림의 중년 사내가 와 앉는다. 사내는 뜨거운 컵라면을 테이블에 놓는다.

사내가 컵라면 뚜껑을 연다. 라면 스프가 물씬 밴 냄새와 김이 한숨처럼 쏟아져 나온다. 내세울 것 없고 초라하기 짝이 없어 보이는 사내와 딱 맞는다.

사내가 자신을 먹듯 컵라면을 먹는다. 꼬락서니만 봐도 눈물이 핑핑 도는데, 생리작용은 눈물 대신 찬란했던 과거를 영상으로 내보낸다. 나야말로 누구인가. 자서전 내지 평전을 써도 아깝지 않은, 잘나가던 최고 엘리트 그룹의 일원이 아니던가. 비록 지난 일이긴 하나 나는 그 사실을 잊지 않는다. 잊을 수가 있나.

휴대폰을 열어본다. 문자는 없다. 금쪽같은 시간을 이렇게 허비하다니 여자를 잘못 찍었나? 그럴 리가. 아직도 내 촉은 예리함 그 자체인데 실수라니. 헌데 여자는 뭘 꾸물거리느라 여태도 문자를 날리지 않는 걸까. 설마 문자치는 걸 모르는 건 아닐 테고 그냥 가버린 건 아닐까. 가버리면 저만 손해지. 어디서 나 같은 남자를 만나겠어.

의문과 추측이 난무하는 동안, 사내가 컵라면을 해치울 동안, 여자에게선 문자가 오지 않는다.

담배를 쭉 빨며 캔 맥주 뚜껑을 딴다. 목을 젖히고 몇 모금을 마시는데 파라솔 테이블에서 엇비슷한 방향에 여자가 서 있는 게 보인다. 서 있기만 한가. 언제부터인지 모르지만 내 행동거지를 관찰하고 감시하는 눈길을 보내고 있다. 나는 일 초의 삼분의 일쯤 멈칫하다 여자를 무시한다. 내가 누구인가. 내공이 탄탄한 프로가 아닌가. 세상 잡사를 몽땅 접수해 실전에 응용하는 콜렉터가 아닌가 말이다.

태연하게, 약간은 보란 듯이, 담배를 빨고 맥주를 들이켠다. 여자는 이렇게 하는 나를 빤히 지켜보고, 나는 나를 지켜보는 여자를 지켜보며, 담배와 맥주로 나를 충전한다. 여자가 말한 한 시간에 맥주를 마시는 시간까지 들어있는지 아닌지는 모르나 그것은 여자가 알아서 할 일이다. 여자 말대로 "능력껏".

맥주와 담배가 든 봉지를 들고 일어난다. 여자는 기다리느라 화도 나고 기운도 빠졌을 텐데 이건 또 무슨 일인지. 나처럼 태연하게 다가와 태연하게 말한다.

"화대는 없는 걸로 할게요."

화? 대? 다시 생각해야겠는걸. 내가 화대씩이나 주고 잘 정도로 후진 놈인가? 나야말로 젊었지, 키 크지, 잘생겼지, 근육질이지, 학력 빵빵하지, 집안 좋지, 매너 좋지, 뭐 하나 빠지는 게 있어야지. 용돈이 궁한 건 사실이나 아직은 여자들이 줄을 선다. 어떻게 하면 나와 자볼까, 무슨 수를 써 결혼할까 별의별 트릭을 쓴다.

나는 여자들의 잔꾀인지 트릭인지에 넘어가지 않는다. 넘어가는 순간 결혼이라는 수갑이 철컥 체포할 텐데 그 무모한 짓을 내가 왜. 단연코, 내 인생에 연애나 결혼은 들어있지 않다.

여자가 화대를 운운했지만, 운운했기에, 여자가 더더욱 마음에 든다. 그동안 자봤던 여자들 중 화대를 거론한 건 이 여자가 처음이다. 추측컨대, 여자가 말한 화대란 모텔비다. 화대는 안 받겠으니 모텔비는 네가 내라, 이 뜻이다.

여기서 잠깐. 모텔 이용자라면 먼저 들어간 사람이 모텔비를 지불해야 한다는 건 다 아는 사실이다. 모텔에 들어간다는 흥분 내지 쪽팔림 때문에 잠시 잊거나 감수할 뿐, 대놓고 다니는 사람이라면 선불부터 계산에 넣는다.

나는 대놓고 다니는 축에 속한다. 여자 역시 화대라는 단어를 쓴 걸 보면 대놓고 다닌다. 처음 봤을 때 헤퍼 보였던 건 적중했다.

그렇다면 이 여자의 정체는? 여자가 팬티를 벗을락 말락 하는 순간, 어떤 놈이 쳐들어와 동영상을 찍는 그렇고 그런 꽃뱀? 그래 봤자. 그런 식으로 돈을 갈취하려면 좀 더 치밀해야 할걸? 난 기자거든. 너희 같은 꽃뱀 족속을 취재하려 함정을 판 거라고 으름장을 놓으면 되거든. 기자 입사 때부터 한솥밥을 먹은 경찰관도 부지기수고, 검사며 변호사며 선후배 기자들과도 연락하며 지내거든.

좌우간 여자는 화대라는 단어로 나를 매혹시켰다. 말이야 바른 말이지 모텔비를 남자가 내야 한다는 건 고정관념이다. 한 시간, 혹은 두 시간, 또는 그보다 더 긴 시간을 풀타임으로 뛸 때 여자보다 남자가 더 에너지를 쓴다. 상황이 이런데 모텔비마저 남자가 내야 한다? 처음 보는 여자에게? 난 그런 쓸개 빠진 작자가 아니다.

그랬음에도 신용카드로 모텔비를 지불한다. 모텔 애용자님들께서 그렇게도 금기시하는 신용카드를 떳떳이 썼다는 말씀이다. 이게 바로 독신남의 특권이다. 카드를 긁었지만 아깝다는 생각은 들지 않는다. 여자가 내숭을 떨지 않았기 때문이다.

나와 여자는 룸으로 들어간다. 대부분의 모텔은 구조나 분위기가 비슷하다. 천장이나 침대 맞은편에 커다란 거울이 붙어 있다 해도 그렇고, 핏빛 벽지이거나 노랗고 빨간 꽃이 요란스레 인쇄된 커튼이 달려 있다 해도 그렇다. 그것들은 섹스를 돕겠다는 눈물겨운 장치다.

듣자 하니, 그러한 장치는 오히려 섹스를 방해하기도 한단다. 거울의 경우, 마치 거울에 잘 보여야만 할 것처럼 체위나 표정에 신경이 쓰여 집중력이 떨어지기도 한다나. 그리하여 혹자는 섹스 도중 별 깜찍한 생각이 들기도 한단다. 살과 살이 마찰할 때 생기는 미끈거리는 체액을, 머리칼에 바르면 헤어 영양제로 으뜸이 되지 않을까 하는 뭐 그런. 남자와 여자에게서 나오는 페로몬을 방향제로 만들어 팔면 졸음 운전자에겐 대박 상품이 되지 않을까 하는 뭐 그런.

나야말로 뻘뻘거리며 하긴 하는데 어째 잘 되지 않는다. 음, 오초간 휴식. 여자는 하다 만 섹스에 배신감인지 허탈감인지 둘 다인지 모를 감정을 감수하느라 표정 관리에 애를 먹는다. 그렇다고 미안? 노, 노. 도중하차는 엄연히 쌍방과실이다.

우선 남자 입장을 말하면 이렇다. 남자들은 사회의 한 자리를 지켜내려, 또는 밀려나지 않으려 엄청난 스트레스를 받는다. 이럴 때는 섹스가 싫어진다. 싫을 때 하는 섹스야말로 노동이다. 그런 사정도 모르고 여자들은 섹스의 만족과 불만족을 남자에게 떠넘긴다. 거기다 남자가 엉뚱한 상상에 빠져들 정도로 천장만 보면서 알아서 해주길 바란다.

남자들에게도 문제는 있다. 남자들이야말로 섹스의 완성도로 자신의 존재감을 채점한다. 여자들이 만족과 불만족을 거리낌 없이 남자들에게 떠넘기는 것도 무리는 아니다. 비아그라가 불티나게 팔리는 것은 양반이요, 그 예민한 기둥 끝 버섯을 해바라기로 만들거나, 기둥에 구슬을 박는 이유에는 이런 피나는 사연이 있다는 것을 그대들이여, 알아주길 바란다.

나는 도중하차를 했지만 속사정은 따로 있다. 엄밀히 말하면 일부러 도중하차를 했다. 저 백팩을 보라. 백팩엔 공들여 수집한 가면이 있다. 나는 하회탈과 봉산탈은 물론, 베트맨의 눈가리개며 인디언 모양의 탈, 파라오 형상의 가면, 오페라의 유령에 나왔던 가면까지, 가지각색의 탈을 수집했다.

오늘 이곳에 오기 전, 나는 어떤 가면으로 할까 고심하다 바보탈을 집었다. 바보탈은 웃느라 입이 거의 귀까지 찍 벌어진 것으로, 눈썹은 축 처진 어깨모양 길게 흘러내려 울상이다. 웃으며 우는 동시성은 오늘의 섹스에 가장 잘 맞을 듯했다.

언제 골든타임으로 들어가려고 이리 사설이 기나. 여자는 내게 한 시간을 던졌고 "능력껏"이라는 조건을 제시했다. 조건도 능력껏 사용해야지 이렇듯 잔소리만 늘어놓으면 하시노 선에 김샌다.

나는 백팩에서 바보탈과 여우탈을 꺼낸다. 바보탈은 내가 쓸 탈이고 여자가 쓸 탈은 여우 모양의 탈이다. 여우를 빼다 박은 이 탈은 이 여자를 위해 수집한 것처럼 보인다. 여자는 헤퍼 보일 뿐 여우 이미지와는 거리가 멀다. 나는 이 시간만이라도 바보가 되어 여우에게 홀렸으면 한다.

여자는 내가 건네는 탈을 멀뚱히 보더니 곧 무슨 뜻인지 알겠다는 듯 싱긋 웃는다. 여자가 잽싸게 탈을 뒤집어쓴다. 헤프게 보였던 여자가 뭐냐뭐냐, 깜찍한 여우가 되어 나를 홀린다. 나는 후끈 달아올라 바보처럼 헤~ 웃으며 잉~ 우는 바보탈을 뒤집어쓴다.

여우와 바보는 들숨과 날숨을 맞추며 정상 가동을 시작한다. 내가 아닌 나, 여자가 아닌 여자로 바뀐 존재들의 유희는 핑퐁 게임만큼이나 가벼운 재미를 준다. 내가, 여우가 마음에 들지 않아 인상을 팍 써도 가면은 웃으며 울어줄 것이고, 여우는 내가 마음에 들어 격렬하다 못해 앙앙 울어도 여우 표정을 지을 것이다. 한 마디로 가면이란 퀄리티의 생산지다.

여자와 나는 기분 좋을 정도로 달린다. 내 몸에 저장된 탄수화물, 단백질, 지방이 들썩들썩한다. 미토콘드리아와 뇌피질도 붉게 달아오른다. 나는 이 순간이 넘어가기 직전 여자의 질을 노크한다. 그 좁은 공간은 용광로처럼 타들어가게 뜨거우며 본드처럼 끈적인다. 찔레꽃 향기처럼 감미로우며 복숭아 즙처럼 달큰하다.

그렇다. 첫사랑은 실패로 끝났지만 여자는 많다.

나는 바보탈을 쓴 채 웃으며 울어가며, 울며 웃어가며, 멜트다운으로 끝장을 낸다. 실패로 끝난 첫사랑과는 영판 다르다. 우쭐.

• • •

첫사랑이라는 말은 올리고당만큼이나 달달하다. 사랑이라는 그 몽환적인 명사로도 부족해 '첫'이라는 관형사를 모자로 쓰고선 큐피드의 화살을 날린다. "첫사랑은 이루어질 수 없다"는 둥, "모든 사랑은 첫사랑"이라는 둥, 동조할 수 없지만 동조하지 않으면 추방될지도 모를 위기감마저 풍긴다. 해서, 우리는 사랑과 첫사랑과 상상 사랑과 그 뭐냐, 늙어버린 사랑에 자진해서 나포된다. 그뿐인가. 사랑이라는 말만 들어도 취기가 오른다. 풍문에 의하면, 사람으로 태어나 사람이 되는 것은 사랑을 안 다음부터라고 한다.

여기서 첫사랑이 등장한다.

나의 첫사랑. 유행가 가사로도 써먹을 수 없게 올드한, 그렇고 그런 실패가 진정 첫사랑이었다고? 첫사랑이란 모질도록 덥지. 가면을 뒤집어쓰고 땀을 뻘뻘 흘리는 것만큼이나 열불나지. 그런 데 나의 첫사랑은 후련하게도 말했다.

"우리 반에서 나와 결혼하고 싶다고 편지 쓴 애가 있어. 니들, 겨우 중3인데 이런 편지질이나 해야 되겠니? 나랑 결혼하고 싶은 공부 열심히 해 좋은 대학엘 가. 그땐 생각해 볼게."

긴 머리를 나풀거리던 담임선생은, 영어를 가르치던 담임선생은, 공부 잘해 좋은 대학에 가면 생각해 보겠다던 담임선생은, 결국엔 내가 죽어라 싫어하던 물리선생과 결혼한 담임선생은, 꼬박 삼박사일 한영사전을 뒤져가며 쓴 영문 편지를, 그 아름다운 편지를, 종례시간에 흔들어가며 말했다.

반 아이들이 와하 웃을 때 나는 웃으며 울었다. 지금 쓴 가면과도 같은 얼굴로 끔찍이도 화끈대는 얼굴을 감췄다. 나는 첫사랑을 물리선생에게 빼앗겼지만 담임선생 말대로 공부 열심히 해 좋은 대학에 들어갔다. 헌데 담임선생은 그때까지도 이혼하지 않았다. 후~ 개털 날리는 소리.

그보다 더 지랄 같은 얘기도 있다. 담임선생이 말한 좋은 대학이라는 덴 들어가 총학생회장이 되었을 때다. 총학생회장 자리라는 게 그렇다. 우선은 여학생들이 무지하게 꼬인다는 거다. 이건 뭐 국회의원이 부럽지 않다. 오빠, 오빠, 해가며 졸졸 줄줄 따라다니는 여학생들에 둘러싸이다 보면 눈에 뵈는 게 없어진다. 유비, 관우, 장비가 된 듯한 착각은 그렇다 치고, 에이급 탤런트가 다 떨어진 조리 슬리퍼로 여겨진다. 거기다 나를 둘러싼 여학생들의 질투와 암투는 고통스러울 정도다. 고통을 종식시킬 때가 왔다.

긴 머리칼의 후배가, 긴 머리칼을 꽃비처럼 흩날리며 다가왔다.

"오빤 졸업하기도 전에 국회에서 부를 텐데…… 그땐 나 같은 거 거들떠보지도 않겠네."

나풀, 긴 머리칼의 그녀는 담임선생과는 달랐다. 그녀는 애잔하면서도 수줍은 타입인데 어느 날부터인가 나를 그림자처럼 따라다녔다. 따라다니기만 했다면 경쟁력이 약하다. 공문서를 작성해주기도 하고 학생회의 잡다한 일도 나서서 해주었다. 뿐만 아니라 여름엔 얼음수건을, 겨울엔 목도리와 장갑을, 내 생일엔 꽃다발과 이벤트를, 우리 엄마, 아버지에겐 영양제도 선물했다. 이렇게 받기만 하는 건 뇌물 공무원이지. 하여, 나도 선물이라는 걸 했다. 나풀, 샴푸 선전에나 나올 긴 머리칼에 어울릴 노랑 블라우스를, 그녀만이 어울릴 블라우스를 사줬다. 그녀가 완전 뻑 갔다고 말하면 촌스럽고.

블라우스를 사주고 계절이 바뀌기기도 전, 그녀의 여동생이 나를 만나고 싶다고 했다. 독대를 청한 것이다. 혹시 나를 흠모했나? 하긴, 왜 안 그렇겠어.

약속 장소에 나가니 그녀의 여동생은 내가 후배에게 선물한, 여자에게 최초로 선물이라는 걸 한 그 노랑 블라우스를 입고 나왔다.

"오빠, 이 블라우스 어때요? 언니가 입기 싫다면서 던져버렸어요. 이 블라우스만 보면 첫사랑 오빠가 생각난다나? 그 오빤 노랑 티셔츠를 사주더니 이 오빤 노랑 블라우스를 사줬다는 거예요. 남자들이 왜 노랑에 꽂히는지 모르겠대요."

나는 아무 말도 할 수 없었다. 그녀가 감히! 나를! 이런 식으로 엿 먹여? 내겐 많은 걸들이 팬클럽으로 따라다녔다. 그중에서도 그녀는 경쟁자를 따돌릴 만큼 정성이 대단했고 나는 그것에 답했을 따름이다. 딱, 그뿐이었다. 나풀, 긴 머리칼의 그녀도 첫사랑 담임선생에게처럼 종지부를 찍었다.

여우 가면을 쓰고 헉헉대는 이 여자는 내게 첫사랑을 말하지 않는다. 그럼에도 섹스 할 때면 첫사랑이 피칠갑을 하고 울어댄다. 첫사랑은 달달한 올리고당이 아니라 쓰디쓴 패배다. 내게! 감히! 패배라는 치욕을 안겨주다니 이게 말이 돼?

나는 패배, 그 궁상스럽고도 욕지기나는 것을 이겨먹자고 그랬는지 아닌지는 모르나 다시 첫사랑에 도전했다.

졸업도 하기 전 사 학년 가을학기에 나는 국회로 나가는 게 아니라 신문사로 나갔다. 총학생회장 경력이 어느 정도 작용했겠지만 그보다는 인물 되지, 실력 되지, 인성 되지, 뭐 하나 꿀리는 게 있어야지.

입사 후 몇 년간, 나는 신체가 고달프도록 눈치와 입담과 아이큐를 팽팽 돌려가며 사회부와 문화부, 경제부 등을 거쳤다. 노력의 결과, 마침내 끗발 좋다는 정치부로 갔다. 서당 개 삼 년이면 풍월을 읊는다고? 정치부 기자 삼 년이면 대통령이 된다. 말이 그렇다는 거지, 나는 대통령이 아니라 대 사건을 일으킨 주역이 되고야 만다. 이 시점에서 폭로의 근성을 느끼지 않으면 기자가 아니다.

중요한 얘기를 하려는데 여우가 내 가면을 반쯤 내린다. 나는 콧잔등까지 가면이 내려진 채 여우를 내려다본다.

여우도 자신의 가면을 고만큼만 내리며 말한다.

"가면 놀이는 이쯤해서 종치고 다르게 하는 거 어때요?"

쿠궁~ 화끈해서 좋긴 한데 다르게라니? 혹시 매질? 그건 아니겠지. 난 사디스트를 경멸하는 파니까. 오죽 안 되면 매질까지 해가며…… 더 말하지 않겠다. 그때나 지금이나 나는 여자를 학대하며 즐긴 적도 즐기려 한 적도 없다. 치자꽃처럼 생긴 그 여자에게도 폭행이나 학대를 한 게 아니다.

치자꽃 그 여자를 처음 본 건 총리 기자 대기실에서였다.

나풀, 긴 머리칼이 아닌, 노랑 블라우스도 아닌, 단발머리에 흰 블라우스를 입은 여자가 치자꽃 향내를 풍기며 공지사항을 전했다.

"브리핑이 한 시간 늦어진다고 연락 왔습니다."

총리 비서실의 새내기 비서였다. 새내기답게 풋풋하고 상큼하고 그와 비슷한 모든 표현을 종합해도 부족했다. '나의 이상형'이라는 말이 왜 나왔는지 비로소 실감했다.

나는 다시 첫사랑에 입문했다. 이번엔 구닥다리로 전락한 편지나 블라우스가 아닌, 아주 비싼 오페라 티켓을, 그것도 한 장이 아닌 두 장을 선물했다.

"좋은 사람 있음 같이 가세요."

좋은 사람을 나로 찍어주길 바랐지만 그런 일은 없었다.

나는 첫사랑의 패배를 극복하고자 더욱 분주했다. 이런저런 핑계를 대 치자꽃을 보았고, 말을 걸었고, 선물을 했다. 군대 가서도 충성하지 못했던 충성을 치자꽃에게 완전 충성을 다했다.

마침 기자 대기실에서 혼자 기사를 작성하고 있을 때였다. 무슨 이유를 대 치자꽃을 부를까 머리를 짜는데 마침 뭐가 통했는지 치자꽃이 들어왔다.

치자꽃은 어쩐 일로 내 옆자리로 바짝 다가와 앉았다.

"기자님한테만 말씀드리는 건데요, 실장님 잘리고 새 실장님 오실 거예요. 외교부에서 오신대요."

"어, 그래? 인사이동 한다는 소리 못 들었는데 정말이야? 외교부 누구?"

"아이, 조용히 하세요. 누가 들으면 어쩌려고 그러세요. 저도 방금 들었어요."

치자꽃은, 으아, 놀라워라. 말을 하며 그 보들보들하고도 여린 손으로 내 입을 막는 게 아닌가. 나는 언제쯤 저 손을 잡아볼까, 천운이 동하길 기다리다 못해 기절하려던 참에 미치는 줄 알았다. 목소리의 진동, 귓불을 간질이는 숨결이 내 전신에 알알이 박히는데, 이건 사람이 받을 수 있는 최고의 고문이었다.

나는 치자꽃이 보이는 애정에 즉각 응했다. 그동안 손을 잡고, 가슴을 만지고, 입술을 맞추던 온갖 공상을 일시에, 한꺼번에, 터프하게 하고야 말았다.

헌데 이건 또 무슨 날벼락? 그토록 요염하게 나오던 치자꽃이, 가슴을 만져도 사르르 눈을 감을 듯하던 치자꽃이, 내 뺨을 후려치는 게 아닌가.

"지금 뭐하시는 거예요? 성추행으로 고소하겠어요!"

나는 첫사랑에 발을 딛기도 전에 입소문도 자자하게 성추행범으로 몰렸다.

울며 웃는 바보탈이 반쯤 벗겨진 채 있는 동안, 여우는 여우 가면을 벗더니 내 가면도 마저 벗긴다. 옳다구나. 지금부터 노골적으로 놀아보자 이거지?

여자는 위치를 바꿔 나를 반듯하게 눕히더니 백에서 뭔가를 꺼낸다. 뭔가가 뭔가 하고 봤더니 새알 초콜릿이다. 여자는 새알 초콜릿을 내 입에도 한 알, 본인 입에도 한 알을 넣고는 내 표정을 살핀다. 어휴, 산통 깨게 왜 이러냐.

여자는 그 작은 새알 초콜릿을 내 어깨뼈와 목 사이, 옴폭 파진 곳에다 한 알, 젖꼭지에도 각각 한 알, 성감대쯤으로 생각하는 곳곳에다 한 알씩 놓는다. 여자는 성감을 자극하는 지뢰를 심는 모양이나 나는 간지러워 몸을 틀며 웃고야 만다. 초콜릿이 도르르 침대에 떨어진다. 여자는 샐쭉 하더니 다시 여우 가면을 쓴다. 그래그래, 잘 생각했다.

니는 다시 비보탈을 쓰고 이렇게도 헤보고 저렇게도 헤본다. 여자의 뜻은 거룩했으나 내겐 역시나 가면만 한 게 없다.

치자꽃은 가면도 쓰지 않은 채 내 인생을 통째로 흔들었다. 나는 성추행범으로 고소를 당하진 않았지만, 고소를 당하는 게 낫다고 여길 정도였다. 소문은 뼈에 뼈가 붙고, 살에 살이 붙고, 없는 뼈마저 만들고 살까지 붙어 비만해졌다. 신도 후덜덜 두 손 두 발들고 항복을 선포하고야 말 괴력의 소문들. 그중 가장 기본적이고 점잖은 소문은, 특종을 노려 총리 비서실에다 뇌물을 바쳤고, 그 과정에서 비서실 여직원을 성추행했다는 것이다.

으흐흐흑, 나는 헛소문 뜬소문이라고 말했지만 어느 누구도 나를 이해하거나 편들어주지 않았다. 내 첫사랑은 이해받아야 할 정도로 애처로웠던 건 아닌데 시작도 하기 전에 막을 내려야 했다.

위자료 얼마와 사직서를 내는 조건으로 고소는 겨우 막았다. 사표를 던지고 난 얼마 뒤였다. 나와 비슷한 케이스로 잘린 동기와 술자리를 하게 됐다. 그 친구는 경제부에 있었는데 니에 관한

이야기를 술에 타 벌컥벌컥 마셨다.

"이놈의 세상, 치사하고 더럽기가 똥통보다 더하다 씨발. 너 그때 왜 성추행으로 몰렸는지 아나?"

내가 알게 뭐람. 나도 억울해 죽겠는데. 치자꽃이 엉덩이를 찰싹 붙이지만 않았어도, 내게만 제공하는 정보라 말하지 않았어도, 귓불을 뜨겁게 간질이지만 않았어도, 가슴을 만지작거려도 좋아라 할 표정만 짓지 않았어도, 나의 첫사랑은 여전히 기세를 떨치고 있었을 텐데 말이다.

"총리실 그 여비서 말이야, 네가 찍은, 아니 널 찍은 그 여자, 누군지 알아?"

누군 누구? 거짓 없는 내 첫사랑이지. 헌데 내가 아닌 그 치자꽃이 날 찍었다? 도대체 무슨 얘길 하려고 이리 어마무시하게 나오냐.

"곽 선배와 그렇고 그런 사이였대. 총리 비서실에 넣어준 것도 곽 선배라네. 그러니까 둘은 예전부터 사귀던 사이라는 거지."

흐미~ 일이 그렇게 된 건가? 나는 똑똑한 바보일세. 명문대라 일컫는 대학을 나오고, 총학생회장을 했으면서도 그런 것을 몰랐다니 나는 똑똑한 멍청이일세.

"곽 선배, 너도 알다시피 정치부 최고참이잖아. 대학 다니는 딸도 있고. 딸 같은 애랑 그렇고 그런 사이라니 세상에 믿을 놈 없다는 말은 맞아. 젠틀하고 의리깨나 있는 것처럼 행세하더니 속은 딴판이었던 거야. 곽 선배 말이야, 네가 그 여자한테 관심 두는 걸 보자 속이 뒤집혔던 모양이야. 그래서 그 여자와 짜고 널 성추행으로 몰았던 거고. 이제 감이 오냐?"

그래, 감이 아니라 답이 온다. 근데 넌 왜 이제야 그런 얘길 하지? 내가 이해를 바라고 있을 때는 모른 척하다 어째서 사건이 종결되자 친절을 베푸시냐고.

"나도 너치럼 당히고 나니 내 심정 이해가 긴다. 넌 성추행으로 난 뇌물수수로 참 자~알 나간다. 명색이 기자라는 새끼들이 다른 사건은 파헤치면서 정작 자기 사건엔 이렇게 밀려나다니."

사건의 배후엔 여자 아니면 돈이 있다고 한다. 내 사건에는 '늘 첫사랑'이기만 한 사연이 깔려있다. 나는 진정, 첫사랑이라는 콤플렉스에서 벗어나지 못한 것일까. 아니, 패배라는 깨진 거울을 용납하지 못해 깨진 거울에 붙일 테이프를 찾아 방황하는 것인지도 모른다. 내가 내게 가면을 씌우고, 파트너에게도 가면을 씌우고, 그렇게 해야 뭔가 잘 돌아가는 듯한 이 느낌들, 이성을 뺀 모든 감각이 활발해지는 걸 보면, 나의 섹스 스타일은 개성 톡톡임에 틀림없다.

부연하자면 이렇다. 처음에 말했다시피 나는 콜렉터다. 그렇다고 시도 때도 없이 아무 여자나 수집하지는 않는다. 개성 톡톡 콜렉터는 말이지, 혜안이라고나 할까 그런 게 있다. 나의 가면을 받아줄 여자인지 아닌지 그 자리에서 알아채는 실력 말이다. 이 대목에서 허허 웃는 그대들도 있을 테고, 웃기고 자빠졌네 욕을 퍼더버릴 그대들도 있을 테다. 그거야 그대들의 자유고, 내 얘기를 하면 나는 여자를 고를 때 나름 신경을 쓴다. 척 봐서 잘난 척하지 않을 것 같은 여자, 따지지도 묻지도 않을 것 같은 여자, 다시 만나길 희망하지 않을 것 같은 여자를 택한다. 피차 속물로 놀자면 그 정도의 기본은 갖추어야 하지 않나? 여기서 또 불끈 속이 뒤집히거나 퉤퉤 침을 뱉고 싶은 그대들도 있겠다. 한편 능력자라고 은근 부러워할 그대들도 있지 않을까?

· · ·

오늘도 나는 바쁜 시간을 쪼갠 여자를 만난다. 신문사에서 잘렸지만 백수는 아니다. 백수가 홍수로 넘치는 세상이지만 나를 오라는 데는 많다. 일단은 선후배가 짱짱하고, 중앙지에 다녔던 경력도 있고, 무엇보다 실력과 인성과 비주얼이 좋기 때문이다. 다시 말해 백수는 백수로되 어디로 갈까 고민하는 고급 백수다. 제약회사 홍보실에서도, 관광회사에서도, 지방 신문사에서도 연락이 온다. 그런데 왜 그렇게 당기지가 않는지. 당길 때까지 나는 거의 사 년을 백수 아닌 백수로 여자를 찾아 빨빨거렸다.

지금은 여기다. 여기라는 데가 어딘가 하면 은행이다. 여자와 한살림 차리겠다는 것도 아니면서 은행에서 여자를? 여자는 은행원?

나는 여자를 카페나 음식점에서 만나지 않는다. 카페는 분위기요 음식은 돈이다. 그렇고 그렇게 만나는 여자에게 감성 내지 돈을 풀 생각은 눈곱만큼도 없다. 차나 밥은 각자 알아서 할 일이고, 심플하게 만나 심플하게 운동하고 심플하게 헤어지면 그만이다. 카페에서 만나봐야 되지도 않는 예의를 차린다거나 립 서비스를 해야 하는데 그런 것이야말로 피곤, 피곤이다. 단순하게, 있느 ㄱ 대로를 있는 그대로, 나는 이 점을 잊지 않는다.

은행에서 만나는 이유 역시 단순하다. 여름이면 에어컨이, 겨울이면 히터가, 심플하게 살고자 하는 인간을 돕는다. 까놓고 말해, 얼굴도 익히지 않은 사람들끼리 품위 있게 접선하자면 은행만큼 편리한 곳도 드물다.

여자는 아직 오지 않았다. 나는 고객용 소파에 앉아 신문이 아닌 잡지를 뒤적인다. 신문은 신문 밥 먹을 때나 필요하지 지금은 아니다. 신문이야말로 세상의 오물을 쿡쿡 콱콱 입체로 박아놓은 전시장이다. 그곳엔 첫사랑이 없다. 첫사랑이 머물 만한 공간도 없다. 그렇게 삭막한 신문을 내가 왜?

잡지는 다르다. 첫사랑은 아니지만 눈요기는 눈이 시리도록 나온다.

첫 장을 넘긴다. 란제리 광고가 버젓이 한 면을 차지한다. 란제리 광고란 그렇다. 푹푹 파고 레이스를 달고 요란뻑적지근하게 광고하지만 소비자는 란제리보다 벗은 몸을 본다. 나만 그러는지 모르겠지만 란제리와 살의 퍼센티지를 보면 눈을 사로잡는 건 란제리보다 벗은 몸이다. 물론 이렇게 입고 이렇게 벗어보라는 뜻이 다분하지만 나의 첫사랑과는 거리가 좀 있어 보인다.

여자는 도착하지 않았는지 전화도 아는 척하는 사람도 없다. 또 한 장을 넘긴다. 도자기 피부를 과시하는 화장품 선전이다. 당연한 얘기지만 잡지는 파일로 보는 것과 다르다. 실제로 보는 것과는 더더욱 다르다. 화장품 선전에 나온 이 탤런트는 새끼고양이처럼 생겼으나 실제로는 그렇지 않다.

기자 수습시절을 끝낸 얼마 후, 연예부 담당 여기자와 연기자 분장실에 간 적이 있다. 그때 이 새끼고양이의 맨얼굴은 정말이지 티브이에 나온 그 새끼고양이 맞아? 하는 의심을 머리에 김이 폭폭 나게 했다. 피부색은 누렇고 얼굴엔 주근깨? 기미? 종류를 알 수 없는 잡티가 잔뜩 깔려 있었다. 분장이 끝나고서야 나는 새끼고양이를, 새끼고양이로 알아볼 수 있었다.

나의 첫사랑도 어쩌면 분장이 잘된 새끼고양이일지도 모른다. '첫사랑'이라는 질 좋은 조명발로 나를 꾀어 언제까지고 물고 늘어지는 물귀신 같은 그런 것. 그렇다면 그런 것이겠으나 나는 이제 첫사랑 따위에 연연하지 않는다. 연력으로 쳐도 꽤 되는 콜렉터인데 그깟 철부지 첫사랑이라니.

다음 장으로 넘긴다. 잡지엔 여자들로 넘쳐난다. 웰빙 광고에도 여자, 옷 광고에도 여자, 핸드백이며 구두 광고에도 여자, 가구 광고에도 여자, 여자들이 빠지면 광고업계는 문을 닫아야 한다. 침대며 주방식기 광고에도 여자가 나오지만 사실 물건을 광고한다기보다 내 눈엔 이런 여자 어때요? 하고 떠드는 것쯤으로 비친다.

바람 같은 것이, 어쩌면 첫사랑의 향내라고도 할 수 있는 것이 풀썩 후각의 터를 비집는다. 여자가 왔구나.

여자는 내가 앉은 소파 바로 건너편 소파에 앉아 테이블에 놓인 기자수첩을 지그시 보고 있다. 언제부터 나를 봤는지 모르지만 일찌감치 와 어느 구석진 자리에 몸을 숨기고 있었던 모양이다.

내가 잡지를 덮고 기자수첩을 집자 여자는 나직한 음성으로 말한다.

"은행일은 다 보셨어요?"

매번 그런 건 아니지만, 이 여자는 오늘로 두 번째 만나는 셈이다. 첫 번째는 호텔 지하 바에서였다. 여자는 혼자 칵테일을 마시고 있었다. 검붉은 조명 아래 터번인지 두건인지를 쓰고 스탠드바에 덩그마니 앉아 술을 홀짝였다. 저런, 나를 좀 꼬셔달라는 뜻이네? 나는 그때부터 그녀가 알아차릴 수 있을 정도로 할끔거렸다.

여자는 애석하게도 담배를 피우지 않았다. 요즘이야 실내 금연이지만 내가 팔팔 뛰어놀 때만 해도 담배 정도는 꼬나물고 있어야 바를 좀 아는 축에 속했다. 아무튼, 여자가 담배까지 피웠다면 꼬임의 완결판이 될 터인데 여자는 조금은 불안하게, 약간은 우울한 분위기를 풍기고 있었다.

나는야 콜렉터. 저런 여자를 혼자 놀게 내버려둘 순 없지. 혼자 놀기 심심하니 어서 와 달라고 저 늘씬한 몸이 말씀하시잖니. 터 번의 여자는 싸구려로 보이진 않았지만 말을 걸면 넘어올 듯했다.

나는 여자에게서 흘러나오는 뜻깊은 의미를 뿌리치지 않았다.

"혼자 오셨나 봅니다. 분위기가 좋습니다. 아주."

멘트는 평소의 나답지 않게 상투적이었다. 왜냐. 작업의 효율 성을 위해서라면 살갗 몸살이 나고 잇몸마저 근질거리는 말도, 때 론 던질 줄 알아야 한다는 게 내 지론이다. 다시 말해, 프로의 세계 는 귀신같이 타이밍을 잡아내, 귀신도 모르게 미끼를 던지는 것에 있다.

여자는 내 말에 깜짝 놀라는 듯하더니 이내 고개를 끄덕였다. 살 짝 끄덕여도 알아먹을 것을 맹인도 알아볼 정도로 끄덕끄덕끄덕.

음, 초보. 초보는 잘 다뤄야 한다. 까딱하다간 혼인빙자간음죄 로 걸려들지도 모르고 애걸복걸 애원파 복걸파로 들볶이게 될지 도 모른다.

나는 여자가 고개를 끄덕였지만, 여자 옆자리로 옮기지 않았 다. 사인을 받았다고 냉큼 옆자리로 가는 건 선수가 아니다.

선수란 말이다, 친절하지만 호락호락하지 않아야 하며, 조금은 까칠하나 다정다감함도 내비칠 줄 알아야 한다. 소위 말해 품격을 지니고 있어야 한다는 말이다. 뭣도 모르는 놈들이나 여자한테 잘

해준답시고 비서노릇 종노릇을 한다. 그러다 차이면 그렇게 잘해 줬는데 단물만 쏙 빼먹고 찼다느니, 여자에게 버림받았다느니 온 갖 비방을 늘어놓는다. (보이들아, 걸들아, 아무리 졸려도 이 글을 끝까지 읽어보아라. 선배님의 경험담이 십계명으로 나오고 있으니, 참고문헌으로 써도 좋을 것이야.)

각설하고, 나와 여자는 오 분? 십 분? 십오 분? 그 정도기 시나도록 그대로 있기만 했다. 어쩌면 답답할 수도 있는 기류가 나와 여자 사이를 맴돌았다.

여자가 불편했는지 자리에서 일어났다. 나는 여자가 가게 내버려뒀다. 여자가 계산을 마치자 나는 그제야 자리에서 일어났다.

여자는 지하 계단을 올라가며 뒤를 돌아보았다. 하하, 그러니까 이런 말이다. 나를 잡아주세요 왜 안 잡아서 자존심 상하게 하세요…….

나는 여자의 뜻을 충분히 숙지했으므로 기분 좋게 따라갔다. 여자는 호텔 로비로 나가며 다시 한번 뒤를 돌아봤다. 어우, 초보 티 좀 그만 내라. 안 도망간다.

여자는 호텔을 빠져나와 그 자리에 멈칫 섰다. 갈 마음이 있었다면, 다시 말해 내가 따라오는 게 싫었다면, 택시 승강장이나 버스 정류장이나 지하철이 있는 쪽으로 가야 했다. 여자는 여전히 초보 티를 완벽하게 재현하고 있었다.

기꺼이 적당한 때를 주는 여자, 마다할 수 없지. 나는 여자에게 다가가 명함을 꺼냈다.

"시간 날 때 연락 주십시오."

퇴직한 지 사 년이나 된 신문사 기자 명함이었다. 가짜라면 가짜라고도 할 수 있지만 취업이야 곧 할 것이고, 그것도 신문사 쪽으로 할 것이니 가짜이기만 한 것은 아니었다.

여자는 내가 준 명함을 빼앗듯이 받더니 핸드백에다 넣었다. 여자가 버스 정류장이 있는 쪽으로 몸을 틀었다. 이번엔 뒤를 돌아보는 짓 따윈 하지 않았다.

사연 아닌 사연이 연주를 마친 며칠 후, 정확히 일주일 후, 여자에게서 전화가 왔다. 여자는 전화를 걸기까지 엄청나게 고민했을 것이다. 전화번호를 눈이 닳게 들여다보며 걸까말까, 걸까말까, 한 스무 번쯤 망설인 다음 명함을 다시 백에 넣으며 이렇게 달랬으리라. 명함을 받자마자 걸면 우습게 보일 거야. 그럼 낼 걸까? 낼도 좀 그렇다. 그럼 한 달 후? 에이, 한 달 후면 다른 여자와 놀고 있을 걸? 그래, 일주일이 좋겠어. 그렇게 마음을 달래며 일주일을 일곱 달쯤으로 여겼을 것이다.

여자는 일주일이나 버티다 연락한 사람답게 다소곳이 말한다.

"바에서 만난…… 시간 날 때 연락 달라고 하셔서……."

여자는 사무치게 더운 이런 날에도 두건과 머플러를 한 채 눈을 내리깔고 있다.

나는 고개를 까딱 하며 고객용 소파에서 일어난다. 다른 사람이 어떻게 보든 어떤 사이일까 추측하든, 나는 여자의 어깨에 살짝 팔을 두른 듯한 자세를 취하며 은행을 나온다. 여자는 내 태도에 적잖이 놀란 듯하나 뿌리치지 않는다. 내 비주얼이 드라마 주인공만큼이나 뛰어나다는 걸 지하 바에서부터 알아모셨거든.

은행 밖은 발바닥 근막까지 태울 정도로 뜨겁다. 여자는 목에 두른 머플러를, 비록 망사로 된 여름용이긴 하나 다시 한번 고쳐 매는 시늉을 한다.

나는 여자가 하는 짓을 보며 시원한 어투로 말한다.

"날씨가 무척 더운데 텔에 가는 거 어떠세요? 거긴 에어컨이 좋습니다."

여자는 멀쩡한 머플러를 다시 매만지며 눈을 내리깐다. 오호, 알겠다. 저 머플러는 목에 두른 게 아니라 마음에 두른 것이다. 어색하거나 대답하기 어정쩡할 때 사용하는 소도구.

두 귀로 똑똑히 들은 것은 아니지만 여자는 눈을 내리까는 것으로 텔에 가는 것에 동의했다. 적어도 성추행범으로 고소당할 일은 없다.

나는 가까운 모텔로 가며 예의 내 방식을 던진다.

"둘이 같이 들어가는 게 거북하실 텐데 먼저 들어가 방을 잡아놓으세요. 그런 다음 문자로 호실을 쳐주세요. 그러는 동안 전 맥주와 담배를 사겠습니다."

여자는 조금이 아니라 많이 망설이는 듯하더니 내 눈길에 쫓겨 모텔로 간다. 나는 여자가 들어간 것을 확인하자 편의점으로 간다.

여자에게서 호실이 찍힌 문자가 온다. 음하하하, 나는야 프로, 너는야 바람직한 아마추어.

편의점에서 나와 모텔로 간다. 학습을 통해 피 터지게 깨달은 사실은 모든 여자는 첫사랑이자 첫사랑이 아니라는 거다. 자, 그러니 그놈의 복잡다단한 첫사랑 나부랭이를 깨부수러 가자.

룸으로 들어가자 여자는 침대가 아닌, 화장대 스툴에 석고상으로 앉아 있다. 저런, 조선시대가 다시 왔나?

나는 보란 듯이 티셔츠와 바지를 훌렁 벗는다. 여자는 화장대 거울로 나를 보더니 고개를 외로 꼰다. 거참, 성욕 떨어지게 뭐하는 거냐.

나는 삼각팬티 차림으로 캔 맥주를 딴다. 탁, 그 상큼한 소리에도 여자는 그 자리 그 자세로 오도카니 앉아 있기만 한다. 어휴, 유통기간이 너무 길구나.

나는 슬슬 질리려고 한다. 여자가 어떤 뭔가를 원해 저렇게 빼고 있다면 내 실수다. 여자를 잘못 찍은 실수.

실망이 점차 무르익어가는 탓인지 여자는 지하 바에서 봤던 때와는 사뭇 다르다. 조명이 없어서이기도 하겠지만 그다지 섹시하지 않다. 이목구비는 있을 자리에 있고 크기도 적당하고, 키나 몸매 역시 크지도 작지도 뚱뚱하지도 마르지도 않았는데 어쩐지 중요한 뭔가가 빠져 있다.

만난 여자들이 다 그럴싸했던 건 아니다. 상체와 하체의 비율이 가분수인 듯한 여자도 있었고, 화장은 얼마나 독하게 했는지 칼로 긁어내면 족히 한 사발은 나오고도 남을 만한 여자도 있었다. 과도한 성형으로 인해 표정이 없는 여자도 있었고, 자기만큼 예쁜 여자는 없다는 듯 여왕 행세를 하는 여자도 있었다. 오르가슴 때에는 바닥을 기어 다니며 우는 여자도 있었고, 성기의 어느 부분을 세세히 말하며 자극해 달라는 여자도 있었다.

헌데 지금 스툴에 짱박고 있는 저 여자는 그 어디에도 넣기가 어렵다. 옷을 벗었을 때는 얼마나 적극적으로 나올지 모르겠지만, 계속 저런 식으로 있겠다면 나는 다시 옷을 주워 입을 판이다.

나는 손가락으로 캔 맥주를 톡톡 튕기며 말한다.

"드십시오. 시원합니다. 근데 언제까지 거기에 앉아 있을지 물어봐도 되겠습니까?"

여자는 내 말에 충격을 받은 듯 스툴에서 발딱 일어난다. 터번을 만지작거리다 스카프를 고쳐 매다 화장대 앞을 서성이다 나를 보다 욕실 쪽으로 가다 정신을 쏙 빼놓는다. 어이구야, 전쟁이 났냐 지진이 났냐.

나는 내가 앉은 옆을 손바닥으로 탁탁 친다. 그제야 여자는 내 옆에 앉으며 웅얼거린다.

"죄송합니다. 제가 이런 일은 처……"

여자는 자기가 한 말에 놀란 듯, 말을 하다 손으로 입을 가린다.

끝맺음이 시원치 않긴 하나 그 뜻을 못 알아먹을 나도 아니다.

나는 느긋하게 캔을 입에 댄다.

"죄송하라고 여기 온 건 아닐 테구요, 이런 일이 처음이라면 지금 나가셔도 됩니다. 전 억지로 하지 않습니다."

별로 쌀쌀맞게 말하지 않았음에도 여자는 무안을 탔는지 고개를 푹 숙인다. 어우 쌍, 이런 델 와서 무슨 칠십 년대 연애질을 하겠다는 것도 아니고 뭐냐. 나는 열과 짜증이 폭폭 솟구침에도 딱 한 번만 더 참기로 한다.

여자는 풀죽은 음성으로 더듬더듬 말한다.

"그게 아니라…… 옷이…… 속옷이…… 옷 벗기가…… 힘들어서…….."

그래서 어쩌라는 말? 영화에서처럼 지퍼를 내려주거나 브래지어 호크를 풀어달라는 말? 아무렴, 그렇게는 못하지. 난 매너는 좋은 편이지만 연애를 하려는 건 아니니까.

내가 한심스럽다는 눈빛을 던지자 여자는 진을 뽑듯 슬로우 슬로우로 머플러를 풀고 블라우스와 긴바지를 벗는다.

어라? 저건 또 뭐냐. 여자는 돌아버린 더위보다 더 돌았는지 이 한증막 더위에도 올인원이라는, 전신을 코르셋으로 무장하고 있다. 전사의 갑옷이 따로 없고 사대부 집 여인의 정조대가 우스워진다. 설마 은장도까지 차고 온 건 아니겠지?

여자 말대로 저 벅차기만 한 옷을 벗으려면 용을 써야 한다. 바람 한 점 통할 수 없게 몸을 조인 채 멀쩡히 사는 것만 봐도 그녀의 정신줄은 쇠심줄이다.

여자에게서 고개를 돌린다. 돌린 그곳엔 백팩이 놓여 있다. 백팩엔 오늘의 작업을 도와줄 가면이 들어 있다. 진로를 방해받고 있는 이 시점에서, 가면이 제 구실을 할 수 있을지 없을지 알 수 없다.

다시 여자에게로 고개를 돌린다. 여자는 터번을 쓴 채 올인원을 벗으려 기를 쓴다. 올인원과 가면이 어째 한패로 보인다. 결코 가뿐하지 않으나 가뿐한 척 헛김이 잔뜩 든 저 외피들. 외피를 벗기면 뭐가 나올까 하는데 이것 참, 어디선가 풍선 터지는 소리가 난다.

빵!

터지는 소리와 함께,

쓰레기 하치장에서 나는 냄새가 풀럭.

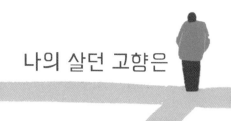

나의 살던 고향은

콜라. 나의 콜라. 콜라는 언제나 나만 좋아하지.

나는 콜라 물그릇에 콜라를 따른다.

"식물도 짝을 지으려는지 향을 뿌리네."

콜라에겐 어려운 말일 수도 있지만 느낌으로 충분히 알고 있으리라 짐작한다. 저토록 탄산의 톡 쏘는 맛을 즐길 줄 알면 당연히 알고 말고.

콜라는 물벼룩처럼 타닥타닥 튀는 포말에 코를 박는다. 까만 콩 같은 눈이 깜빡깜빡, 또 깜빡깜빡. 아고고~ 예뻐라. 난 콜라 없음 못 산다니까.

"콜라야, 지금 밖에서 나는 냄새 말이야, 밤꽃 향내 말이야, 넌 어떻게 생각하니?"

콜라는 종잇장만큼이나 얇은 혓바닥을 살짝 말았다 펴며 콜라에 푹 빠져 있다.

나는 콜라 앞에 납작 엎드린다.

"사람들은 밤꽃 향을 민망한 냄새라고 해. 왜 민망한 냄샌지 아니?"

콜라는 착착 붙는 그 혓바닥으로 남은 콜라를 싹싹 핥는다.

나는 콜라를 덥싹 안아 머리를 쓰다듬는다.

"우리 콜라는 그렇게 싹싹 다 먹으면 안돼요. 언니처럼 우아하게 먹을 줄 알고 조금은 남기는 법도 알아야 해요. 그래야 가풍 있는 남친을 만날 수 있어요."

콜라는 오호, 흡족한 표정으로 내 얼굴을 핥는다. 나는 콜라의 애정공세에 부르르 떤다.

"아이, 사랑스러운 것! 우리 콜라 예쁜 짓! 예쁜 짓! 예쁜 짓 좀 해 봐!"

콜라가 품에서 폴싹 뛰어내리더니 앞발을 세운다.

감동! 언제 봐도 감동!

콜라의 앞발에 손바닥을 대준다. 나와 콜라는 그렇게 잠시 빙빙 돈다. 이런 감격을 콜라와 내가 말로 나눌 수만 있다면. 과학자들은 음성 인식을 하는 사물 인터넷도 만들면서, 개 짖는 소리를 사람의 말로 변환시키는 기계는 만들 생각을 하지 않는다. 과학자들은 개를 싫어하나?

"콜라야, 우리 노래 틀고 춤출까? 언니는 춤을 잘 춰요. 우리 콜라는 더 잘 춰요. 그치그치그치?"

왈츠 곡을 틀고 콜라의 앞다리를 잡는다. 콜라와 나는 곡에 맞춰 미끄러지듯 앞으로 나가기도 하고 짜잔짜잔 한 바퀴를 돌기도 한다. 우리의 왈츠를 염탐이라도 하듯 밤꽃 향내가 화끈화끈 들어온다. 아이, 저놈의 냄새.

"콜라야, 너도 밤꽃 향이 싫지? 참 웃겨요. 너나 나는 저런 냄새 없이도 잘 사는데 꼴값을 떨어요. 콜라야. 우리 이제부터 밤나무를 미워할까? 밤은 절대 사먹지 말자."

나는 콜라와 언약을 한 것 같은데 어찌된 일인지 창을 닫지 않는다. 밤꽃 향은 잊은 기억을 깨우듯 바람을 타고 나를 찾는다. 나무도 연애를 하는구나.

갑자기 춤추기가 시들해진다. 콜라의 발을 놓고 그 자리에 멍하니 선다. 살기가 싫어진다. 이대로, 계속해서 이런 식으로 산다는 건 너무 힘들다.

콜라가 배를 착 깔고 엎드리더니 내 발등에 얼굴을 묻는다. 콜라도 나처럼 살기가 싫은가?

"콜라야, 우리 음반 사러 갈까? 요즘 나온 곡 중엔 네게 잘 맞는 곡이 있을 거야. 그거 사러 가자."

말은 그렇게 했지만 선뜻 집을 나서지 못한다. 이렇게 훤한 대낮엔 더더욱 나가기가 싫다. 콜라가 좋아할 노래를 산다는 건 급하지 않다. 급한 것으로 치면 콧구멍을 비집고 들어오는 저 무례한 밤꽃 향내를 막는 일이다.

뒷걸음질로 벽에 등을 댄다. 밖은 공기를 덥히고 꽃을 피우고 황사를 실어 나르느라 성장통을 겪는다. 나는 이제야 성장통을 겪고 있는 것일까. 아무도 찾아오지 않는 집에서, 만날 사람 하나 없는 집에서, 시린 속을 덥히지 못해 시들어간다. 정녕, 이러한 것을 성장통이라 한다면 기꺼이 부르겠다. 한 번 아니라 열 번이라도, 열 번 아니라 천 번이라도, 혀가 닳고 목구멍에 굳은살이 박이도록 부를 수 있다. 성장통이란 성장을 위한 통증이겠지만 내겐 성장할 그 무엇이 없다. 이미 성장해서가 아니라, 성장에 필요한 소프트웨어가 전무하다.

벽에 등을 댄 채 스르르 주저앉는다. 콜라는 내 기분을 알아채고는 가만가만 다가와 허벅지 사이를 파고든다. 눈만 깜박대는 콜라, 콜라가 말을 할 줄 안다면 얼마나 좋을까. 아니야, 말을 못하는 게 나을 수도 있어. 말을 할 줄 안다면 곁에 있어주지 않을 테니까.

떠나간 사람들, 연락 없는 사람들, 그래도 나는 산다. 이가 있으니 음식을 씹어 먹고, 팔다리가 멀쩡하니 콜라와 춤을 추고, 뇌가 움직이니 이런 생각도 한다. 그런데 이러한 걸 산다, 살아 있다고 말할 수 있을까.

벽에서 찬기가 나온다. 차렷! 정신 차렷! 선인장이 되어야지. 사막과 불볕더위와 더불어 살아가는 선인장. 더불어, 더 불어, 더 불어터진, 더 더 불어터진, 불어터져 장애를 일으키는, 일으키는…… 일어나야지.

콜라를 일으켜 세운다.

"콜라야, 언니는 말이야, 사실 말이야, 무척 힘들단다. 넌 어느 때가 힘드니?"

콜라는 나를 달래주려는 듯 헛바닥으로 내 손등이며 얼굴을 핥는다. 콜라의 헛바닥이 사람의 손이었으면.

손을 펴본다. 수명을 나타낸다는 선은 또렷하다. 애정을 뜻한다는 선 역시 그렇다. 그런데 왜 이 모양일까. 밤꽃 향은 정신없이 퍼지는데 어째서 이 타령일까. 같이 수영 갈 사람도, 여행도, 등산도, 산책도, 음식도, 영화도, 쇼핑도, 수다도 함께 할 사람이 없다.

한때는 번창했던 거리나 상점처럼 나는 한때 번창했었다. 수영도, 여행도, 등산도, 산책도, 음식도, 영화도, 쇼핑도, 수다도 거침이 없었다. 정말일까? 정말이다. 그렇지 콜라야? 그렇다고 말해줘.

한때를 거침없이 지내던 그들은 어디로 갔을까. 어디서 무엇을 하기에 이토록 연락이 없을까. 그들의 말은 지금도 그들의 말로 진행 중일까. 그들이 싫어. 그들이 무서워. 그런데 그들이 보고 싶어. 지금보다 더 나빠진다 해도 그들이, 그들을 만나고 싶어. 아니야, 이대로가 좋아. 나를 좋아하는 콜라가 있는데 뭘.

그들이 없어도 콜라는 콜라를 좋아하고, 나는…… 나는…… 뭘 좋아할까. 콜라를 좋아하지. 콜라 말고 다른 누구 없을까? 그들이라 부를 수 있는 그들을, 아니, 좋아하지 않을래. 그들은 그들의 말로 나를 살해하잖아. 그들의 말은 단검이야. 짧고도 예리한 단검. 단검은 사용하기가 좋아. 순간 푹 찌르기엔 맞춤이야. 상대가 피를 흘리거나 말거나 그저 푹, 푹 찌르기에 꼭 맞아.

"콜라야, 넌 날 찌르지 않아. 푹, 찌르지 않아서 얼마나 좋은지 몰라. 네가 말을 할 줄 안다면 넌 나를 찌를까? 그렇지 않겠지? 아웅~ 그런 의미에서 우리 뽀뽀!"

콜라는 내 입맞춤에 그만 신이 나서 혓바닥에 프로펠러를 단 듯 요란을 떤다. 나는 콜라가 질식할 만큼 부둥켜안는다. 콜라의 체온과 내 체온이 의기투합한다.

의기투합이 지나쳤나. 느닷없이 공허해진다. 이러한 느낌을 허무라고 해도 된다면 나는 지금 허무에 허우적댄다. 콜라를 가만히, 아주 가만히, 콜라 방석에 내려놓는다.

그대로 눈을 감는다. 공허감인지 허무감인지 모를 게 느껍게 다가온다. 눈을 뜬다. 눈을 비집고 들어오는 사물들. 그 무엇으로 떡하니 버티고 선 저 존재들. 나는 그 무엇도 아닌데 그 무엇으로 있고 싶어 한다. 허무한 존재감이라는 생각이 든다. 이런 생각은 나트륨 과다 섭취 혹은 혈당이 일으키는 증상이다. 그래, 그럴 것이다. 나는 다시 나로 돌아간다.

나로 돌아왔지만 달라진 건 없다. 손금도 멀쩡하고, 밤꽃 향도 그대로고, 콜라가 콜라를 좋아하는 것도 여전하고, 그들이 떠오르는 것도 마찬가지다.

그들은, 한때 나와 잘 나갔던 그들은 지금도 잘 나가고 있을 것이다. 그렇다고 단정할 근거도 없으면서 간단히, 아주 간단히 단정 짓는다.

그들은 늘 단정적으로 말했다. 나는 단정적으로 말하는 그들에게 해명인지 변명인지를 늘어놓았다. 해명도 변명도 필요 없어진 지금이 좋다. 콜라는 해명이나 변명을 요구하지 않는다. 단정적으로 말하지도 않는다. 단정적으로 말하는 건 단검, 푹, 찌르는 단검.

결국은 원위치. 이렇게 하라고 살아있는 건 아닐 텐데 나는 아마도 무중력 상태로 붕붕 떠도는 모양이다. 아니지, 이러면 안 되지. 차렷! 정신 차렷!

정신을 차리면 뭐가 나오나. 여행 가방과 거울밖에 더 나오나. 그것들엔 다다를 수 없는 바람이 숨을 죽이고 있다. 거울을 보지 말아야지. 여행 가방을 없애야겠어. 진즉에 그럴 걸 왜 여태.

"콜라야, 우리 여행 가방이랑 거울 버리러 갈까?"

콜라를 안고 작은방으로 간다.

이 방엔 여행 가방과 거울이 산다. 일박 이일용 여행 가방, 삼박 사일용 여행 가방, 십박 십일일용 여행 가방…… 일박 이일용 가방엔 일박 이일용 화장품과 샴푸, 속옷, 겉옷이 들어 있고, 삼박 사일용 가방에는 삼박 사일용 화장품과 바디 제품, 속옷, 겉옷, 액세서리가, 십박 십일용 가방에도 역시. 저것들을 쌀 때 가슴이 울렁였던가. 세상이 조각조각 찢어지는 느낌이 들었던가.

벽을 따라 죽 늘어선 여행 가방을 발끝으로 찬다. 가방 옆에 세워둔 이동식 전신거울이 나를 비춘다. 거울은 십 도 정도 뒤로 기울여져 있고, 거울 속엔 꽤 미끈하게 빠진 여자가 들어 있다. 코도

콧방울도 눈도 눈썹도 입술도 입술선도 그럭저럭 봐줄만 하다. 그런데 참 음울하고 심술궂은 귀신이네. 분위기도 있고 시선도 끌 그런 여자는 없나.

이동식 거울 앞에서 돌아선다. 사방엔 거울 천지다. 이동식 전신거울이 하나, 둘, 셋, 벽면마다 세워져 있고, 벽면 빈자리엔 별의별 모양의 거울이 다닥다닥 붙어있다. 그것들은 크거나 작거나, 둥글거나 네모지거나, 타원형이거나 삼각형으로 벽면을 채운다. 수납장에도 손거울이 많다. 타원형 가장자리에 작은 장미가 입체로 콕콕 붙은 거울, 아기 공룡 둘리 캐릭터가 뒷면에 인쇄되어 있는 거울, 뽀로로, 헬로 키티, 인어공주, 스머프, 하다못해 휴대폰 모양으로 된 거울, 손톱만 한 돋보기 거울, 뚜껑 달린 손바닥만 한 마름모꼴 거울, 거울들의 판촉 전시장이 따로 없다.

이것들은 언제 어느 때고 똑같은 나만 내보낸다. 계절도 없는, 날씨도 모르는, 권태와 무기력에 찌든, 점점 무생물에 가까워지는, 희끄무레한 회반죽덩이를, 본래의 것인 양 토해낸다.

한때 잘 나갔다는 건 사실인가. 혹시 그렇게 되고 싶어 있지도 않은 걸 있는 것처럼 말하는 거짓기억증후군은 아닐까.

그들이나 나는 거짓이 아니었다. 그런데 왜 연락이 없을까. 나는 또 왜 연락을 못할까.

우리는 카페에서 수다를 떨고 있었지.

나는 민의 아래위를 훑어보며 말했다.

"넌 유아 몇 기이기에 그런 옷을 입었니? 꼭 우리 콜라 같다 얘. 예쁘다는 말이야."

민이 머쓱하게 웃는가 싶더니 뼈 있는 말을 던졌다.

"난 유아기에 문제가 많았나봐. 죽을 때까지 유아기로 살고 싶은데 안 되겠니?"

나는 어깨를 살짝 들었다 놓으며 별 거 아니라는 투로 대꾸했다.

"안 될 거야 없지. 그렇게 하고 다니니까 예쁘긴 한데 나이가 있으니까 나이대로 입는 게 더 좋아 보이겠다는 얘기야."

민의 목소리에 살짝 날이 섰다.

"넌 나이대로 입으셔라. 난 유아기로 입으실게."

나는 가슴이 툭툭 뛰기 시작했다. 그래 그런지 입에서 나가는 말은 엉망이었다.

"그거야 뭐 네 맘대로지만 자기가 예쁘다고 생각하는 여자들 중엔 나이는 까먹고 초딩처럼 입고 다니는 여자들이 있더라고. 뒤에서 보면 초딩, 앞에서 보면 완전 아줌마. 앞모습을 보고 깨는 사람도 생각해 줘야지. 시각 민폐 말이야."

민의 낯빛이 차가워졌다.

"지금 날 두고 하는 말이니?"

그 말을 할 때 민의 목소리는 파르르 떨렸던가. 민의 목소리가 미웠다. 몸매도 얼굴도 예뻤고, 나이보다 십 년은 젊어보였고, 피부도 물방울이 떨어지면 쪽히 십 미터는 튀어 오를 듯 탱탱했지만 목소리만큼은 미웠다. 거칠거나 나이 든 목소리여서가 아니라 자신을 모르는 목소리라 미웠다.

민은 화를 누르려는 듯 잠시 입을 다물었다. 말이 없는, 그 짧은 순간이 내겐 억만 년에 가까웠다.

민이 입술을 꼭 다물고 있더니 참지 못하겠다는 듯 말했다.

"나야 아줌마니까 주책 좀 피우느라 그렇다 치고, 넌 아가씬데 왜 그렇게 노티 나게 입니? 그 두건 좀 안 하고 다닐 수 없니? 네 식대로 말하면 아직 두건 쓸 나이는 아니잖아. 두건은 머리칼이 많이 빠졌거나 흰머리를 감추려고 아줌마들이나 쓰고 다닌다고. 너의 정체성을 까먹지 마시라."

정체성이라니, 나의 정체성이 뭔데? 남자들한테 인기 없는 것? 미팅 때마다 애프터를 받지 못하는 것? 지금껏 노처녀로 늙어가는 것? 나는 발끈했다.

"두건이나 터번은 노티와는 다른 개성이야. 결혼만 안 했다뿐이지 나이 꼴은 박혀 있으니 나이에 맞게 입는 거고. 내가 이상한 건 아냐. 대부분의 사람들도 나이대로 그렇게 하지 않니?"

민이 핸드백을 들었다.

"네 얘기 잘 들었다. 내가 하면 로맨스요 남이 하면 불륜이라는 말이 있지. 하여간 네가 잘하는 말이 있어. 대부분의 사람들도 그렇게 하지 않니? 그런 말은 자기 합리화야. 모든 걸 평준화시켜 거기에 소속이 돼야 안심이 되는 심리. 정체성에 문제가 좀 있는."

갑자기 목이 멘다.

"콜라야, 우리 콜라 먹을까?"

콜라 물그릇에 콜라를 그득 따른다.

"콜라야, 내 정체성이란 뭘까. 정체성에 문제가 있다는데 그게 뭘까? 난 사람들이 하는 대로 하는 게 좋아. 문제를 일으키고 싶지 않아. 근데 그게 정체성에 무슨 문제라도 되는 거니?"

콜라는 할끽힐짝 콜라 먹기에 여념이 없다. 나는 콜라가 마시는 콜라를 빼앗아 마시고 싶은 충동이 인다. 이것 또한 정체성에 문제가 있어서인가?

그런 일이 있은 한참 후 우리는 여행을 갔었지.

민과 유와 나, 셋은 일박 이일 코스로 바닷가를 갔다. 일찌감치 결혼한 유가 차를 몰았다. 그날의 유는 정말이지 안아주고 싶게 사랑스러웠다. 유럽의 어느 거리를 걸으면 딱 어울릴 만한 차림새와 분위기였다. 길거리 캐스팅을 왜 안 받을까 할 정도로 서구형 미인이었고 우리 친구 중에 제일 먼저 프러포즈를 받아 결혼했다. 음식솜씨도 전문 셰프급인 데다, 운전 잘하지, 말발 좋지, 착하지, 상냥하지, 도대체 버릴 게 없는 친구였다.

유는 룸미러로 나와 민을 흘깃댔다.

"아그들아, 배고프지? 쫌만 기둘려라. 이 요리사님께서 궁중떡볶이랑 해물전이랑 수제비를 멕이려고 주방에서 노고 좀 하셨다."

민은 그 은혜가 하늘보다 높고 바다보다 깊어 눈물콧물이 마구 나온다며 쿡쿡 웃었고, 나는 최선을 다해 잡수시겠노라고 대꾸했다.

바닷가에 있는 펜션에 도착하자 유가 짐을 풀며 말했다.

"민과 나는 유부녀. 넌 아가씨. 우리 아가씨께서 괜찮은 남자 있나 눈에 오색 네온 밝히시고 로그인 좀 해보셔라. 우리 유부녀들은 신선한 남자에 굶주려 있단다. 아줌마 티 안 낼게 힘 좀 써 봐요 아가씨야."

나는 옷을 벗다 말고 정색했다.

"어머머머! 넌 어느 학교를 졸업했기에 그런 말을 하니? 유부녀가 남편 놔두고 그런 생각을 하다니 말도 안 돼!"

유는 눈을 동그랗게 뜨며 민을 보다 나를 보다 했다.

"하여간 쟤 앞에선 농담도 못해요. 근데 너 그거 올인원 아니니? 뚱뚱하지도 않은데 웬 올인원씩이나? 갑갑하지 않아?"

나는 올인원 위에다 트레이닝 복을 입으며 말했다.

"이거 안 하면 몸이 무서워한다고나 할까. 암튼 이거 벗음 죽을 거 같아. 적당한 표현을 못하겠는데 허전한 것과는 달라."

민이 고개를 갸웃거렸다.

"너, 처녀라고 했지? 진짜 생물학적 처녀니? 올인원 하고 다니는 거 보니 남자하고 자 본 적이 없는 분위기네."

나는 민의 말이 너무나 뜻밖이었다.

"아니, 그걸 말이라고? 결혼도 안했는데 당근이지. 혼전에 남자랑 자는 건 부도덕한 짓이야. 결혼을 약속한 사이라 해도 마찬가지야. 신혼 첫날에 자야 하는 게 맞지 않니?"

민과 유는 질렸다고밖에 할 수 없는 얼굴로 아무 대꾸도 하지 않았다. 나로선 도저히 이해할 수 없는 표정이었다.

그러기 전, 우리는 그룹 미팅을 했었지.

민과 유와 내가 같은 대학교에 다닐 때였다. 남학생들은 자리에 앉자 민과 유를 찍었다. 한 남자가 한 여자를 찍은 게 아니라 네다섯 명의 남자가 나를 뺀, 유를 찍었고 민을 찍었다. 나는 나갈수도 그대로 있을 수도 없었다. 얼굴이 달아올랐다.

미팅이 중반쯤 되자 한 남자가 내 앞자리로 와 앉았다. 민을 찍었지만 다른 남자에게 뺏긴 남자였다. 남자는 사춘기가 아직도 진행 중인지 굵은 여드름을 달고 있었다.

남자가 술 냄새를 풍기며 말했다.

"오우, 나머지들이여, 용기를 내라. 지금의 이 상황은 기록에 남지 않을 것이니 뻔뻔스레 즐길지어다. 자, 제 술 받으십시오."

나는 기분이 꼬이기 시작했다. 아무렇지도 않은 척 남자가 주는 술을 홀짝였지만 주위가 어떻게 돌아가는지 예민해져 있었다. 시간은 흘렀고 짝을 찾은 사람들은 하나둘씩 자리를 빠져나갔다.

남자는 술기운으로 벌겋게 달아오른 그 여드름투성이의 얼굴을 내 얼굴에 바짝 들이댔다.

"우리도 나갈까요. 근사한 네 가서…… 원하시면…… 원하시는 곳으로……."

남자의 말은 무척이나 불쾌했지만 다행스럽기도 했다. 순간 어느 쪽을 택할까 머릿밑이 뜨끈해졌다. 나처럼 어떤 여자에게도 찍히지 않은 남자가, 마침내 저나 나나 나머지가 돼 버린 처지의 인간들이, 그래도 남들 하는 대로 흉내는 내겠다는 꼬락서니가 비참했다.

나는 거절도 응낙도 아닌 말을 던졌다.

"전 아직 남자 경험이 없는데…… 그래도 괜찮겠어요?"

남자는 술이 확 깨는 얼굴로 한동안 말을 하지 않았다.

남자가 갑자기 킬킬거렸다.

"아, 그러시군요. 저도 경험이 없…다고 말해야겠군요. 경험이 없는 사람들끼리 경험을 만드는 것은 사고 칠 확률이 높다고 할 수 있겠죠? 그럼 이만 실례하겠습니다. 부디 좋은 경험 만드셔서 역사에 길이 남으시길."

남자는 비틀대는 웃음을 흘리며 비틀대는 걸음으로 술집을 나갔다. 남자의 표정과 웃음과 말은 단검이었다. 단번에 푹, 찌르는 단검.

나는 단검의 그 예리한 감각을 잊지 못한다. 심장이 멎고, 혈류가 굳어지고, 손발이 얼고, 얼굴은 달아오른다. 이럴 때는 콜라를 마셔야지.

"콜라야, 너랑 나는 콜라를 좋아해 그치? 콜라의 매력은 탄산이야 그치? 상큼하게 톡 쏘는 맛이 없다면 콜라는 콜라가 아니야 그치? 난 상큼하게 톡 쏘는 여자가 되고 싶은데 정체성에 문제가 있대. 상큼녀가 되긴 글렀나봐."

나는 콜라를 병째로 벌컥벌컥 들이킨다. 이상 기류로 흐르던 속이 잠시 달래지는가 싶더니 그날로 돌아간다.

나는 바닷가를 걸으며 유에게 말했다.

"넌 아줌만데 머리를 그렇게 펑크 스타일로 하면 좀 그렇지 않니? 끼딱하다간 나가요 여자로 볼까봐 그래."

유의 눈이 둥그레지는가 싶더니 민을 돌아봤다.

민은 유의 머리를 보며 대꾸했다.

"난 보기 좋은데 뭐. 저런 머린 유만이 소화할 수 있어."

나는 목소리를 착 깔았다.

"애 엄마가 애 엄마다워야지 연예인 머리를 하고 다님 학부형들이 따돌리지 않니?"

유는 무슨 말인가를 할 듯하더니 입을 다물었다.

민은 바닷바람을 등진 채 뒷걸음으로 걷기 시작했다.

"사람마다 분위기라는 게 있는데 꼭 나이에 맞춰 머리 하고 옷 입고 그럴 필요가 있을까? 유는 단정한 머리보다 저런 머리가 더 어울려. 유는 탤런트 같잖아."

나는 집요할 정도로 물고 늘어졌다.

"탤런트 같을 뿐이지 탤런트가 아니잖아. 애 엄마잖아. 남편이 뭐라 하지 않니?"

유는 더는 못 참겠다는 듯 말했다.

"갑자기 왜 내 머리에 필이 꽂히셨을까. 질투하는 거라면 즐겁게 접수하겠고 그렇지 않은 거면 반사."

바다는 눈에 들어오지 않았다. 나는 유의 말대로 질투하는 것일까. 아니, 안타까웠다. 유가 펑크 머리보다 생머리를 하나로 묶는 게 더 어울린다는 생각은 지금도 마찬가지다.

분위기는 썰렁해졌고 셋은 아무 말 없이 모래사장을 걸었다. 물은 빠지고 모래사장 끝에 개펄이 넓게 펼쳐져 있었다. 유는 개펄에 쪼그리고 앉아 바다 생물이 기어간 자국을 들여다봤고 민은 그런 유를 사진 찍었다.

그때 나는 무엇을 했던가. 어쩐지 두 사람에게서 따돌림을 당하고 있다는 느낌이 지독히도 들었다. 나는 개펄 끝, 바닷물이 차랑차랑 노는 쪽으로 방향을 틀었다. 바람결에 민과 유의 말이 들리다 끊기다 했다.

"아, 짜증나. 쟤 왜 저러니? 사감이야 사감. 놀러왔지 잔소리 들으러 왔니? 쟤는 지가 보는 것만 봐. 지가 보고 싶은 거만 봐. 꿈꾸는 것도 쟤한테 허락받아야 하는 거 아니니?"

"관심 있게 봐 주는 사람이 없으니 너나 나한테 관심을 두는 걸 거야. 노처녀 히스테리라고 생각해라."

듣지 않았더라면 좋았을 말이 단검으로 푹, 심장을 찔렀다. 그때 눈물이라도 나왔더라면. 발목이라도 접질렸더라면. 개펄에 미끄덩 빠지기라도 했더라면. 나는 미팅 때처럼 아무렇지도 않은 척 민과 유에게 갈 수도, 못 들은 척 계속 걷기만 할 수도 없었다.

물티슈로 콜라의 입을 닦는다.

"콜라야, 넌 해서는 안 될 말을 하지 않으니 얼마나 착한지 몰라. 해서는 안 될 말을 할 수 없다는 거야말로 신의 축복이야. 넌 축복받은 거야."

나는 콜라만큼 축복받지 못했다. 해서는 안 될 말과 들어서는 안 될 말이 활쏘기 대회라도 하듯 이어졌다.

해변에서 숙소로 돌아오자 유가 싱크대 앞으로 갔다.

"일단 우리 먹기부터 하자. 배를 채워야 기분이 좋아진다는 건 만고의 진리일지니."

유는 준비해 온 식재료로 해물전과 궁중떡볶이를 만들고, 민은 가져온 와인과 맥주를 꺼냈다.

나는 과일과 과자를 식탁에 놓으며 말했다.

"왜, 뭐 기분 안 좋은 거라도 있니?"

나는 말을 하고도 괜히 했구나 싶었다. 아무렇지도 않은 척한 다는 게 오히려 긁어 부스럼을 만드는 꼴이었다.

유가 해물전을 부쳐 식탁에 놓았다.

"사감님이야 지적을 하니 기분이 안 좋을 리 없을 테고, 지적을 당한 학생은 지적을 당했으니 기분이 안 좋지 않겠니?"

나는 얼굴이 굳어지는 걸 느꼈다.

"아까 한 말 때문에 그러나 본데 친구끼리 그 정도의 말을 지적이라고 하니? 그럼 넌 내가 아무렇게나 하고 다녀도 암말 안 하겠네?"

유는 내가 알던 유답지 않게 어투가 차가웠다.

"네가 지금 한 말은 내가 아무렇게나 하고 다닌다는 말이네? 네가 보기엔 아무렇게나일지 모르지만 난 시간 들여 화장하고 옷 입고 그래. 모든 사람을 네 눈높이로 평가하지 마."

민이 잔에 와인을 따르며 말했다.

"많이들 싸워라. 키 큰다. 싸움 구경하는 재미가 제일이라고 했던가 불구경하는 재미가 제일이라고 했던가. 싸움도 불꽃 튀기는 거니까 쌍둥이과네."

민의 말을 기점으로 유와 나는 말하기를 그쳤다. 말을 하지 않는다고 분위기가 나아진 건 아니었다. 술을 마시면서부터 이야기는 본격적으로 이어졌다.

유가 궁중떡볶이를 넓은 접시에 옮겨 담아 식탁에 놓았다.

"목소리 큰 놈이 이기는 거니까 우리 많이 먹고 목소리 키워보자. 자 건배! 우리의 목소리를 위해!"

나는 목구멍으로 음식을 넘기는 게 아니라 정신의 어느 귀퉁이로 넘기고 있었다. 떡볶이는 눈물로 꽉 찬 목구멍인 양 빡빡했고, 와인은 억지로 넘기는 한약만큼이나 썼다.

민이 취기가 든 목소리로 말했다.

"우리 진실게임 하는 거 어때? 그동안 하고 싶었지만 못했던 얘기 있을 거 아냐. 그거 다 풀어놓자."

유가 좋다고 했고 나도 그렇게 하자고 했다. 말은 그랬지만 나는 몰리는 기분을 어찌지 못했다. 뭐가 잘못된 것일까. 무엇이 문제라 진실게임까지 제안하는 것일까.

민이 와인 병을 들어 좌우로 흔들었다.

"에효효효~~요 귀요미를 벌써 다 마셨네. 난 입술만 적시나마나 했는데 아까워용 아까워. 얘들아, 우리 아깝지 않게 이 시간을 진실한 맘으로 진실게임 테이프 끊읍시다. 내가 먼저 말해도 되지?"

민은 내 잔에 맥주를 채우며 작심한 듯 말했다.

"우리 친구 중에 제일 지배욕이 강한 사람이 누군지 아니?"

민이 나를 돌아봤다. 나는 속이 후르르 떨리는 걸 느끼며 왜 나냐고 물었다.

민은 포크로 떡볶이를 찍어가며 말했다.

"왜냐하면 넌 네가 한 말이 다른 사람에게 먹혀야 안심을 해. 헤어스타일을 이렇게 해라 옷 스타일을 저렇게 바꿔라 그런 말을 잘 하는데, 넌 그 말을 들은 사람이 그대로 하지 않음 할 때까지 계속하는 버릇이 있어. 너로선 조언 내지 충고겠지만, 알고 보면 다른 사람을 너랑 똑같은 사람으로 만들어야 직성이 풀리는 성격이야. 그런 이유로 난 네가 우리 친구 중에서 제일 지배욕이 강하냐고 봐."

나는 할 말을 잃었다. 친구에게 어울릴 만한 스타일을 얘기한 것뿐인데 이렇게 과장해도 되나? 기껏 생각해서 한 말이 이런 식으로 돌아온다면 입을 다물 일밖엔 없다.

민의 말이 끝나기 무섭게 유는 민의 말에 증거라도 대듯 말했다.

"이렇게 말하면 쟤 편을 드는 거 같아 말 안 하려고 했는데 우리 지금 진실게임 하는 거잖아. 그래서 하는 말인데 현이 요즘 너한테 연락 안 하지? 왜 연락이 없다고 생각하니?"

현이 연락이 없는 건 지방에 살기 때문이다. 현은 모처럼 서울에 오면 처리할 일이 많아 연락할 새가 없다고 했다. 그 말이 무슨 이유에선지 배신을 때리려 한다. 가슴이 조마조마해 온다. 목이 뻣뻣해온다. 술잔을 잡은 손이 떨린다. 유의 입에서 어떤 말이 나올지 벌써부터 속이 벌렁댄다.

유는 해물전 위로 톡 튀어나온 새우를 입에 넣으며 말했다.

"봄에 현이 서울 올라와서 너 만났다며. 쇼핑하는데 네가 옷 골라줬다고 그러더라. 근데 평범하게 입는 게 제일 어울린다면서 완전 아줌마 옷을 골라줬다는 거야. 네 표정과 말이 신념에 가까워서 거절할 수가 없었대. 거절했다간 그 자리에서 절교를 당할 것 같았다나. 현은 일단 사긴 했는데 너랑 헤어진 다음 다 바꿨대. 솔직히 너의 그런 점이 부담스러워 만나기 꺼려진다는 거야."

내가 그랬나? 그런데 그게 무슨 문제지? 현은 유행을 타는 옷보다 기본 스타일의 옷이 돋보이는데.

유는 계속해서 말했다.

"그러면서 하는 말이, 넌 결혼한 여잔데 남자들 눈에 띄는 옷을 입으면 안 좋다고, 그 말을 백 번도 더 했다는 거야. 너처럼 입길 바랐던 모양인데 자긴 그렇게 하고 싶지 않았다고, 너는 외계에 살고 있는 게 틀림없다고 그러더라."

진실게임의 실체는 무엇인가. 어디까지가 진실이고 진실을 말하는 것인가. 사람의 마음을 후비고 찢는 게 진실인가. 그게 진실이고 진실게임이라면, 진실과 진실게임은 잔인한 살인도구다.

민이 살인도구의 바통을 이어받았다.

"너처럼 입길 바랐다는 말에 삐치지 마. 넌 멋을 내려고 항상 두건이나 터번을 쓰고 머플러를 두르는 거 같은데 내가 보기엔 그냥 평범해. 평범한 아줌마들이 평범하게 내는 멋 정도? 네가 친구끼리 그런 말도 못 하냐고 했기에 솔직히 말하는 거야."

자신이 한 말을 일일이 기억하는 사람이 어디 있을까. 본인은 기억하지 못하는데 상대는 기억해내 칼질하는 게 솔직히라는 건가.

민의 바통을 유가 받았다.

"진실게임 하기로 했으니까 하는 말인데 나도 네 방식대로 얘기해도 되지? 넌 키도 알맞고 몸매도 좋고 이목구비도 또렷하니 나이스야. 근데 분위기라는 게 없어. 네가 아무리 두건이나 터번, 머플러로 멋을 내도 분위기가 나오지 않아. 한마디로 드라이해. 섹슈얼하지 않다는 뜻이야. 예쁘고 못나고가 아니라 동물이라면 있어야 할 성적 끌림 같은 게 없어. 네가 아직 미혼인 이유가 거기에 있는지도 몰라. 진실게임이라고 판을 깔았는데 우리만 얘기하고 넌 한 마디도 하지 않네. 너도 하고 싶은 말 있음 해. 이 시간이 지나면 지금 한 말은 없던 걸로 하는 게 진실게임의 규칙이잖아."

무슨 말을 할까. 진실게임이라는 핑계로 할 말 못 할 말을 하는 저 입을 틀어막고 싶다고 할까. 하고 싶은 말도 못하게 막고선 인심깨나 쓰듯이 말하는 저 입에 자물통이라도 달고 싶다고 할까. 나는 지금도 외계에 살고, 분위기라면 건조한 분위기가 전부고, 그런 까닭에 결혼도 못하고 있다는데 무슨 할 말이 있을까. 그게 나인 걸. 지금 들은 말은 사실이 아니라고 빠닥빠닥 우겨봐야 보는 이의 눈엔 그게 나인 걸. 네가 바로 그런 인물이라는 걸 말하고 싶어 이런 자리를 마련했는지도 모르는데 무슨 할 말이.

눈물이 볼을 타고 콜라의 머리에 툭툭 떨어진다.

"콜라야, 우리 여행갈까? 일박 이일로 갈까 이박 삼일로 갈까? 언니랑 여행가면 어여쁨 짱, 분위기 짱, 섹슈얼 짱인 언니를 볼 수 있어요."

십박 십일일 용 여행 가방을 연다. 두건과 터번이 십여 개, 머플러 역시 십여 개, 한 번도 입어보지 못한 민소매 티셔츠와 요란한 무늬의 속옷이 십여 개, 원색의 초미니 바지와 스커트가 손에 잡힌다.

까만색 속옷과 짧은 반바지를 입고 거울 앞에 선다. 저게 나인가? 저렇게 하고 싶은 게 나였던가?

콜라에게 콜라를 따라준다.

"콜라야, 이 언니 어때? 요염하고 깜찍하고 죽여주지 않니?"

거울 앞으로 가 의자 등받이를 앞쪽으로 놓고 가랑이를 쫙 벌려 앉는다. 한쪽 팔을 의자 등받이에 괴곤 입을 살짝 벌려본다.

"콜라야, 여행 가서 이 포즈로 놀면 남자들이 홀딱 반해 쓰러지겠지?"

사방에 깔린 거울이 나를 복제해 튕겨낸다. 어쩐지 어색하며, 어쩐지 천하며, 어쩐지 허접하며, 어쩐지 억지스럽다. 나는 악의적인 댓글을 읽은 듯 의자에서 발딱 일어난다. 이럴 바에야,

나는 전신거울 앞에서 옷을 벗는다. 영화에서처럼 천천히, 하나하나, 거울 속의 나를 응시하며, 벗겨지는 내가 어떤 나인지를 본다. 살결은 매끄럽고 살집은 육감적이다. 중년으로 치닫는 몸이 아니라 포르르 피어나는 봄이다. 이런 몸을 가졌는데 어째서 드라이한 분위기라고 할까. 봄이 뭉실 들어있는 가슴을 양손으로 잡아본다. 어느 누구의 손길도 닿아본 적이 없는 몸. 계속 그럴지도 모를 몸. 몸이 내게 욕을 한다. 넌 누굴 위해 그토록 몸을 아꼈니?

문득 떠오르는 대로 인터넷을 켠다. 남자가 싫어하는 여자 스타일, 여자가 싫어하는 여자 스타일, 남자가 좋아하는 여자 스타일, 여자가 좋아하는 여자 스타일에 관한 검색어를 친다. 창에 뜬 글들은 식상하다.

남자 유혹하기를 검색어로 쳐본다. 온갖 성인물과 동영상이 눈을 쑤신다. 누군가가 쓴, 오래된 글에 눈이 멈춘다. 혼자 바에 가 조명이 좋은 자리에 앉아 술을 홀짝이면 백발백중 남자가 꼬인다고 한다.

그 글을 혼이 빠지게 읽고 또 읽는데 바닷가에 갔을 때가 떠오른다. 술김에 하는 말로 돌렸지만 단검의 말은 지금도 가슴에 박혀 선연히 피를 흘린다.

내가 자는 걸로 알았던지 민과 유가 낮게 속삭였다.

"우리라도 만나주지 않음 쟤는 누굴 만나겠니. 친구가 아니라 선생 노릇을 한다고 다들 싫어하잖니. 그러니 남자가 꼬이겠니? 정작 본인만 모른다는 게 문제지."

그래, 그랬었구나. 내가 아는 것을, 옳다고 생각하는 것을 진심을 다해 얘기했을 뿐인데 그게 선생 노릇이었구나. 그렇게 생각하면서 눈물을 흘렸던가. 아니, 모욕감에 파들파들 떨며 잠을 이루지 못했다.

발작적으로 콜라를 안고 콜라의 몸이 터져라 힘을 준다. 콜라가 품에서 빠져나가려 끙끙댄다.

"가지 마 콜라야. 잠시만, 잠시만 이대로 있어줘. 사랑해 콜라야. 난 사랑이 하고 싶어. 다른 사람들처럼 사랑에 빠지고 싶어. 너를 사랑하듯 남자를 사랑하고 남자와 여행도 가고 싶어."

콜라를 안은 팔에 힘을 뺀다. 콜라가 팔짝 뛰어내리더니 자기 집으로 쏙 들어간다. 콜라는 구석에 코를 박고는 꼼짝도 하지 않는다. 콜라에겐 과한 애정이었나? 과한 애정은 숨어야 할 만큼 감당하기 어려운 것인가? 친구들에게 조언이랍시고 한 말은 과한 우정이었나? 그럴 정도로 친구를 사랑했나?

콜라 앞에 쪼그려 앉는다.

"콜라야, 널 부담스럽게 했다면 미안해. 여행은 나중에 가기로 하고 언니랑 음반 사러 갈까? 네가 좋아하는 곡을 사줄게. 피로를 풀어주고 좋은 생각만 떠오르게 하는 곡 어때? 그게 어떤 곡인지 우리 음반가게에서 찾아볼까?"

대낮의 기운이 수굿해진다. 울먹하던 마음이 조금씩 가라앉는다.

"콜라야, 지금부터 언니가 하는 말 잘 들어봐. 언니는 이제 시집 갈 거야. 내가 나한테 시집갈 거야."

콜라는 흘끔흘끔 내 눈치를 보다 자기 집에서 나온다. 나는 향긋한 살 냄새가 나는 손을 콜라에게 내민다. 콜라가 발 하나를 내 손바닥에 올려놓는다. 나는 콜라의 발과 악수한다.

"내가 나한테 시집갈 거라는 말이 어렵니? 어렵게 생각하면 어렵겠지만 아무것도 아니라고 생각하면 아무것도 아니야."

내가 한 말이지만 세상은 아무 것도 아니면서 꽤나 어렵다. 쉽게 보지 말라는 뜻에서인지, 쉽게 봤다간 체할까봐 그런지, 세상은 어렵게 쓴 개념어 풀이만큼이나 어려운 척한다. 쉬워 보이면 깔본다나. 그럴싸하게 포장해야 존중해 준다나. 나는 얕잡아 보일까봐, 존중받지 못할까봐, 충고인지 잔소리인지를 늘어놓았나.

"콜라야, 아무래도 언닌 언니한테 시집가는 게 맞을 거 같아. 세상은 안전하지 않아. 무섭고 떨려."

나는 언제부터인가 나와 결혼해 살고 있었는지도 모른다. 어느 누구도 침범할 수 없는 성을 쌓고 그 안에서 왕비 역, 공주 역을 해가며 안전을 추구했다고 해도 할 말이 없다. 나를 만나고 싶어 하는 사람이 없는데 그렇게라도 하지 않았다면 어떻게 했을까. 너는 지배욕이 강하다고, 너와 동일해지지 않으면 동일해질 때까지 물고 늘어진다고, 섹슈얼하지 않다고, 보고 싶은 것만 본다고, 그렇게 말하는데 내가 할 수 있는 게 무엇이었을까. 그런 말은 말이 아니라 단검이었는데 뭘 할 수 있었을까.

바깥이 어스름해진다. 창으로 가 기웃해지는 날 앞에 선다. 낮도 아니요 저녁도 아닌, 저녁으로 넘어가려는 빛이 사려 깊은 인상으로 깔려 있다. 이러한 때가 하루에 꼭 한 번 있다는 건 얼마나 고마운 일인지. 하던 싸움도 멈추고 잠시 쉬어보라는 속삭임은 아닌지.

창 앞에서 몸을 돌린다.

"콜라야, 우리 산책하러 나갈까? 산책하다 아이스크림도 사먹고 음반도 사고, 그게 좋겠지 우리 콜라?"

올인원에다 옷을 입는다. 몸이 꽉 조이면서 든든해진다. 이제 무섭지 않다. 코르셋이 이렇게 보호해주는데 뭐가 무서울까. 두건과 머플러도 두른다. 나를 해칠 그 무엇은 없다.

목줄을 챙긴다. 콜라가 폴짝폴짝 뛴다. 콜라는 내가 옷을 입는 순간부터 목줄을 챙기기까지 들떠하며 기다렸다. 그 누구도 아닌 나와 외출하기를 학수고대했다. 나와 콜라는 가볍게 흥분하며 세상의 문을 연다.

낮도 저녁도 아닌 때가 빠르게 저녁으로 넘어간다. 천변의 산책로는 어둑어둑 깊어 가고, 천에 내려앉았던 바람이 수초를 흔든다. 물소리는 아기자기하고 물가에 뿌리를 내린 버드나무는 한가롭다. 콜라처럼 산책을 나온 강아지들이 서로를 흘깃대며 킁킁대며 간다.

천변으로 밤바람과 풀 냄새가 파릇하게 날아오른다. 콜라와 걷는 이 길, 외롭지 않다. 바람은 목덜미를 간질이고 콜라의 하얀 털을 부풀리다 옆으로 쓸다 장난을 친다. 외등이 켜지고 나와 콜라의 그림자는 외등을 지날 때면 순간 사라지다 곧 짧고 진해진다. 이러한 것도 인연이라 부를 수 있다면, 인연에는 헤어짐도 들어있다. 헤어짐, 그 아픔이 천변의 바람을 타고 자욱하게 몰려오는가 싶더니 이내 힘이 꺾여 저 멀리로 가버린다.

사람들이 어깨를 펴고, 곧게 다리를 뻗으며, 눈을 똑바로 뜨고, 정면을 바라보며 걷는다. 결단코 나머지가 되지 않겠다는 결심이 단단하다. 콜라야, 우리도 저렇게 걸어볼까? 저렇게 걸으면 저렇게 살아지지 않겠니?

산책로가 끝나는 지점, 나와 콜라는 도로 쪽으로 올라간다. 도로엔 아이스크림 가게가 있고 그 가게를 낀 골목으로 들어가면 주택가가 나온다. 주택가 골목을 조금 더 들어가면 주택을 개조한 음반가게가 있다.

"콜라야, 음반부터 살까 아이스크림부터 먹을까? 아이스크림은 음반 산 다음에 먹는 게 좋겠지? 아이스크림을 들고 음반을 고르는 건 교양 없는 짓이거든."

콜라를 데리고 음반가게가 있는 골목으로 들어간다.

이 음반가게는 언제부터 있었는지 모르지만 아는 사람만이 찾을 수 있게 간판도 없다. 평범한 집 담벼락을 반쯤 헐고 그 자리에 통유리를 끼운 것으로, 들어갈 때마다 고서점에 온 듯한 느낌을 준다.

가게 주인은 노트북으로 영화를 보고 있다. 내가 들어가자 고개를 까딱하더니 다시 영화로 들어간다.

나는 콜라의 머리를 쓰다듬으며 혼잣말을 한다.

"콜라야, 어떤 게 듣고 싶니? 발라드가 좋겠니 클래식이 좋겠니?"

가게 주인은 콜라에게 말하는 걸 듣자 씨익 웃는다. 말없이 웃기만 하는 저런 웃음, 그리움을 닮았다.

그리움, 그것은 무엇일까. 물안개처럼 눅눅하게 가슴을 적시는 그런 것? 민들레 씨처럼 정처 없이 바람을 타는 그런 것? 서리처럼 싸하게 가슴을 에는 그런 것? 저 남자처럼 말을 담고 있으나 말하지 않는 그런 것?

가게 주인은 내가 음반이 꽂힌 진열대 사이를 이리저리 돌아다녀도 아는 체하지 않는다. 말을 걸지 않아서 좋은 것. 이게 좋겠다 저게 좋겠다 권하지 않아서 좋은 것. 아, 권하지 말걸 그랬다. 이런 옷이 좋다고, 저런 헤어스타일이 좋다고, 권하지 말았어야 했다 이렇게, 음반이 꽂힌 진열대는 구경만 해도 좋다는 것을 그때에 알았더라면.

진열대를 나와 가게 주인에게로 간다. 가게 주인은 시사성이 있는 흑백영화와도 같은 분위기다.

"저…… 우리 콜라가 좋아하는 곡을 사고 싶은데 추천해 주실 만한 게 없을까요?"

가게 주인은 그제야 노트북에서 눈을 떼더니 예의 그 웃음을 콜라에게 얹는다.

"얘가 수줍음을 타나 봅니다. 조금 활발한 곡은 어떨까요?"

가게 주인의 음성엔 안개가 들어 있다. 결코 잡을 수 없는 저 먼 지평선으로 아득하다.

가게 주인은 음반이 꽂힌 진열대로 가며 말한다.

"요즘 나온 K팝이나 걸 그룹의 곡은 어떨까요? 아니면…….'

"분위기 있는 곡도 괜찮아요. 콜라는 분위기 있는 곡도 좋아하거든요."

"아, 그렇습니까? 분위기라, 어떤 곡이 콜라에게 분위기를 전할 수 있을까."

가게 주인은 음반 진열대를 이리저리 둘러본다.

"클래식도 괜찮다면 바흐의 G선상의 아리아를 추천하고 싶습니다. 콜라에겐 슬픈 느낌이 들지도 모르겠는데 음이 단순하면서도 아름답습니다."

요란을 떨어가며 전시하려는 슬픔보다 내면에서 나오는 슬픔은 그 울림이 얼마나 깊을 것인가. 그런 슬픔은 비교나 간섭이나 몰리는 따위 때문에 생긴 것과는 다를 것이다. 나는 G선상의 아리아처럼 슬퍼한 적이 없다. 단검의 날이 아팠고, 떠오르는 영상들이 괴로웠다. 슬픔에도 여러 목소리가 있다는 걸, 이제야 알아버린다.

바흐를 들고 음반 가게를 나온다. 음반가게 주인의 목소리엔 슬픔이 배어 있다. 슬픔도 그리움도 하나의 선율이라는 생각이 든다.

아이스크림 가게 앞에 오자 나는 콜라를 반짝 안는다.

"언니가 언제 아이스크림을 사주나 기다렸지? 언닌 애플민트로 할 건데 넌 어떤 걸로 할래? 바닐라? 그래, 넌 바닐라 향 같으니까 바닐라로 사올게."

콜라를 아이스크림 가게 앞 가로수에 매어 놓고 가게로 들어간다.

유리 상자엔 색색의 아이스크림이 동화처럼 들어있다. 저 예쁜

색을, 저 달콤함을, 하나하나 몸에 칠하면 동화가 될까. 동화가 되면 외롭거나 슬프거나 힘든 것들이 사라질까. 내가 내게 시집가겠다는 생각이 아이스크림 녹듯 녹는다고 약속해 줘. 나도 아이스크림처럼 녹고 싶거든. 다채로운 색으로 재미나게 살고 싶거든. 드라이한 게 아니라 뇌쇄적이며 도발적으로, 상긋하고 경쾌하게, 녹으며 놀고 싶거든.

애플민트와 바닐라를 들고 아이스크림 가게를 나온다. 내가 없는 동안 콜라는 캉캉 짖기만 하더니 꼬리가 떨어져라 흔든다. 아고고~ 예쁜 것!

나는 콜라만큼이나 헤어져 있던 짧은 순간이 뭉클해온다. 콜라는 나를 보면 꼬리를 흔들지. 보고 싶었다고 캉캉 말하지. 나를 반기는 최고의 친구 콜라!

콜라와 다시 산책로로 내려간다. 시냇물은 외등을 받아 반짝이고 산책하러 나온 사람들은 근심 따윈 없다는 듯 걷기에 열중한다. 튼튼하고 건강한 저 모습들. 그런데 왜 이다지 속이 시릴까. 왜 이다지 서럽고 막막할까.

벤치로 가 앉는다. 콜라에게 바닐라 아이스크림을 먹이며 나도 애플민트를 먹는다. 둘이 함께, 다정한 향으로 아이스크림을 먹는데 속은 차오르지 않는다. 왜 이럴까. 무엇이 부족한 것일까. 한참이나 속울음을 우는 듯한 이 기분은 뭘까.

음반가게 주인의 목소리가 어른댄다. 어떤 음인지 잡을 수 없지만 음색만은 여전히 가슴을 적신다. 수증기에 싸인 음이라고나 할까, 한지를 통해 나오는 음이라고나 할까. 그런 음색은 K팝이나 걸 그룹을 말하기보다 G선상의 아리아를 말하는 게 어울린다. 그런 음성은 건조하지 않다. 매력이 지나치지도 않다. 그런 음성과 조명이 좋은 바에서 술잔을 나누면 어떨까. 코르셋을 벗고, 두건 대신 애플민트 향과 같은 헤어밴드를 하고, 가슴골이 훤히 보이는 원피스를 입고, 조금은 섹시하게, 조금은 당당하게, 그렇게, 그렇게.

그렇게 할 수 있을까. 도로시가 신은 마술의 은구두처럼, 뒤꿈치를 탁탁 치면 집으로 돌아갈 수 있는 그런 구두처럼, 야시시한 옷차림으로 남자를 만나면 지금의 나를 떠나보낼 수 있을까. 이건 매우 건전한 생각인데 어쩌지? 내가, G선상의 아리아와 같은 음에 나를 시집보내고 싶다는 매우 건전한 생각인데 어쩌면 좋지?

이런 생각, 두렵지 않아. 두려워하지 않을래.

오렌지 향기는 바람에 날리고

이 섬은 고독히다, 무인노.

무인도를 찾아온 햇빛, 백색.

백색을 좋아한다, 그녀.

그녀를 좋아하는지 안 좋아하는지 모른다, 나.

나조차 없었다면 무한했을 햇살.

햇살이 아침을 데리고 이 섬을 방문한다. 반갑다고 해야 하나 가엾다고 해야 하나.

그녀와 나는 반갑지도 가엾지도 않은 사이.

그녀는 바쁘다. 일주일에 한 번 오던 걸음이 이제는 한 달, 어느 땐 두 달.

그녀는 사려 깊고 모범적이다. 사려 깊고 모범적인 것과 바쁜 것이 어떤 상관관계에 있는지는 모른다. 두 달 아니라 석 달, 또는 삼 년 만에 온다고 해도 그녀는 바빠서 그럴 뿐이다.

그녀는 전주에 있는 어느 고등학교 선생이다. 광주에 있는 중학교라고 했던가? 그녀는 불어를 가르친다. 국어를 가르친다고 했던가? 어느 학교에서 무엇을 가르치던 그녀가 교사인 것만은 틀림없다.

틀림없다는 것, 확신이 아니라 사실이다. 사실이란 이런 무인도, 아무도 살지 않는 곳과는 다르다.

무인도엔 확실한 게 없다. 햇빛도 백색이다 청색이다 청보라색으로 바뀌기도 한다. 봄이 총총 돋아날 때면 하품을 풀어놓기도 하고, 잘 익은 체리 빛 눈물 한 방울도 떨어뜨린다. 해가 지고 바람이 불 때면 아무 것도 아닌 것에 놀라기도 하고, 아주 작은 것에 고마워하기도 한다. 무인도를 떠도는 것들은 조금은 이상하고, 약간은 변덕스럽고, 때로는 종잡을 수 없기도 하다.

그녀, 무인도를 좋아했나? 좋아했었다, 과거형. 지금은 별로 좋아하지 않는다, 현재형. 바쁘기 때문이다. 오직 바쁘기 때문.

나, 무인도를 키운다. 신경을 써서 키우는 것도 아닌데 다육식물인 양 통통하게 커간다.

식물, 경쟁하지 않는다. 상처를 낼 줄도 모른다.

식물, 경쟁한다. 뿌리를 깊게, 이파리를 넓게, 줄기를 튼실하게, 햇빛을 많이 받으려 처절하게 싸운다. 옆에서 자라는 식물들, 그늘에 가려 비실비실해진다.

식물, 경쟁도 하고 다른 식물에 상처도 줄 줄 안다.

상처, 그것은 별스럽지 않은 별스러움. 나, 별스럽게도 상처가 없다고 믿는다. 믿음이란 쉽게 저버릴 수 없는 인연과도 같은 것.

지금의 인연은 무인도 안을 비추는 저 햇빛.

아침 햇살이 컴컴한 무인도 안으로 들이친다. 나, 햇빛과 인연을 채우려, 꽉 채우려 꼼짝하지 않는다. 주변의 사물도 나처럼 움직이지 않는다. 움직이는 것은 오직 먼지.

먼지는 햇빛을 벌판으로 둥둥 떠다닌다. 먼지의 자력은 움직임. 필사적으로, 이기적으로 움직인다. 움직일 줄 아는 먼지가 움직일 줄 모르는 무인도 빌어보기.

생각은 여기까지만.

의자에서 일어난다. 먼지의 세계, 순간 요동친다. 요동치는 먼지를 손으로 잡아본다. 움켜쥔 주먹을 햇빛에 가만히 펴본다. 먼지는 보이지 않는다. 먼지란 원래 정체불명의 것. 무게도 그림자도 없으나 능동적으로 존재한다.

먼지여, 잘 가시오. 손바닥을 탁탁 턴다.

작별인사는 손바닥을 터는 것과는 다르게 주뼛주뼛.

"나는…… 그러니까 나는……"

그녀, 그 말만 하곤 얕은 한숨을, 내게 들키지 않으려 가만히 쉰다. 숄더백을 어깨에 메곤 햇빛을 등진 채 말을 잇는다.

"다시 안 올지도 몰라. 다시는."

작별의 내용은 차가웠지만 목소리는 차갑지도 단호하지도 않다.

그녀, 한참을 그렇게 있다 햇빛을 똑바로 받으며 나간다.

무인도를 떠난 그녀, 다시 안 오기는 쉽나.

그녀가 간 곳은 유인도. 햄버거와 화장품과 자동차와 뉴스가 있는 곳. 시시각각 벌어지는 일들, 그녀를 채운다.

나, 그녀가 어떤 모습으로 칠판에 글을 쓰는지, 어떤 말을 하며 동료 교사들과 회식을 하는지, 어떤 음성으로 학생들을 가르치는지, 어떤 자세로 성적을 매기는지, 어떤 걸음걸이로 운동장을 가로질러 숙소로 가는지, 어떤 표정으로 책을 읽는지, 본 적이 없다. 본 적이 없는 것처럼, 그녀는 본 적이 없는 사람일지도 모른다.

그곳, 유인도에는 유인도만의 법칙이 있다. 법칙은 그녀를 길들이고, 그녀는 법칙을 준수한다. 성실하며 부지런한 그녀, 이런 무인도와는 어울리지 않는다.

무인도에 사는 나와 유인도로 간 그녀, 공통점은 없다. 그래도 결혼은 가능하다. 아직은 그녀에게서 청첩장이 오지 않는다. 나 또한 청첩장을 보내지 않는다. 서로에게 청첩장을 보내기 전까지 그녀와 나, 믿을 수 없게도 만남은 가능하다. 혹은 가능하지 않기도 하다. 가능하든 가능하지 않든 그녀는 햇빛 속으로 들어갔고, 나는 어두컴컴한 이 섬에서 햇빛과 먼지와 교신한다.

이 무인도와 닮은 저 어두컴컴한 물체, 햇빛을 등에 업고는 꼼짝을 하지 않는다. 그녀가 왔나.

"다시는 안 오려고 결심했는데……."

그녀의 음성에서 는개가 내리고 노을이 번진다. 파스타가 맛이 없었나. 전망 좋은 찻집을 찾지 못했나. 상영관에서 볼 영화가 떨어졌나.

"창가에 두고 간 저 꽃을 보러 왔어."

나, 그녀도 창가에 둔 꽃도 보지 않는다. 말만 들어도 충분히 보이는 것들, 굳이 볼 필요가 있나.

그녀, 말을 하고도 문턱을 넘지 않는다. 문턱 바로 앞에 서서 내게로 오는 햇빛을 막고 있다.

좀 비겨줄래? 햇빛을 막고 있어. 그렇게 말하고 싶었지만 나, 아무 말도 하지 못한다. 이곳이 무인도라지만 그녀와 내가 디오게네스와 알렉산더 대왕의 역을 재현하긴 좀 그렇지 않나.

햇빛은 조금 더 길게 들어오려 그녀를 떠민다. 그녀, 꼼짝하지 않는다.

표정을 감추려고 저러나. 꽃을 보러 왔다면서 감출 표정이나 있나.

"일주일에 한 번 물을 흠뻑 주라고 한 거, 아무래도……."

아무래도 무인도는 삭막하지. 꽃에 물을 줘야 한다는 사실도 모르고 꽃이 꽃인 줄도 모른다. 무인도는 그녀처럼 식물에 열중하지 않는다. 꽃이란 필 때 되면 피고 질 때 되면 진다. 사람의 손길이 있어야 수정을 하고 꽃을 피우는 건 꽃이 아니다. 사람의 사이클에 식물의 주기를 맞추는 짓은, 음식점이나 영화관에 예약을 걸어놓는 것과 다르지 않다.

"아무래도…… 귀찮게 하는 거 같아서."

아무래도 그녀, 아무래도 라는 부사를 자주 쓴다. 나, 아무래도 다음에 나올 아무래도에 귀를 기울인다.

그녀, 한참을 말이 없다 입을 뗀다.

"아무래도…… 내 책상에 갖다놓는 게 좋겠어."

아무래도, 무인도는 꽃이 살기에는 무리겠지. 그녀와 내가 맞는 점이 별로 없다는 걸 생각하면, 아무래도라는 말은 아무래도 그녀와 내게 맞는 말이다.

"여기도 괜찮지만…… 아무래도 내가 기르는 게……."

그녀가 가르치는 건 불어나 국어가 아닌 '아무래도'인가?

아무래도 나, 이 사실을 그녀에게 알려줘야 할 책임 같은 것을 느낀다. 알려주겠다면 쓰지 말라는 뜻에서일까 계속 쓰라는 뜻에서일까. 쓰려거든 생각한 다음에 쓰라는 뜻에서일까 쓴 다음에 생각해보라는 뜻에서일까.

아무래도라는 단어는 그녀와 내가 태어나기 훨씬 전부터 있어왔다. 그러니, 쓰려거든 '아무래도'에 허락을 받아야 하지 않을까.

"줬다 뺏는 거 같아서 미안한데……."

그녀, '아무래도'에 허락을 받지 못했나. 미안하지도 않으면서 미안하다고 할 때야말로 '아무래도'를 써야 하지 않을까.

그녀의 언어법은 그녀가 유인도에 오래 머물렀다는 증거이기도 하고, 무인도를 떠난 지 꽤 됐다는 의미이기도 하다. 유인도의 법칙엔 미안하지도 않으면서 미안하다고 말하는 게 예의에 속하고, 무인도의 법칙엔 미안하지 않으면 미안해하지 않아도 되는 게 예의에 속한다.

"사실 줬다기보다 내가 놓고 간 거니까…… 미안해하지 않아도 되지?"

그녀, 영특하다. 미안하지 않은 걸 미안한 척하다 이곳이 무인도라는 걸 깨닫고 방향을 돌린다. 그런 그녀, 나와 맞지 않는다. 맞지 않으나 맞기도 하나. 예쁜 것을 보면 예쁘다고 하고 미운 것을 보면 밉다고 한다.

"꽃이 예쁘게 피었네. 제때 물을……."

그녀, 제때 와서 제때 핀 꽃을 제때 말한다.

꽃은, 그녀가 오렌지재스민이라고 알려준 꽃은, 내게 또는 그녀에게 향을 주려고 핀 게 아니다. 그녀나 내가 때가 되면 밥을 먹고 목욕을 하고 잠을 자듯, 꽃도 때가 되면 피기도 하고 지기도 하고 향을 퍼트리기도 하고 거두기도 한다.

그녀의 입에서 식물의 생리주기를 몰랐다는 고백이 나온다.

"걱정하지 않아도 될 걸 걱정했나봐."

그녀의 말엔 걱정이 들어있지 않다. 그 사실을 나도 알고 그녀도 안다. 알지만 기어이 하는 까닭은 할 말이 없어서다. 할 말이 없다고는 하나 할 말은 많다. 할 말이란 너무 많아도, 오래 떨어져 있어도 쉽게 문을 열지 않는다.

이런 상태를 그녀, 어떻게는 잇고자 한다. 그녀는 늘 그래왔다.

이 무인도를 떠나기 전까지는.

다시 무인도를 찾아온 그녀에게 나, 할 말이 없다. 나는 늘 그래왔다. 그녀가 이 무인도를 떠날 때까지.

그녀가 나를 알고 싶었다면 꽃보다는 햇빛을 가리지 말아야 한다. 해가 들어오는 오전의 이 시간을 내가 얼마나 기다리는지, 그녀는 모른다. 그래서 그녀와 나, 맞지 않는다.

"저 꽃, 두고 갈까?"

저 꽃을 사들고 왔을 때 그녀, 두고 가겠다는 말도 없이 두고 갔다. 새삼 "저 꽃, 두고 갈까?" 하는 말은 그때로 돌아가고 싶거나 그때를 돌려받고 싶다는 뜻이다. 떠난 자만이 누릴 수 있는 가벼운 향유.

"향이…… 여기에 더 어울릴 거 같아."

그녀, 이곳이 무인도라고 일깨워준다. 무인도엔 어떤 도구와도 같이 꽃향기가 있어야 좋겠다는 생각.

좋은 생각과 고마운 생각은 같지 않다. 같지 않으므로 나, 그녀의 말이 좋지도 고맙지도 않다.

"바람과 햇빛과 물을 적당히 해주면……."

그녀, 이곳이 무인도라고 다시 상기시킨다. 바람과 햇빛과 물이 부족한, 아니, 없는 무인도.

무인도에서 바람과 햇빛과 물을 원하는 그녀에게 나, 해줄 수 있는 게 없다.

"적당히…… 적당히 해줄 수 있지?"

넘치지도 부족하지도 않은 적당히. 수치로 환산되거나 똑 부러지게 규명하기 어려운 고난도의 처세술.

나, 적당히 라는 건 없다고 말하려다 아무 말도 하지 않는다.

"적당히, 관심만 가져주면…… 저 꽃은…… 죽지 않아. 않을 거야."

이제야 첨부파일을 여는 그녀.

그녀가 이 무인도를 떠난 이유이기도 하고 내가 지금껏 남아있는 이유이기도 한 '적당히'. '적당히'의 키포인트는 암시로 시작해 암시로 이어진다. 그 암시에서 나, 그녀의 신음을 들었던가. 들었다고 느끼며 그녀와 자던 때가 떠올랐던가.

지금은 그 무엇이 떠오르기보다 햇빛이 절실하다. 그녀는 내게 오려는 햇빛을 막고 있다.

햇빛이 그녀의 허리 주변을 뚫고, 팔과 다리 사이를 지나 안으로 들어온다. 직선이 아니라 그녀의 신음과도 같이 허리께를 튕겨, 팔과 다리에 부딪쳐, 산발적으로 온다.

나, 눈을 찡그리고 햇빛이 들어오는 통로에 시선을 멈춘다. 햇빛의 통로는 그녀의 몸체로 인해 막혀있다. 그녀가 묵직한 그림자로 보인다.

햇빛과 그림자.

해는 자신의 그림자를 만들지 못해 사물을 비추는 것으로 그림자를 만든다.

그녀와 햇빛.

그녀는 자신의 그림자를 만들지 못해 햇빛을 이용해 그림자를 만든다.

나, 햇빛을 보려 고개를 갸웃이 튼다. 햇빛보다 진한 그녀의 그림자.

나, 햇빛을 보기 위해, 그녀가 아닌 햇빛을 보기 위해 조금 더 고개를 튼다.

와락, 눈 속으로 쏟아져 들어오는 빛의 화살. 빛의 눈부심이 와락와락 돌아다닌다. 눈 속 깊이 들어온 빛, 한참을 움찔움찔 그림자놀이를 한다.

서서히, 빛의 놀이가 시들해진다.

눈을 뜬다.

그녀가, 햇빛의 통로를 막고 있던 그녀가 보이지 않는다.

그녀가 보이지 않을 뿐인데 그녀의 식물이 두려워진다. 그녀가 말한 대로 적당히, 햇빛과 물과 바람을 줄 자신이, 도무지 없다.

여기는 무인도. 아무 것도 살지 않는, 황야보다 더한 무인도.

생각은 여기까지만.

　　　　•　•　•

이 섬은 실패한 유토피아.

사람 대신 햇빛과 먼지가 산다.

햇빛과 먼지는 이 섬, 실패한 유토피아를 더욱 실패로 이끈다.

실패는 개혁과 열기에 떠밀려 점점 부푼다.

부푼다, 부풀다, 한참을 무풀다 낙하한다.

낙하란 과거와 미래를 끌어안고 동반자살하는 것.

그녀가 남기고 간 식물, 낙하를 모르고 성공적으로 커간다. 그녀가 좋아하는 백색의 꽃을 피우며 그녀가 나를 보는 것처럼 본다.

그녀의 흔적은 저 식물. 그녀가 원했던 것도 그녀의 흔적. 내가 할 수 있는 건 그녀가 두고 간 식물에 바람과 햇빛과 물을 주는 일. 흔적도 관심도 아닌, 그저 생명에 생명을 주는 일.

오렌지재스민이라는 이름의 꽃, 내가 원하든 원치 않든 그녀를 닮았다. 어쩔 수 없이 마주치는 손님과도 같이 나, 어쩔 수 없이 저 식물과 산다.

무인도에 꽃을 피우는 식물이라니 그녀, 토머스 모어처럼 이 무인도를 유토피아로 꾸미고 싶었나.

그녀가 꿈꾸는 유토피아는 공정한 분배를 희망한다. 그녀가 남기고 간 식물, 나를 지킨다. 나, 그녀가 남긴 식물을 지킨다. 이만하면 공정한 분배.

화분을 들고 마당으로 간다. 수도꼭지를 틀다 그녀의 목소리에 멈칫 한다.

"물은 일주일에 한 번만. 식물이 죽는 건 물을 자주 주기 때문이야."

그녀, 대문을 등지고 서서 내가 아닌, 식물이 아닌, 저 어딘가를 바라본다.

그녀의 시선이 저렇듯 막연할 때가 종종 있다. 그 막연함이, 막연하게도 기다려진다. 어느 새벽이면 저절로 잠이 깨듯, 어느 궂은 날이면 갑자기 울적해지듯, 느닷없이 종종.

"그 꽃은 직사광선을 주기보다 간접광선을 주는 게 좋아."

그녀, 대문 그늘 속에서 말한다. 직사광선을 엇비슷 간접으로 받으며, 부러워하라는 듯이 서 있다.

"바람이 잘 통하는 곳에 두는 것도 잊지 마."

그녀, 바람이 잘 통하는 곳으로 갔다. 답답하거나 외진 무인도가 아닌, 간접광선과 바람이 유동적인 곳으로 갔다.

그녀가 가길 바랐다. 혹은 바라지 않았다. 막연한 그녀의 시선과 닮은 이러한 생각들, 멈추지 않는다.

그녀의 시선도 멈추지 않는다. 나를 바라보는 눈, 막연하면서도 막연하지 않다.

"아무래도…… 떠나야겠어. 떠나는 게 낫겠어."

그녀의 말과 음성과 표정은 영화에 흔히 나온다. 떠나겠다는 게 아니라 붙잡아달라는 애원. 나, 흔하지 않게 붙잡지 않는다.

"지방으로 발령 내달라고 신청했어."

나, 갑자기 속이 아파온다. 그저 그런, 위산과다증과 닮은 속 쓰림, 또는 떠나겠다는 말에 대한 작은 도리.

"우리는…… 이제…… 자주 만나기 어려울 거야."

어렵지 않았던 때가 어디 있었나. 사방이 초록으로 물드는 것을 혼자 봐야만 할 때에도, 밥을 먹다 말고 막연한 눈길이 되는 것을 볼 때에도, 나이 차이가 일곱이나 된다는 사실을 깨달을 때에도, 친구가 던진 부케를 받았다는 얘기를 들을 때에도, 음식값이며 찻값을 그녀가 지불할 때에도, 그녀와 우리의 집안 어른들이 생각날 때에도, 아침이면 옆에서 자고 있지 않다는 것을 알 때에도, 별과 달이 정오의 해보다 밝게 보일 때에도, 신발장 한쪽에 세워진 그녀의 우산을 볼 때에도, 그녀에게 해열제를 사다 주던 약국 앞을 지날 때에도, 그녀가 단골로 다니던 미용실에서 머리를 깎을 때에도, 그녀가 이용하던 세탁소가 다른 업소로 바뀐 것을 볼 때에도, 포장마차에서 떡볶이와 순대를 먹는 학생들을 볼 때에도, 그녀가 쓰던 이어폰이 책상서랍에서 나왔을 때에도, 긴 머리의 여자가 소프트아이스콘을 핥으며 가게 앞을 지날 때에도, 지금처럼 말하는 것을 들을 때에도, 어렵지 않았던 때보다 어려웠던 때가 많았다.

"목소리, 웃는 모습이 참 보기 좋았는데."

나, 다시 웃어줄까. 좋다는 그 목소리로 발령을 취소할 순 없겠냐고 매달릴까.

매달리면 귀찮아지는 법. 나와 그녀, 매달리지 않는 것으로, 지금까지 그래왔던 대로, 아슬아슬하게 이 순간을 지탱한다.

"보고 싶어지길 바라도…… 바라지 않을 거야."

그녀, 바라지 않을수록 바라지는 게 사람 마음이라는 걸 모르나. 알면서도 저렇게 말하는 것, 감동스럽게도 감동스럽지 않다.

"다신 안 돌아올 거니까. 안, 안, 안 돌아올 거니까."

돌아오다가 있으면 돌아가다도 있다. 그녀에게 그 두 가닥의 선은 자유이자 구속이다.

햇빛이 오렌지재스민 향을 무인도에 풀어놓을 때, 그녀는 돌아왔다.

새로 산 구두가 발에 맞지 않았을 때, 그녀는 돌아갔다.

돌아갔을 땐 돌아오고 싶고, 돌아왔을 땐 돌아가고 싶은 것. 그 변주를 그녀, 제법 잘 탔다. 한 달에 한 번, 두 달에 한 번, 일 년에 서너 번, 일 년에 한 번, 돌아오다와 돌아가다를 반복했다.

생각은 여기까지만.

화분에 물을 흠뻑 주고 직사광선이 엇비슷이 널린 곳으로 간다. 그녀의 화분을 대문 앞, 그늘막이 된 곳에다 놓는다. 이곳은 바람도 좋고 간접광선도 좋다. 무엇보다 해의 움직임을 볼 수 있다.

오렌지재스민은 지금 집 전체를 관망한다. 마당 정면엔 안채로 올라가는 계단이 있다. 계단이라고 해봐야 겨우 네 단.

나, 그 계단 맨 위에 있을 때 내려가고 싶었나. 그 계단 맨 아래에 있을 때 올라가고 싶었나. 그녀를 흉내 내려는 것도 아니면서 나, 그녀보다 어려워진다.

아침 해가 마당을 돌아다닌다. 투명한 옷자락을 나풀대며 한가로운 계단을 오른다. 계단 꼭대기에 이르자 단번에 수돗가에 널린 살림도구 주변에 내려앉는다. 그녀와 나란히 앉아서 보았더라면 좋을 광경.

아침 해가 빠르게 몸집을 불린다. 해는 화관을 쓰고 지붕 꼭대기로 올라간다. 오렌지재스민이 올려다보기엔 나쁜 위치. 그녀의 화분을 돌아본다. 흠뻑 준 물이 다 빠져있다.

어디서 왔는지 검정볼기쉬파리가 꽃잎에 슬쩍 내려앉는다. 이 무인도엔 새나 나비보다 파리.

검정볼기쉬파리가 앞다리를 싹싹 비비며 꽃에게 말한다.

너를 만져도 될까?

탄력 있는 목소리, 탄력 있는 비빔.

나, 너를 만져도 될까? 라고 말하지 못했다. 나는, 그러니까 날개가 없다.

날개가 없는 것들은 날개를 원한다. 힘줄이 불거진 두 다리가 있어도, 두꺼운 목덜미와 불끈 솟은 근육이 있어도, 파리의 날개 같은 날개라도 있기를 바란다. 날개가 없어서 괴로운 것은 아니지만 때론 괴롭기도 하다.

검정볼기쉬파리는 이제 다리를 비비지 않는다. 줄무늬 잠옷과도 같은 무늬로 꽃잎을 훑고 꽃 속을 파고든다.

저렇게 살아야 한다는 생각이, 마침내 든다. 직립 보행자에게 교훈을 던지는 검정볼기쉬파리, 즐거움을 나누고 가뿐하게 나온다.

화분을 안고 집에 달린 가게로 들어간다.

이 무인도엔 음반이 많다. 사람은 없고 음반과 먼지와 고요와 그 고요를 다른 고요로 바꾸는 음이 살아간다.

일반 주택의 담을 반쯤 헐고 그 자리에 통유리를 끼운 건 그녀다. 유리가 담을 대신하는 집, 무인도를 무인도답지 않게 치장한 섬세한 손길.

그녀, 그 손길의 목소리로 음반가게를 해보라고 권했다. 그녀는 내가 직장생활에 적합하지 않다는 것을 알아챘다.

나, 고맙다는 말 대신 아무 말도 하지 않는다. 그래야 그녀는 돌아가거나 돌아올 수 있다. 돌아가거나 돌아오는 동안, 그녀의 시간은 살아 있다.

통유리 아래, 나무로 만든 길고 좁은 선반에 그녀의 화분을 얹는다.

통유리 앞 선반엔 몇 개의 소품이 놓여있다. 철제로 된 빈티지 미니어처 영사기가 하나, 베토벤의 얼굴이 인쇄된 머그컵이 하나, 이 집과 무척이나 닮은 돌집 인형이 하나. 그중에서도 그녀의 화분은 단연 주인공. 물과 햇빛과 바람을 먹을 줄 아는 유일한 성장체.

흠뻑 샤워를 마친 그녀의 꽃, 이파리는 반들반들하고 꽃은 새 초롬하다. 향은 그녀 말대로 적당하다. 과하지도 모자라지도 않게 적당.

그녀와 나와의 관계도 이만하면 적당하다.

그녀와 나, 무리하지 않는다. 나는 그녀가 오거나 가는 것을 기다리거나 기다리지 않는다. 그녀는 오거나 가는 것으로 자신을, 때론 나를 즐기거나 즐기지 않는다.

이런 관계, 무리하지 않다. 그렇게 하라고 그녀는 이 음반가게를 차려주었고, 그렇게 하려고 나는 이 음반가게에 붙박이로 있다. 절대 무리하거나 무리한 관계가 아니다.

해가 통유리를 통해 농익은 얼굴로 찾아든다. 그녀의 꽃에겐 해로울지도 모를 빛. 블라인드를 내린다. 젖빛 블라인드를 통한 빛이 은은하다. 조금 어둑하나 부드러운, 거기에 약간은 슬프기도 한 색채.

커피를 내리며 G선상의 아리아를 튼다. 슬픈 꿈에 도취해 버린 듯한 음, 그녀와 나의 관계와도 같은 음.

커피 잔을 들고 가게 입구를 향해 앉는다.

골목 안에 간판도 없는 이 작은 음반가게를 기억하는 사람은 많지 않다. 희귀 음반을 찾아오는 이가 있긴 하나 그것도 어쩌다, 아주 어쩌다.

"다시는 안 오려고 했는데…… 좋은 음반을 가지고 있어서……."

어쩌다, 아주 어쩌다 와서 하는 그녀의 말, 우회 도로를 탄다.

"여기가 아니면 들을 수 없어서."

그녀의 말, 틀린 것은 아니다. 같은 스피커, 같은 음반, 같은 볼륨이라 해도 장소에 따라 음은 다르다.

그렇다 해도 나, 그녀의 말에 공감을 표하지 않는다. 공감이란 양극과 음극이 동시에 마주칠 때 일어나는 스파크, 고농도로 압축된 경이로움. 오거나 가거나, 기다리거나 기다리지 않는 관계에선 머쓱한 표현. 그녀도 그 점은 알고 있지 않나.

"여기에만 있는 음반이…… 듣고 싶어서……."

여기에만 있는 햇빛을, 그녀는 가리고 있다. 내가 좋아하는 햇빛을, 내게 오려는 햇빛을, 그녀는 시샘하나.

그녀, 언제까지고 빛을 등지고 서서 말한다. 조금만 비켜줄래? 햇빛의 길을 막는 건…… 나, 그 말을 하지 못한 채 그녀와 내가 즐겨 듣던 음반을 튼다.

G선상의 아리아는 끝났다.

생각은 여기까지만.

노트북을 켠다. 그녀가 깔아놓은 영화, 대사보다 장면이 많다. 그녀는 말하기보다 느끼기를 좋아하나.

영화 속 주인공은 옅은 갈색머리의 미녀.

그녀의 머리칼은 갈색을 띤 흑색. 염색한 머리가 아닌 자연스러운 흑갈색.

영화 속 여자는 무릎까지 오는 개더스커트에 쭉 빠진 다리로 크라쿠프의 길을 걷는다. 흑백영화가 아닌데도 흑백을 본다. 그녀가 내 어깨에 머리를 얹고 영화를 볼 때에도 흑백이 아닌데 흑백을 느낀다.

그녀의 머리칼이나 톰에선 오렌지재스민의 향 같은 건 나지 않았다. 아무 냄새도 나지 않았는데 현기증이 너울댔다. 그녀의 숨결이, 속눈썹의 깜박임이, 안타깝게도 가까이에 있었다. 언제 끝날지도 모를 챗기 같은 것이 밀려왔다.

영화는 눈에 들어오지 않았다. 애달픔 같기도 하고 서글픔 같기도 한 것이, 목에 차올랐다. 그녀를 돌아봤다. 묶어 올린 머리 귀 옆으로 흑갈색 머리칼 몇 올이 흘러내려 있었다. 머리칼 몇 올이, 흘러내린 그깟 머리칼 몇 올이, 사무치게도 만지고 싶었다.

그녀의 눈, 영화 속 어딘가를 헤맨다. 막연한 시선, 슬픔을 따라가는 눈빛. 잡아두고 싶은 욕망이, 잡아서 나를 향해 고정시키고 싶은 욕망이 아찔하게 든다.

크라쿠프의 여자는 어느 장군의 동상 앞에 선다. 눈동자는 앞을 향해 있지만 알 듯 모를 듯 흔들린다. 그녀에게서 때때로 보아왔던 동자의 흐름. 매번 봐도 익숙해지지 않는 모호한 흔들림. 언약이나 밀착과는 어울리지 않는 세계.

크라쿠프의 여자는 자신의 구두코를 보며 한 발 한 발 동상을 돈다. 다시 한 바퀴. 또 한 바퀴. 여자는 동상을 중심으로 갈라진 네 개의 골목을 하나하나 돌아본다. 주로 카페가 많은 골목, 기념품 가게가 많은 골목, 꽃집이 많은 골목, 사무실이 많은 골목.

여자는 카페가 많은 골목 어귀를 돌아, 기념품 가게가 많은 골목 어귀를 돌아, 꽃집이 많은 골목 어귀를 돌아, 사무실이 많은 골목 어귀를 돌아, 다시 카페가 많은 골목 어귀에 선다.

카페 골목엔 최신 트렌드로 디자인한 카페와 옛 건물 그대로인 카페가 일자형으로 배치되어 있다.

여자가 카페 골목으로 들어간다. 골목 끝까지 가자 벽돌의 거친 면이 그대로인 카페 앞에 선다. 여자는 흘깃 뒤를 돌아본 후 카페로 들어간다.

조금은 컴컴한 실내. 여자가 창가 자리에 앉는다. 아랍계 청년이 다가와 메뉴판을 건넨다. 여자는 메뉴판을 보지 않은 채 차를 시킨다.

여자가 두 손을 테이블에 얹고 깍지를 낀다. 테이블과 여자 위로 뿌연 조명등 빛이 내려앉는다. 여자가 창 쪽으로 고개를 돌린다. 시선은 좀체 움직이지 않는다.

투박해 보이는 찻잔이 테이블에 놓인다. 여자는 여전히 창밖을 보며 차를 마신다. 노르께한 콧수염의 남자가 지나간다. 프렌치코트를 입은 여자가 빠른 걸음으로 지나간다. 스킨헤드에 가죽점퍼를 걸친 청년이 지나간다. 사람들이 지나가는 그 너머로 노랑이 섞인 진홍빛 노을이 깔린다. 여자가 문득 손목시계를 들여다본다. 여자는 잠시 창밖으로 시선을 던지더니 조용히 일어난다.

나, 영화를 기억하기보다 영화를 보던 그녀를 기억한다.

그녀, 크라쿠프의 여자가 카페를 나가는 것을 보자 그렁그렁 눈물이 차오른다. 먼지 하나만 내려앉아도 곧 쏟아질 듯한 액체, 눈물이니 울음이라고 말하기엔 벅찬 진동.

그녀, 골목 끝으로 가붓이 사라지는 크라쿠프의 여자를 배웅한다.

크라쿠프의 여자와 그녀, 먼 하늘을 배경으로 짙은 흑백을 만든다.

나, 때아니게 그녀가 안고 싶어 몸이 아파온다.

그녀, 눈꺼풀을 닫았다 연다. 그렁그렁 했던 액체가 주르르.

무엇이 그녀를 울게 하나.

그녀, 손끝으로 눈물을 닦으며 영화에 열중한다.

나, 그녀처럼 눈물이 차오르지 않는다. 내 머릿속은 그녀의 손을 잡고, 그녀의 눈에 입을 맞추고, 그녀의 뒷목에 팔을 두르고, 그녀의 입에 혀를 넣는다.

진이 빠진다. 영화에서 눈을 뗀다. 영화는 그녀만큼이나 진을 뺀다.

그녀, 영화에 열광한다. 노트북 용량이 꽉 차도록 영화를 다운 받는다.

그녀에게 영화는 무엇인가. 숨겨놓은 무인도인가, 찾거나 찾지 않아도 좋을 오렌지재스민인가.

생각은 여기까지만.

· · ·

산 자와 죽은 자가 살아간다, 무인도.

무인도엔 못다 한 영혼들이 불쑥거리다 사라지고, 사라지다 불쑥거린다.

불쑥거리던 몇몇 인상은 마주치다 풀어지다 길게 늘어진다, 간혹.

간혹, 목이 길어지는 슬픈 짐승아.

짐승으로 목을 내주어라, 굿바이.

저녁 빛이 나직이 음반가게에 깔린다. 몇몇 인상들이 가슴을 풀어헤치고 발목을 드러낸다. 그대로 보내기엔 아쉬운 인상들. 그 인상들에 나, 무릎을 꿇고 두 팔을 벌린다. 무릎 위로, 두 팔 위로, 종말을 고하는 빛이 내려앉는다. 헤어짐을 가늠하게 하는 빛의 예고. 오전의 빛으로 와 오후의 빛으로 사라지는 게 인연이라면, 인연은 빛의 세습.

우리는 빛 속을 거닐다 빛과 함께 헤어지며 헤어지지 못한다.

빛의 조각들이 알알이 박힌 맨몸들, 헤어지긴 쉽나.

블라인드를 걷어 올린다. 통유리 밖 골목이 어둑하니 한적하다. 크라쿠프의 여자가 카페에 조금 더 앉아있었더라면 이 골목과 같은 골목을 보았을 터.

뒤늦게, 영화 속 여자의 마음이 다가온다. 뒤늦게, 영화를 보던 그녀의 눈물도 잡힌다. 뒤늦은 깨달음은 다가가면 멀어지고, 멀어지면 다가오는 사랑끼도 같은 것. 크라쿠프의 여자는 갔고 그녀도 갔다. 헤어짐은 통보가 아닌 마음의 이동. 목이 길어지는 슬픈 짐승을 더욱 슬프게 하는 온도.

크라쿠프의 여자와 그녀, 짓궂게 남아 가슴을 풀어헤치고 발목을 내보인다. 나, 어쩔 줄 몰라 가게 안을 서성인다.

요란한 차림의 여자가 가게 안으로 들어온다. 여자는 쫓기다 왔는지 쫓다 왔는지 숨소리마저 쫓으며 쫓긴다.

"어마, 이런 곳에 이런 음반가게가 있다니, 카페 같아요. 비틀즈의 오브라디 오브라다 있죠? 유명한 곡이니까 있을 거예요."

중년의 이 여자, 명품 저격수. 명품으로 보이는 정장에, 명품 로고가 찍힌 짙은 선글라스, 귀걸이, 목걸이, 반지, 팔찌, 시계, 브로치, 핸드백, 구두.

여자는 연신 종종거린다.

"그것 좀 빨리 주세요. 아이, 바빠. 어마, 그러고 보니 우리 남편 젊었을 때랑 어쩜 그리 닮았어요?"

나, 소리 없이 웃으며 음반을 꺼내 준다. 여자는 반가운 사람을 만난 것만큼이나 반색하며 음반을 받아든다.

"그러면 그렇지, 이 노래가 없는 데가 어디 있을라고. 얼마예요? 아이, 바빠."

여자는 계산을 마치자 허둥허둥 가게를 나간다. 물속만큼이나 조용했던 곳이 한꺼번에 뒤집어지다 가라앉는다.

다시 고요. 무덤 속과도 같은 고요.

고요라고는 하나 이곳엔 하루 종일 음이 나온다. 이미 죽은 뮤지션들과 지금 활동 중인 뮤지션들이 신시사이저로, 통기타로, 무반주 음으로 연주와 노래를 한다. 그들의 음은 반복된 리듬으로 슬픔을 증폭시켜 슬픔을 잠재우려 한다.

슬픔은 잠을 모른다. 어머니는 잠들었지만 어머니의 무덤은 지금도 슬픔을 토해낸다. 산 자들의 음성보다 높게, 애착을 가진 자들의 집요함보다 강하게, 망각을 거부하는 이들의 고집보다 깊게, 슬픔을 게워낸다.

어머니를 다시 깨어나게 하는 저 음들. 어머니는 저런 음들을 싫어했다. 음을 싫어했다기보다 학업을 제쳐두고 음에 빠져 사는 아들을 못마땅해했다. 어머니의 지갑까지 털어 음반만 사댔으니 왜 안 그랬을까.

그때 음이 아니었다면, 음반을 수집하지 않았다면, 그 시절을 어떻게 견뎌냈을까. 슬픔을 복제시키는 저 음들, 슬픔을 부리는 저 마술들, 기억을 어루만지며 산 자와 죽은 자의 무덤을 지킨다.

무덤의 일부가 된 그녀, 기억의 회로를 연다.

그녀, 화원이 죽 늘어선 데를 걸으며 꽃들을 흘깃댄다.

"꽃에다 국적을 다는 것은 기만일까 아닐까."

앞뒤 맥락 없는 이야기.

"인본주의적 발상이 아닐까 하는데 어떻게 생각해?"

그녀, 가다 말고 어느 화원 앞에 선다. 작고 검은 일회용 플라스틱 화분들이 세 줄로 나란하다. 그녀, 화분 속 제라늄을 가리킨다.

"쟤는, 미루어 짐작컨대 국적을 원하지 않았을 거야. 식물도감에 실린 것도 싫어할걸?"

그녀, 불어나 국어가 아니라 생물을 가르치나?

그녀, 화원으로 들어가며 말을 잇는다.

"이 꽃은 어느 나라 국화다, 뭐 그러는 거 말이야, 유치하고도 이기적인 발상이라고 생각해."

나, 유치하고도 이기적이게 당장, 그녀와 하나가 되었으면 한다.

"꽃의 입장에서 보면 여권을 받아야 하는 것과 같지 않을까?"

내 꿈, 국적과 경계선이 많다. 다가가면 멀어질 듯한 사랑, 허가증을 받아야 한다. 멀어지면 다가가고 싶은 사랑, 발급증을 받아야 한다. 나, 목이 길지도 않은데 점점 길어진다.

"꽃은 여자, 벌은 남자, 이런 생각도 진부해. 그런 고정관념 말고 다른 뭐가 없을까?"

나, 고정관념에 묶여 일곱 살 연상을 극복하지 못한다. 진부하게도, 그녀의 몸에 나를 넣고 싶어 몸을 떤다. 나, 그녀와 일정 거리를 두고 화원으로 들어간다.

"요즘 여자들, 그런 매뉴얼대로 살지 않거든."

그녀의 말, 위태롭게도 좋아진다. 낙엽이나 벚꽃에 대해 감상을 늘어놓기보다, 밍밍해진 아이스커피를 말없이 넘기기보다, 기이한 추상화를 보며 기이한 전문용어를 나열하기보다, 그녀의 말은 끈질긴 내 욕망을 자극한다.

그녀, 화원에 있는 꽃을 둘러보다 백색의 안개꽃 한 다발을 산다. 안개꽃을 들고 나오며 그녀, 내 가슴팍에 백색을 안긴다.

"그런 매뉴얼대로 살다간 폭삭 망한다에 한 표."

그래서 그녀, 안개꽃을 사줬나? 그래서 그녀, 무인도를 떠났나? 그래서 그녀, 지방 학교로 갔나?

생각은 여기까지만.

산 자와 죽은 자의 무덤 무인도, 껌껌해져있다.

불을 켠다. 낱장으로 흩날리던 생각들이 희미하게 사그라진다. 그녀의 노트북도 엔딩 자막에 멈춰있다.

이제 저 노트북은 그녀가 아닌 내가 혼자 켜고 혼자 보고 혼자 끈다. 멀어지면 다가오는 사랑과도 같이, 혼자가 될수록 그녀가 떠오른다.

그녀, 혼자가 아니다. 영화에 들어가 영화가 될 때, 막연한 눈길이 될 때, 그녀는 다른 세계의 시민이 된다. 혼자가 아닌 그녀와 혼자인 나, 멀어지면 가까워지고, 가까워지면 멀어진다. 그녀는 문득 찾아와 내 햇빛을 가리는 것으로, 나는 햇빛과 먼지와 사귀며 그녀를 기다리며 기다리지 않는 것으로, 자신을 보호한다. 그녀와 나, 자연스럽게도 야생동물의 보호색을 갖춰 입는다.

휴대폰을 집어 든다.

그녀의 목소리가 울리지도 않는네 울린다.

"요즘 여자들, 디지털 버전에 맞게 로딩하며 살아. 나처럼 아날로그로 사는 여자는 희귀동물에 속할 거야."

그녀, 새로 산 스마트폰을 탁자에 올려놓는다.

"영화는 이 폰으로 봐도 돼. 둘이 보기엔 화면이 좀 작지만."

나, 그녀의 선언에 출렁이며 흔들리며 사망한다. 그녀가 보여준 영화에 대한 충성심, 몰입에 몰입을 반복하던 성실함이 그녀의 말과 함께 쑥 빠져나간다.

나, 어쩔 줄 모르는 나를 감추려 아무 말도 하지 않는다. 장면에 꽂았던 눈, 동자에서 흘러나오던 우울한 열기, 뺨을 타고 흐르던 옅은 홍분, 간간이 내뱉던 촉촉한 입김, 더는 느낄 수 없게 된다.

"지금 가지고 있는 폴더폰 말이야, 바꾸지 마. 그래야 스마트폰으로 바꾼 나를 부러워하지."

그녀, 부러움이 아닌 그리움을 한 움큼 던져주고 갔다. 나, 지금도 그리움을 영양제인 양 꼬박꼬박 챙겨먹는다. 노트북에 깔린 영화로, 햇빛과 노는 것으로, 산 자와 죽은 자의 무덤으로, 식물에 대한 생각과 먼지와 유인도와 무인도와 무인도 저 너머와……

노트북을 닫는다. 실내는 불을 켰다고는 하나 어둡진 하다.

어머니의 얼굴도 어둡진 했다.

"나를 기억하려 애쓰지 마라. 네게 해준 게 없다."

갑작스런 이별, 원망하거나 보듬어 줄 사이도 없는 작별.

나, 어머니와 작별하지 못했다.

가까운 누군가는 말했다.

"엄마라는 단어 자체가 슬픔이다. 슬픔을 제대로 이별할 사람이 어디 있겠냐."

작별의 시간을 질질 끄는 것은 이별이 벌이는 저항 혹은 반항.

그녀 역시 스마트폰으로 이별했으나 이별하지 못했다.

"음반가게 이 집, 내가 살까봐."

그녀의 말 뜻, 쉽게 잡을 수 없었다.

그녀, 나를 등진 채 통유리 밖을 내다본다.

"이곳에 오면 딱히 머물 만한 데도 없고…… 작지만 마당도 있고…… 요즘엔 집값도 싸고."

작은 안도가 어질어질.

그녀, 천천히 등을 돌려 나를 향한다.

"이 집 주인이 이모라는 얘기, 말 안 했던가? 내가 사게 되면 임대료는 안 내도 돼. 가게를 다른 곳으로 옮기지 않아도 되고."

이별은 유보.

그러나 그녀, 이 집 주인이 된 지 일 년이 넘도록 오지 않는다. 폴더폰도 바꾸지 않았는데 스마트폰을 자랑하러 오지 않는다. 사진을 전송한다거나 문자를 보내지도 않는다. 완벽한 단절. 이별보다 더한 이별.

조금은 눅진한 조명 아래, 폭우가 쏟아지던 날이 자꾸 어른거린다.

강물을 보자며 나선 길. 꿉꿉하던 하늘이 비를 내린다. 그녀, 운전대를 잡은 손에 힘이 들어간다. 빗줄기가 거세지더니 앞이 안 보이게 쏟아진다. 그녀, 갓길에 차를 세운다. 빗줄기가 앞 유리창을 부술 듯이 퍼붓는다. 그녀, 운전대를 잡은 채 앞 유리창에서 흘러내리는 물줄기를 바라본다. 어디론가 떠나버리는 눈동자.

나, 그녀의 세계를 침입하고자 그녀를 끌어당긴다. 그녀, 안전벨트를 풀고 내게 안긴다. 빗소리가 좁은 공간을 비집는다. 그녀, 내가 아닌 빗소리에 갇혀 움직일 줄 모른다. 빗줄기가 약해진다. 그녀, 내 품에서 일어나 앞 유리창을 향한다. 다시 다른 세계로 떠나는 그녀.

그녀를 이루고 있는 무수히 많은 것들, 아직도 건재하다. 어깨 바로 아래 팔뚝에 돋아난 옅은 기미들. 손등에 도드라진 푸른 줄기의 정맥들. 풀린 운동화 끈을 잡아매느라 상체를 접었을 때 드러나던 등의 휘어짐. 헤드폰을 끼고 까딱거리던 고갯짓. 소프트아이스콘을 핥으며 영화 스틸 컷에 빠져들던 눈. 추운 날이면 목덜미에 돋던 자잘한 소름들. 오른쪽 어금니에 숨은 듯이 박혀 있는 덧니 한 개.

그녀의 모든 것, 그녀를 만들고 있는 신체의 모든 것, 잔인하게도 죽음을 모른다.

생각은 여기까지만.

가게의 불을 끈다.

갑자기 닥치는 어둠.

갑자기 닥치는 어머니의 말.

"나를 기억하려 애쓰지 마라. 네게 해준 게 없다."

나, 그녀에게 해준 게 없다. 나를 기억할 정도로 뭔가를 남긴 게 없다.

캄캄한 실내에 우두커니 선다. 저 어두워진 문을, 그녀는 열 줄 알까. 아침이면 빛을 등지고 서서 내게 식물을 부탁하던 그녀, 이런 어둠과 친해질 줄 알까. 가볍게 들어와 노트북을 켜고 함께 영화보자는 말을 해줄 줄 알까.

불을 켠다. 실내는 그 어떤 음도 실어 나르지 않는다. 어둡진 하게 훤한 실내에서 나, 길을 잃는다.

처음 걸음마를 할 때처럼 한 발, 한 발, 음반이 꽂힌 진열대 사이로 들어간다.

그녀의 발걸음이 가만히 머물던 곳. 그녀의 미소가 잠시 날아오르던 곳. 그녀의 손길이 부드럽게 스치던 곳.

아침이면 문턱 앞에 서서 식물이 궁금해서 왔다고 할 그녀. 그녀와 조화를 이루거나 이루지 않을 아침 해. 아침 해에 둥둥 떠다니던 먼지. 먼지 복판에 그림자로 선 그녀. 그녀와 가까워지거나 가까워지기 어려운 무인도. 무인도를 떠나지 않을 이유, 절대적인 이유.

불을 켜둔 채 가게를 나온다. 안채로 가다 말고 우편함으로 간다. 고지서나 음반에 관한 정보지가 오는 게 고작이지만 우편함을 연다. 바닥에 깔려있어 놓치는 우편물이 있을까 바닥까지 훑는다. 바닥에 깔린 우편물 하나가 손에 잡힌다. 백색의 사각 봉투.

그녀, 백색을 좋아한다. 나, 백색이 두려워진다.

백색을 들고 안으로 들어간다. 그녀가 오면 머물던 방 앞.

문을 열고 스위치를 누른다. 싱글 침대가 하나, 작은 옷장이 하나.

빈 싱글 침대에 잘 자라는 인사를 하듯, 가게 문을 닫고 들어올 때면 그녀의 방을 연다. 방문을 열고 닫을 때마다 가슴이 서늘하게 내려앉는다. 그래도 나, 하루도 거르지 않고 방문을 열고 닫는다.

사각봉투를 들고 그녀의 침대에 걸터앉는다. 백색의 결혼청첩장.

청첩장에 박힌 이름을 한 자 한 자 읽어본다. 자음과 모음, 또 모음과 자음을 하나씩 떼어서 읽다 붙여 읽다 한다. 뒤에서 앞으로, 앞에서 뒤로, 읽고 또 읽는다. 굉장히 낯익으나 낯선 철자들.

빙하기에서 온 이것, 오래 보고 있을 수도 던져버릴 수도 없는 이것.

부옇게 날이 밝는다. 간유리 창으로 아침 해가 번진다. 아침이면 내게 오려던 햇빛을 막아서던 그녀.

그녀가 결혼해서 이 집에 살게 되면 나, 가게를 열고 닫을 때마다 그녀와 그녀의 남편과 마주쳐야 할지도 모른다. 그들의 출근길과 퇴근길을 아무렇지도 않게 대해야 할지 모른다. 어쩌면 그들과 오렌지재스민에 대해, 크라쿠프의 여자에 대해, 가게 안으로 들어오고 나가는 빛에 대해 이야기를 나눌지도 모른다.

그렇게 되면…….

생각은 여기까지만.

〈오브라디 오브라다〉를 불러

너는 세컨드. 굉장한 세컨드. 세컨드는 너를 멋지게 리드하는 센스쟁이. 그때로부터 지금까지 너는 고민 따위는 몰라. 너야말로 세컨드의 역사를 새로 써야 할 세컨드. 세컨드란 항상 자신만만, 자신을 좋아하지.

오늘도 너는 네가 좋아 죽을 지경이야. 누가 뭐래도 넌 급이 좋은 세컨드니까. 세컨드란 솔로이며 솔로가 아니야. 홀가분하며 알차다는 뜻이지. 양심 따위, 얼마나 고리타분하고 골치 아픈지. 이 나이에도 너는 쭉 뻗은 몸매, 매끈한 피부, 아리송한 미소로 삶의 군살을 퇴치하고 있어. 너는 이런 네게 푹 빠져버렸어. 그이가 네게 빠져버린 것보다 푹~. 이 얼마나 가볍고 신나는 일인지.

지금의 통화도 그래. 네 목소리는 억수로 밝아. 앵두꽃이 무색하고 앵무의 색이 꼬리를 내려야 할 판이야.

"소현 엄마, 다음 달에 우리 뉴질랜드 갈까?"

너는 명품 백과 옷과 액세서리가 떠올라. 그것들을 모조리 떨쳐입고 나간 자리가 간질간질 너를 낚아대. 정말이지 기대가 빵빵해져. 그런데 소현 엄마는 네게 협조를 안 하네.

"뉴질랜드? 거긴 작년에 갔다 왔는데?"

너는 맑디맑은 일급수 목소리로 대꾸해.

"그럼 페루나 남미 쪽은 때? 여기저기 다녀보니까 이젠 물리더라고. 흔하지 않은 데가 땡기는데 같이 갈래?"

소현 엄마는 목에 걸린 떡을 간신히 삼키는 음성이야.

"페…루? 거긴 좀 먼데. 난 이번 여름에 남편하고 프랑스 가기로 되어 있어. 일 년에 해외를 두 번 뛰는 건 좀 무리야. 다른 사람하고 가는 건 어때?"

너는 거절을 당하지만 괘씸하거나 속상하지 않아. 너는 너답게 깔끔하게 마무리를 해.

"으응~ 오케이~ 자기완 다음에 가는 걸로 하자."

너는 전화를 끊고도 소현 엄마의 말을 핑계라고 의심하지 않아. 의심으로 너를 골탕 먹일 필요가 없음을, 전혀 없음을 너무나 잘 알거든.

너는 피트니스센터 동무 준이 엄마에게 전화를 돌려.

"뭐 해? 운동 갔다 왔어?"

준이 엄마는 마침 가려던 참이라고 해. 너는 옳다구나 무릎을 쳐.

"으응, 나도 막 가려던 참이었어. 가기 전에 우리 맛있는 거 먹고 갈까? 내가 살게."

준이 엄마는 좋다는 건지 싫다는 건지 모르게 대답해.

"살을 빼야 하는데 맛있는 거 먹음 어째? 난 자기처럼 날씬하지 않아서 먹는 게 무서워."

너는 자기처럼 날씬하다는 말에 눈물이 퐁퐁 솟으려고 해. 그렇다고 느낌대로 말할 너는 아니야. 넌 푼수떼기가 아니거든.

너는 봄바람에 살랑대는 솜털은 유도 아니게 대꾸해.

"아이, 그런 말은 안 들은 걸로 할게. 아파트 정문에서 십 분 후에 보자. 뭐 먹고 싶은지 생각해봐."

너는 그깟 밥 한 끼쯤이야 별 게 아니거든. 준이 엄마를 만나는 데가 피트니스센터라는 게 유감이지. 피트니스센터에 가면서 요란한 화장을 할 수 있겠어, 그 유명짜한 백을 들고 갈 수 있겠어? 이번에 받은 다이아몬드 목걸이를 걸 수 있겠어, 에메랄드 브로치를 달 수 있겠어? 그것이 괴롭거든. 헌데 준이 엄마는 점심을 거절 안 하네. 고맙기도 하지.

너는 부리나케 장롱을 열고 밍크코트와 그 유명짜한 핸드백을 꺼내. 그것들을 걸치고 쪼르르 현관으로 가. 현관 신발장에서 그이가 사준 롱부츠를 꺼내 신어. 현관 신발장에 붙은 거울 속의 너, 어쩜 그리 예쁜지. 악마도 반해서 악마짓을 관둘 판이야.

너는 거울에 입을 쪽 맞추고는 엘리베이터를 타. 지하주차장에서 내리자 자동차 키홀더를 집게손가락에 끼우고는 뱅글뱅글 돌리며 가. 오호, 이런 장면을 어디서 봤더라? 그래, 외국영화에서 봤었지. 너는 이미 한물 간 외국영화의 한 장면을, 한물 간 줄도 모르고 재생하고 있어. 뭐 아무려면 어때. 신상 밍크코트를 입었으면 이 정도는 해주셔야지.

겨울이라지만 벌써 봄기운이 살랑 들어 있어. 밍크코트 입은 게 조금은 걸려. 너는 밀리세컨드(1,000분의 1초)로 부정적인 느낌을 털어내. 부정이야말로 부정하고 박멸해야 할 발칙한 것이거든.

네가 부정 아닌 긍정을 택한 건 세컨드가 되면서야. 가는 동안 세컨드의 원칙 열 개를 리마인드 해볼까?

하나, 세컨드라는 티 내지 않기. 둘, 까무러치도록 명랑하기. 셋, 외모에 가치 두기. 넷, 살림 냄새 즉 주부 냄새 안 풍기기. 다섯, 속사정은 신에게도 꺼내지 않기. 여섯, 거짓말은 너도 속을 만큼 감쪽같이 하기. 일곱, 무조건 긍정적으로 밀고 가기. 여덟, 내가 아닌 너로 살기. 아홉, 과거나 생각 같은 것은 하지 않기. 열, 그 어떤 부탁이나 아프다는 소리 안 하기.

열 개의 순서가 바뀌는 건 중요하지 않아. 중요한 건 세컨드의 원칙 열 개가 오늘날까지 너를 리드미컬하게 리드했다는 거지. 매끄럽게 지하주차장을 빠져나오는 지금처럼.

너는 걸어서 십 분이면 갈 거리를 굳이 차를 이용해. 아직은 날씨가 추우니까. 외제차여서가 아니라 날씨가 추워서야.

정문 앞엔 준이 엄마가 서 있어. 준이 엄마는 차에 오르자마자 밍크코트와 부츠를 훑어보네.

"자기 엄청 차려입었다? 어디 먼 데라도 가게? 그럴 줄 알았음

나도 챙겨 입을 걸 그랬네. 자기가 그렇게 입으니까 난 영락없는 무수리다."

너는 준이 엄마의 말에 밍크코트와 롱부츠로 날씨를 살짝 오버한 값을 덜어. 그와 동시에 이런 감사가 마구마구 솟구쳐. 고맙다 준이 엄마야. 밥값을 제대로 하려고 그런 차림으로 나왔니? 다음에도 그렇게 해줄 거지?

생각은 그랬지만 너는 애교까지 섞어가며 대꾸해.

"날씨가 많이 풀리긴 했는데 난 여전히 추워. 용서해주라, 내가 추위 많이 타잖아."

준이 엄마는 네 말을 못 믿겠는지 이런 말을 하네.

"자긴 갱년기도 없냐? 난 갱년기라 더워 죽겠다. 몇 년 전부터 내복 안 입고 지낸다. 에휴, 이놈의 갱년기."

너는 피트니스센터 건물 옆, 칼국수 집 주차장으로 들어가.

"부녀회장 있지? 소현 엄마 말이야. 그이한테 페루 가자고 했더니 나중에 가자네. 자기 소현 엄마 알지? 그이랑 갈 때 자기도 같이 가자."

준이 엄마는 네 말보다는 칼국수 집을 보며 에게게 겨우 여기야? 하는 표정을 그대로 노출시켜.

"소현 엄마? 부녀회에 나간 적이 있어야 알지. 살림하기도 바쁜데 그런 델 얼씬거릴 시간이 어디 있어."

너야말로 부녀회가 뭔지, 무슨 일을 하는지 몰라. 네가 소현 엄마를 안 건 지하주차장에서야. 넌 출차를 하다 소현 엄마의 차를 살짝 긁었고, 그로 인해 소현 엄마가 부녀회장이라는 사실을 알게 됐어. 준이 엄마 말이 아니더라도 무슨 열정에 부녀회에 나가겠어.

너는 준이 엄마의 말을 귓등으로 흘리며 칼국수 집으로 들어가. 준이 엄마는 네 뒤를 따라오며 바퀴벌레 열 마리쯤 씹은 얼굴이 돼. 그렇거나 말거나 너는 업된 기분 그대로야. 준이 엄마의 표정 따위, 관심을 가질 만한 거라야 가지지.

너는 자리에 앉자 칼국수 두 그릇을 시켜. 준이 엄마는 네 맞은편에 앉아 뿌루퉁한 얼굴을 감추지 못해. 너도 알고 모두가 알듯이 오늘의 메뉴가 못마땅한 거야. 아아니, 달랑 칼국수? 요걸 가지고 고렇게 생색을 냈단 말이야?

너는 준이 엄마의 기분 따위는 안중에도 없지만 후일을 생각해 이런 말을 던져.

"날씨가 추워서 그런지 따끈한 칼국수 생각이 나지 뭐야. 오늘은 자기 옷차림도 그렇고 좋은 건 나중에 먹자."

그제야 준이 엄마의 얼굴이 풀려. 풀린 얼굴에서 풀린 말이 나와.

"자기 남편은 돈 잘 버나봐. 그 밍크, 꽤 나가겠는데? 어디서 샀어? 얼마 줬어?"

너는 흐뭇한 얼굴로, 흐뭇하다 못해 인자한 얼굴로 말해.

"잘 벌긴. 사업체 몇 개 가지고 있는데 세금 문제, 직원 문제로 골치 아픈가봐. 나야 돈이나 주면 땡이지 사업체가 어떻게 굴러가는지 몰라. 이 밍크, 남편이 캐나다 출장 갔다 올 때 사온 거라 얼마지 몰라."

순간 준이 엄마의 눈에서 빛이 나와. 네가 그렇게도 지향하는 긍정적인 빛 말이지.

준이 엄마는 칼국수에서 나오는 더운 김을 폭폭 맞아가며 말해.

"그래? 무슨 사업체를 하는데? 우리 준이, 올해 졸업하잖아. 취업 때문에 짜증만 내고 밥도 안 먹고 날이 아니야. 자기 남편한테 말 넣어서 우리 준이 취직 좀 시켜주면 안 될까?"

너는 칼국수 맛이 똑 떨어져. 이토록 기특하기 짝이 없는 말에 맛을 느낄 수 있는 건 사람이 아니거든. 미각은 혀가 아닌 뇌에서 나온다잖아. 뇌의 기능이란 요상해서 나쁜 소리를 듣거나 좋은 소리를 들으면 맛을 모르게 된다나? 너는 즐겁게, 기꺼이, 뇌의 지배를 받으며 맛 따위는 시큰둥 던져버려. 맛 따위가 뭐 그리 대수야. 오색 리본을 단 우주선을 타고 신났어라 기뻤어라 난리가 나는 판에.

너는 칼국수를 호호 식혀가며, 들뜨는 너를 호호 불어가며 대답해.

"광고 업체랑 출판사랑 하여간 몇 개 있어. 말 넣어 볼게."

너는 준이의 전공이 무엇인지 어느 업체에 취업하고 싶은지 묻지 않아. 물을 필요가 있나. 이 순간 이후 지금의 대화는 싹 잊을 텐데 뭐. 그게 너잖아.

그렇게 된 건 아마 그때로부터지? 남편이 죽고 난 직후 말이야. 남편이 그렇게 죽을 줄 누가 알았겠어. 그런 일이야 말로 생의 돌연변이가 아니고 무엇이겠어. 네가 정한 세컨드 원칙 열 개는 바로 생의 돌연변이가 만들어 낸 걸작이야. 너는 지금이 아주아주 좋아. 칼국수를 먹어가며 준이 엄마의 부탁 같은 것을 듣기만 하는 것 말이지. 행여, 인생이란 무엇일까 오지랖 넓게 까불었다간 불행의 여신이 되는 건 시간문제야. 너는 그런 위험천만한 짓은 하지 않아. 아니, 못해. 그게 너야.

너는 이미 그렇게 되어 버린 네게 만족하기로 했어. 세컨드에겐 이혼이란 없잖아. 결혼을 하지 않았으니 당연한 거고, 고로 근심도 없어. 그런 사실이 만족스럽고, 만족스러워하는 네가 만족스러워.

너는 만족 제조기인 양 칼국수 한 그릇을 늠름하게 비워. 그럴 수밖에. 혀는 맛을 모르지만 뇌는 오색찬란한 맛에 풍덩 빠져버렸거든.

밥값은 안 아까운데 시간은 아깝네. 준이 엄마의 찬탄을 오래오래 맛보고 싶은데, 그이가 오기 전에 운동을 마쳐야 한다는 생각이 드는 거야.

너는 자리에서 일어나.

"먹었으니 빼러 가자."

준이 엄마는 너보다 한수 위인지 아래인지 이런 말로 애프터서

비스를 하네.

"나야 뺄 게 있다지만 자기야 뭐 뺄 게 있냐? 뒤에서 보면 이십 대가 아니라 십 대다 십 대. 어휴 부러워."

이쯤해서 너는 준이 엄마를 돌아보며 쿡, 웃어. 웃음만으로 이런 값진 대화를 마무리하기엔 많이 아깝지. 해서, 너는 부러운 게 아니라 오장을 뒤집는 말을 던져.

"그러니 내가 미친다는 거 아냐. 어떤 중딩들이 뒤에서 쫓아오더니 앞에서 나를 보더라고. 그러더니 이러는 거 있지. 어? 할머니 아냐? 그러면서 가는데 한 대 쥐어박으려다 말았어."

자랑질에도 급수가 있는데 너는 칼국수 한 그릇, 딱 그 정도 수준의 자랑질을 하고야 말아. 너의 말에 준이 엄마는 웃어야 할지 울어야 할지 모를 얼굴이 돼.

이렇게 해서 너의 일 막 일 장은 막을 내려. 걱정하지 마. 네겐 일 막 이 장도 있으니까. 너를 외풍에서 막아주고 길러주던 삼 막 도 사 막도 대기 중이잖아. 이러니 너는 최고의 세컨드야. 다시 말해 준비된 세컨드? 세컨드계의 퀸? 뭐 그쯤.

세컨드를 음지식물쯤으로 아는 이들에겐 쌤통 나는 일이자 충격일 거야. 넌 근심 따윈 딴 나라 얘기고, 세컨드인 세컨드만 즐길 줄 알거든. 네가 세컨드인 것에 긍지를 갖는 건 이래저래 맞는 말 이야. 특히 그이가 왔을 때는.

그이를 위해 피트니스센터에 다니는 것은 보람이야. 피트니스센터야말로 흥겨운 세컨드가 되기 위한 리셋의 장이거든. 그만큼 너의 성장은 눈이 부셔. 몸매가 그때완 비교할 수 없게 좋아졌다는 말이지. 자, 이러니 빨랑빨랑 운동하러 가자구요.

. . .

준이 엄마, 탈의실에서 옷을 벗으며 너를 안 보는 척 살살이도 보네. 너는 그런 준이 엄마를 위해 슬로우로 벗어. 빨리 벗으면 아까운 몸매, 너도 잘 알잖아. 너는 운동을 마치고 샤워를 할 때도, 샤워를 끝내고 바디로션을 바르고 머리를 말릴 때도, 홀랑 벗은 채로 천천히 해. 봐라, 실컷 봐라 하고 말이지. 너는 준이 엄마가 너의 그런 행동을, 몸을, 시샘하고 있다는 것도 알아.

그이는 준이 엄마와는 다른 시샘을 해. 네가 그이와 자고 난 후, 홀랑 벗은 채로 머리를 매만지고 와인을 가져오는 걸 보며 그이는 너무할 정도로 질투를 해. 아직도 저렇게 처녀 같은데 어느 놈이 눈독을 들이면 어쩌지? 아직도 저렇게 싱싱한데 다른 놈한테 눈을 돌리면 어쩌지? 너는 그런 시샘을 충분히 즐기고 있어. 경쟁력이 있다는 증거니까.

너는 경쟁력을 키우려 가끔은 투정도 부려. 따분하다는 표정도 짓고 질투 아닌 질투도 내. 지나칠 정도는 아니고 딱 맞게. 딱 맞게라는 것처럼 테크닉이 필요한 것도 없어. 그이의 상태가 어떤지 알아서 기어야지, 조금이라도 삐끗하면 쫄딱 망하거든. 그렇게 너는 삼십 년 넘게 잘 넘어왔어. 진고개 마른 고개, 일 막, 이 막, 삼막, 산전수전 공중전 시가전까지. 참으로 칭찬이 아까워.

준이 엄마는 운동복으로 갈아입으며 희한한 말을 하네.

"여기 트레이너들, 몸 진짜 좋지? 보기만 해도 기분이 좋아져. 자긴 누가 젤 괜찮아 보여?"

너는 피드니스센터에서 수는 운동복이 아닌, 아래위 짝 붙는 브랜드 제품의 운동복을 입어.

"다 좋던데 뭐. 왜, 맘에 드는 트레이너 있어?"

준이 엄마는 의미가 있을 둥 말 둥 한 웃음을 비쭉 내비쳐.

"꼭 맘에 드는 트레이너라기보다 그런 남자와 자봤으면 소원이 없겠어서 하는 말이야. 자긴 안 그래? 울 남편은 오 겹 비계에다 평생 쌍둥이 배잖아. 언제 출산할 건지 배냇저고리 사올까 그래도 꿈쩍을 안 해. 그놈의 뚱뚱 배를 보고 있음 금세 폭파될 거 같다니까. 아니, 폭파시키고 싶다니까. 아휴 지겨워."

어쭈쭈쭈, 준이 엄마 이제 보니 못 하는 말이 없네. 너라고 왜 그런 마음이 없겠어. 없는 척할 뿐이지. 만에 하나 다른 남자와 사귄다는 걸 알면 너는 그 자리에서 앉은뱅이가 될 걸? 그때 그 일이 있던 현장에서부터 지금까지 너는 그 사실을 잊은 적이 없어. 잊을 수가 있나. 세컨드가 된 배경이 바로 거기에 있는데.

너는 틸의실을 나가며 말해.

"들키지만 말고 해. 모른 척해 줄게."

말이 그렇다는 거지 네가 그 정도나 되겠어? 남의 일엔 눈곱만한 기억도 관심도 없는데. 너는 네 앞에서 살인이 난다 해도 경찰에 알리거나 증인이 되기는커녕 투명인간으로 나갈 걸? 하물며 준이 엄마의 일에?

너와 준이 엄마는 나란히 러닝머신에 올라. 너는 스타트 버튼을 누르고 스피드 업 버튼을 눌러. 스피드가 시속 십 킬로가 되자 뛰기 시작해. 준이 엄마도 네게 질세라 시속 십 킬로로 놓고 뛰어. 너와 준이 엄마는 뜀박질이 노후보장보험이라도 되는 양 열심이야. 열심을 안 할 수가 있나. 벨트는 밀려오지, 밀려오는 걸 안 밟으면 나가떨어지는 수밖엔 없잖아. 어쨌거나 벨트는 밟아도 밟지 않아도 계속 밀려 나오거든.

인생이 이런 거라는 걸, 거역할 수 없는 운동성이라는 걸, 너는 생각해보지 않았어. 생각해봐야 뭐하겠어. 두통, 치통, 생리통, 온갖 통통통이 파도를 치며 올 텐데. 세은이라면 또 몰라. 그 문제아는 머리 아픈 걸 취미로 삼으니까 요따위로 말하겠지. 러닝머신은 미래를 당겨 현재로 밟아 과거로 보내는 것, 뭐 그따위로. 쳇, 그렇게 똑똑한 척 해봐야 여태도 그 꼬락서니인 걸. 뭐 하나 제대로 하는 게 없어요. 엄마를 개똥인지 소똥인지로밖에 안 보면서 지 년은 왜 그 꼴로 사는지. 한심한 년. 따지고 보면 한심할 것도 없지. 다 지 팔자대로 사는 거니까.

너는 정면에 보이는 너의 집, 백삼 동 십칠 층을 노려보며 뛰어. 노려볼 만도 하지 안 그래? 그 안에서 넌 죽어라 뛰기만 하잖아. 그이가 언제 올까, 그이 마음에 드는 옷은 어떤 걸까, 그이의 입이 귀에 걸리게 하려면 어떤 포즈를 취해야 할까, 이번엔 애교를 부려야 먹힐까 토라진 척해야 먹힐까, 어머니처럼 푸근하게 대해야 좋아할까 소녀처럼 해맑게 대해야 좋아할까. 이때 너는 세컨드는 무조건 신선해야 한다는 생각이 나. 오, 그렇지, 신선한 말발의 세컨드, 신선한 옷발의 세컨드, 신선한 몸발의 세컨드.

너는 발바닥이 화끈대도록 뛰면서 너를 업그레이드 시켜. 그게 또한 너의 재미야. 천만 번 백만 번의 기쁨이기도 하고. 노려보며 뛴다는 건 원망이 아닌 목적 혹은 목표에 대한 집념이거든. 이런 차원은 너만 아는 비밀이야. 깊고도 묘한 비밀.

준이 엄마가 깊기도 하고 묘하기도 한 말을 던지네.

"내가 만약 다른 남자를 만난다면 자긴 어떨 거 같아?"

'만난다면'은 만나고 있다는 말 아냐? 준이 엄마, 보기보다 앙큼하네.

너는 준이 엄마에게 톡 쏘게 샘을 느껴. 어디 내놔도 팔리기는 커녕 꿔달라는 사람도 없을 것 같은 몸매에, 얼굴에, 분위기인데 끼도 부릴 줄 안다? 개그 프로가 티브이 밖으로 튀어나왔나 세상 참 이상하게 꼬여가네.

네가 아부 대꾸도 하지 않자 준이 엄마는 꼭꼭 감춰뒀던 비밀을 털어놓듯 해.

"난 갱년기가 무서워. 갱년기가 끝나면 그때부턴 완전 종치는 건데 자긴 괜찮아? 난 갱년기가 끝나기 전에 뭔가…… 내 인생을 이렇게 둘 순 없다는 생각이 들어."

그러니까 뭐 하자는 말? 남자를 사귀고 싶다는 말? 아니면 사귀고 있다는 말? 혼자 하면 무서우니까 같이 하자는 말? 너는 짜증나게도 약간 쫄리는 기분이 들어. 다른 남자를 생각할 수 있는 준이 엄마가 밍크코트보다 잘나 보이는 거야. 아이, 듣기 싫여.

너는 다운 스피드를 팍 누르며 대꾸해.

"들키지만 말고 하라고 했잖아. 모른 척해 줄 수도 있고 들어줄 수도 있어. 잘 해봐."

너는 러닝머신에서 내려와 전면이 거울로 붙은 쪽으로 가. 거울 옆에 세워진 긴 봉을 들고 거울 앞에 서. 두 다리를 어깨 넓이로 벌린 다음 봉을 어깨에 얹어. 봉에 양팔을 벌려 잡고는 오른쪽으로 왼쪽으로 몸을 틀어. 네 허리는 보들보들 곡선으로 유연하기만 해. 그이가 안고 싶어 몸살이 나는 건 무리가 아니야. 순간 준이 엄마에게 느꼈던 샘이 일시에 아웃 돼. 너는 그 기운으로 옆으로 앞으로 몸을 돌려가며 몸매를 만들어.

너는 봉 운동을 끝내자 스쿼트를 시작해. 덤벨을 들고 엉거주춤한 자세로 앉았다 일어났다 서른 번 마흔 번을 해. 땀도 솟고 희열도 물결 쳐. 힘들기 때문이야. 힘든 만큼 몸매가 만들어진다는 사실은 만고의 진리거든.

피트니스센터의 관장이자 트레이너가 다가와. 몸에 딱 붙는 번개무늬 운동복이 와일드하게 보여.

관장 트레이너가 너를 보며 한 마디 붙여.

"안녕하세요. 힘든 운동을 잘하십니다. 지금 하시는 운동을 데드리프트라고 하는데 죽을 만큼 힘들다는 뜻입니다."

너는 죽을 만큼 힘든 게 아니라 죽음을 들어 올린다는 뜻이 더 어울리겠다는 생각이 들어. 그래, 너는 꽤나 그럴듯한, 아주 괜찮은 운동을 하고 있는 거야.

관장 트레이너가 거울 앞에서 덤벨을 들어. 너는 렛풀다운을 하러 가며 관장 트레이너의 몸을 훔쳐봐. 상체는 역삼각형이고, 허리는 웬만한 여자 허리 뺨치게 가늘고, 엉덩이는 사과인 듯 톡 튀어나온 게 무척이나 욕심이 나.

너는 아가씨 몸매라는 소리를 듣지만 양에 차지 않아. 겨드랑이 쪽 팔뚝은 늘어져 가고 엉덩이와 젖가슴은 탄력이 부족해. 준이 엄마 말대로 갱년기야. 섹스를 하든 하지 않든 그이에게로 치면 시한부야.

너는 렛풀다운 머신에 앉아 바를 잡아당기다 말고 갑자기 열이 나. 갱년기가 무슨 상관이람. 그래도 그건 아니잖어?

너는 내렸던 바를 위로 올려. 그이는 바를 올리고 내리듯 너를 늘었다 났다 해. 솜씨가 유능해. 유능하니 결승 라인에 먼저 들어가는 건 항상 그이야. 너는 조금 화가 나. 그래봤자 답은 없어. 흑흑 울 수도 없게 너는 그이를 극복하지 못해.

너는 렛풀다운을 마치고 생수를 마셔. 창밖 건너편은 원룸 촌이야. 피트니스센터를 중심으로 이쪽엔 네가 사는 아파트, 저쪽엔 세은이 사는 원룸 촌. 걸어서 이십 분 정도의 거리지만 너와 세은은 만난 적이 별로 없어. 연락도 하지 않아. 피차 잘살고 있다는 뜻이야. 근데 말이지, 보고 싶다는 느낌마저 없는 건 좀 그래. 하지만 괜찮아. 보고 싶다거나 짠하다거나 외롭다거나 그런 종류의 느낌은 복잡해. 끈적거리고 매달리고 헤매게 하는 자석이야. 이대로가 좋아. 지금 마시는 생수처럼 무색무취로 깔끔한 것.

준이 엄마가 수건으로 땀을 닦으며 네 옆으로 와. 너는 준이 엄마가 또 남자 타령을 할까 내심 불편하면서도 기다려져. 네가 가질 수 없는 걸 가졌으니 왜 안 그렇겠어.

준이 엄마는 벌컥벌컥 생수를 들이켜더니 입을 떼.

"난 남편하고 각방 쓴 지 꽤 됐어. 자긴 아직도 같은 방 써?"

이건 완전 사생활이잖아. 넌 대꾸하지 않아.

준이 엄마는 네 얘길 듣기보다 자기 얘길 하고 싶었던 듯, 땅이 꺼져라 말아라 한숨을 쉬어.

"난 남편한테 여자가 아냐. 실컷 부려먹더니 이젠 거들떠보지도 않는 거 있지. 남자들이라는 게 그런 건가봐. 필요할 땐 싫다는 사람도 잡아끌더니 필요 없다 싶으니 언제 봤냐는 식이야. 나 참

더러워서."

더러운 게 싫으면 깨끗하게 하면 되지 웬 한숨? 남편 하나도 요리 못하는 주제에 언감생심 무슨 다른 남자야? 흥.

너는 잡지대에 꽂힌 잡지 한 권을 빼들고 사이클에 앉아. 리셋을 누르고 페달을 밟아. 씩씩거리며 밟아도 앞으로 나가지 않는 자전거, 갱년기랑 닮았어. 아이참, 오늘따라 왜 이 모양이람. 너는 속도를 올려버려.

너는 그 어떤 생각도 하지 않고 페달만 밟기로 해. 지금까지 이렇게 살아왔잖아. 그 덕에 길거리로 나앉는 일도 없었잖아. 병원비나 식비나 공과금 때문에 고생한 적도 없었잖아. 오히려 좋은 옷과 기름진 음식을 먹으며 살 수 있었잖아. 그러니 부지런히 밟는 거야. 생각 같은 거 하지 말고 잡지나 읽으며 페달만 열심히.

준이 엄마가 옆 사이클로 와 앉아. 준이 엄마도 너처럼 페달을 밟기 시작해.

"지금 어덕터 했는데 그거 할 때마다 한심한 거 있지. 가랑이를 쫙 벌렸다 오므렸다 하는 운동이 나한테 가당키나 해야 말이지. 가랑이 벌릴 일도 없는데 왜 하는지 내가 생각해도 우스워."

너는 잡지를 넘기며 입에서 나가는 대로 말해.

"준비운동 아냐? 다른 남자 만날 때를 대비한 준비운동?"

순간 준이 엄마의 얼굴이 보름달이 돼. 그렇게 좋은 말을 왜 이제야 해주느냐는 듯 너를 보는 눈에 애정이 모락모락 피어올라.

<오브라디 오브라다>를 불러　　**211**

애정의 보름달이 즉각 리플을 다네. 꽤 의미 있는 리플이야.

"오늘 최 트레이너가 안 보이는데 다른 데로 갔나?"

너는 최 트레이너가 누구냐고 물어. 준이 엄마는 한숨 쉴 때와는 달리 요리 팔딱 조리 팔딱 뛰노는 강아지로 대답해. 키 크고 잘생기고 싹싹한 트레이너라나? 그렇게 말해도 너는 최 트레이너가 누군지 떠오르지 않아. 준이 엄마는 속이 타서 죽으려고 해. 그렇게 괜찮은 사람을 모른다는 게 말이 안 된다고 생각하나봐. 준이 엄마는 이만저만한 사람이라고, 십 초면 끝낼 얘길 십 분도 넘게 해. 너는 그제야 최 트레이너가 떠올라.

"아, 그 남자? 얼마 전 마트에서 봤어. 어떤 아가씨랑 카트 끌고 장 보던데."

화사하게 물들었던 준이 엄마의 볼이 일순 구순의 연세로 폭삭 꺼져. 네가 밍크코트 입은 게 마음에 걸려 털어낼 때의 그 속도로 말이지.

너는 그런 준이 엄마를 팽개치듯 놔두고 사이클에서 일어나.

"그만 안 갈래? 난 저녁 손님치레가 있어 가봐야 해. 남편이 독일 바이어 온다고 한정식으로 한 상 차리라고 했거든."

너는 샤워실로 들어가 후끈후끈해진 몸을 시원하게 씻어. 최 트레이너를 마트에서 봤다고 했지만 알게 뭐야. 너는 흥흥 콧소리를 내며 샤워를 마쳐.

．　．　．

밤이야. 네가 달가워하거나 달가워하지 않는 밤. 그이가 오면 오는 대로, 오지 않으면 않은 대로, 밤은 인내의 시간이야.

그이는 연락을 하고 온 적이 없어. 너는 연락 따위에 불평하지 않아. 불평은 너를 사망시키는 알람이거든. 그이가 싫어하는, 아주 싫어하는 소음.

너는 피트니스센터에서 샤워를 했음에도 다시 해. 향이 좋은 샤워젤을 쓰고 바디로션을 발라. 그이가 "냄새가 좋군" 했던 바로 그 바디 제품이야.

너는 언제 올지 모를 그이를 생각하며 화장을 해. 밤 화장은 짙으면 안 돼. 까딱하다간 변두리 단란주점 마담처럼 천한 티가 나거든. 너는 한 듯 안 한 듯 자연스러운 화장을 하려고 신경을 써.

눈 화장의 마지막 단계 마스카라를 칠할 순서야. 너는 마스카라 뚜껑을 열 번쯤 열었다 닫았다 하다 그이의 취향을 떠올려. 그이는 고전미를 풍기는 여자를 좋아하지 아마. 특히 이런 밤에는. 너는 마스카라를 생략해.

드디어 화장이라는, 아주 까다로운 작업을 끝내. 이제 어떤 옷을 입을까 고뇌의 시간이 왔어. 너무 파진 옷은 그이의 격을 떨어뜨려. 그이는 술집에 온 게 아니거든. 너는 드레스 룸에 걸린 옷들을 하나하나 들춰봐. 동백꽃 색의 블라우스는 집에서 입기엔 부담스러워. 흰 티셔츠는 발랄하고 청순해 보이지만 성의가 없어 보여.

너는 한참이나 이 옷 저 옷을 고르고 입어보느라 팔다리가 덜 덜 떨려. 사실 오늘 온다는 보장도 없는데 너무 신경을 쓰는 건 아닌지 몰라. 그래도 그건 아니야. 일주일에 한 번, 혹은 두 번, 어느 땐 내리 닷새를 온 적도 있거든. 대개 밤에 오지만 오전에 한 번 저녁에 한 번, 하루에 두 번 온 적도 있어. 나간 지 두어 시간 만에 다시 온 적도 있고 하루에 세 번 온 적도 있어.

너는 고심 끝에 어깨끈이 가는 여름 원피스를 입어. 그 위에다 얇은 베이지색 카디건을 걸쳐. 다리는 물론 맨살의 종아리 그대 로야.

밖은 아직 겨울이야. 다들 무겁게 옷을 입고 다녀. 이럴 때일수 록 가벼운 옷차림으로 그이의 시선을 시원하게 해 주는 게 좋아. 그이는 칙칙한 걸 질색하거든. 너는 그이가 "냄새가 좋군" 했던 바로 그 향수로 마무리를 해.

거실로 나가지만 할 일이 없어. 베란다 창으로 밖을 내다봐. 네가 사는 동 바로 앞엔 아파트에서 조성한 작은 공원이 있어. 나무 밑엔 잔설이 깔려있고 빈 벤치엔 외등 빛이 떨어져. 그런데 넌 할 일이 없는 거야. 그이를 기다리는 것 외엔 도무지, 할 일이 없어. 이래도 되는 걸까. 갑자기 부아가 치밀어. 이래도 되는 걸까라는 생각이 들었다는 게 부아가 치미는 거야.

너는 와인을 따라가지고 베란다 창 앞으로 가. 홀짝홀짝.

밤은 기다림의 줄이야. 기다림이 슬슬 버거워져. 이러면 안 되지. 홀짝홀짝.

너의 기다림은 근무야. 회사에서 일하고 그 대가로 급여를 받는 것처럼 네겐 기다림이 근무야. 그동안 충실히 근무했기에 이런 생활을 누리잖아. 홀짝홀짝. 네 보호자는 그이가 아닌 너야. 너밖엔 없다고. 홀짝홀짝.

너는 한 잔을 비우자 다시 한 잔을 따라.

창밖엔 희뿌연 외등이 잎 하나 없는 나무와 사철나무를 비춰. 간간이 마른 가지가 흔들리고 사철나무 잎이 후르르 몸을 털어. 스산해. 지금의 너처럼 너무나 스산해.

너는 홀짝홀짝이 아닌 원샷을 해. 스산해진 몸이 더워지기 시작해. 좋은 징조야. 그이에게 응석을 부릴 수 있는 좋은 현상. 그런데 지금 몇 시나 됐을까. 휴대폰을 진동으로 놓은 건 아닐까.

너는 후다닥 침실로 가 휴대폰을 들고 나와. 진동은 아니야, 아니었어. 진동이 아니라는 사실이 조금은 허탈해.

다시 한 잔을 따라 베란다 창 앞으로 가.

공원 뒤엔 도로가 있고, 도로 뒤엔 빌딩이 있어. 빌딩 중간층엔 피트니스센터에서 내쏘는 빨강 파랑의 네온 간판이 요란을 떨어. 저 속에선 지금도 쿵쾅거리는 노래가 나올 거야.

러닝머신을 타는 사람들이 점만큼이나 작게 꼬물거려. 저 벌레 같은 존재들. 너는 느닷없는 생각에 깜짝 놀라. 너는 세컨드야. 언제 어느 때나 유쾌하고 경쾌하고 즐겁기만 한 세컨드. 좋은 생각을 해야지. 술도 아껴 먹어야지. 아직은 초저녁이잖아. 홀짝.

너는 피트니스센터 빌딩 너머 원룸 촌으로 눈을 돌려. 피트니스센터에선 잘 보이던 원룸 촌이 이 집에선 안 보여. 안 보이는 게 좋아. 자꾸 보이면 그 싸가지가 생각나거든. 홀짝.

기다림이 팽팽해져. 휴대폰을 열어봐. 세은과 그이의 전화번호를 빼면 피트니스센터나 미용실, 피부 관리실, 네일아트 숍 같은 전화번호뿐이야. 너는 오늘 온 전화를 훑어봐. 온 전화는 없고 건 전화만 두 통이야. 쓸쓸함 같은 것이 쓸쓸하게 올라와. 아니지, 이러는 건 근태 위반이지. 넌 착실하게 근무에 열중해야 해. 홀짝.

그런데 말이지, 진짜 하고 싶은 말은 말이지, 이 집엔 왜 도둑이 안 들까 그거야. 도둑이라도 들면 좀 좋아?

너는 발밑에 놓인 화초 앞에 쪼그려 앉아. 인삼벤자민의 줄기며 화분에 까만 것들이 오글거려. 너는 조심조심 들여다봐. 으~ 이건…… 이건…… 온몸에 소름이 돋아.

너는 뒷걸음질을 하다 말고 전화를 해.

"야야야! 어쩌면 좋니! 큰일 났어! 벌레가! 벌레가! 나, 벌레 무서워하는 거 알지? 귀신보다 무서워하는 거 알지? 얼렁 와! 얼렁 와서 이 벌레 좀 어떻게 해봐!"

전화기 저편에선 아무 말이 없어.

너는 금세라도 까무러칠 듯 소리 질러.

"세은아! 듣고 있니? 벌레가 화초에 있단 말이야! 얼렁 와서 이것 좀 어떻게 해봐! 내가 강도보다 시체보다 벌레를 더 무서워하는 거 알지? 죽을 거 같아. 당장 와! 당장 오란 말이야! 으으흑!"

세은은 냉정하고도 차분하게 대꾸해.

"개미인 모양인데 개미 퇴치 약 사다 뿌려요."

너는 세은의 말이 귀에 들어오지 않아. 징징 울음 섞인 소리로 빨리 오라는 말만 연거푸 해. 세은은 한참을 말이 없나 마지못해 알았다고 대꾸해.

너는 소름 돋은 팔을 문지르며 현관으로 가. 발을 동동 구르며 엘리베이터 소리가 나길 기다려.

엘리베이터가 도착했다는 소리가 띠링~ 나. 너는 얼른 문을 열어.

세은은 약병이 들었음직한 봉투를 들고 있어. 얼마 만에 보는지도 모르는데 너를 거들떠보지도 않네. 버르장머리하고는!

세은은 화초를 살피더니 겉흙을 살살 걷어내고 커피 알갱이처럼 생긴 개미 퇴치약을 뿌려. 그런 다음 다시 흙을 덮고 그 위에다 개미 퇴치약이 들었던 작은 용기를 놓아. 너는 숨을 죽인 채 세은의 그 다음을 봐.

세은은 대야를 달라고 하더니 물을 받아 와. 물이 든 대야에다 인삼벤자민 화분을 넣어. 솜씨가 장난이 아냐. 솜씨만 그런 건 아냐. 말도 정나미 떨어지게 능숙하고 의젓해.

"개미들이 저 약을 먹으면 화분 밖으로 떨어질 거야. 대야 물에 빠져 죽을 테니 그때까지 대야는 치우지 마."

세은은 말을 하면서도 너를 보지 않아. 올 때부터 안 보기로 작정하지 않은 다음에야 이럴 수는 없어.

세은은 용건을 끝낸 관리실 직원처럼 나가다 우뚝 멈춰 서.

"엄마를 때려주고 싶어. 엄만 장애인이야 어린애야? 앞으론 불러도 안 올 거야."

너는 세은이 하는 말보다 세은의 옷차림에 눈이 가. 외출하다 들어가는 길인지 진청색 반코트에 벽돌색 넥워머를 두르고 있어. 긴 머리에 넥워머를 두른 세은이 그럴 수 없게 멋져 보여.

너는 세은의 앞을 가로막아.

"얘, 너 목에 두른 그거 어디서 샀니?"

세은의 몸에게서 욕 비슷한 게 흘러나와. 그렇거나 말거나 너는 넥워머가 욕심이 나는걸. 그냥 욕심이 나서 죽겠는걸.

"그거, 나 주고 가. 너는 다시 사면 되잖아."

세은은 한동안 서 있기만 하더니 넥워머를 벗어. 세은이 무슨 쓰레기를 처분하듯 네 손에 넥워머를 꽉 쥐어줘.

"엄만 여전하네. 오랜만에 보면서 하는 말이라는 게…… 하긴, 그게 엄마니까."

너는 세은의 말이 귀에 들어오지 않아. 일단 넥워머를 손에 넣었거든.

너는 거울 앞에서 넥워머를 이리 맸다 저리 맸다 하며 말해.

"얘, 어떠니? 어울리니? 어마, 그러고 보니 너 그 양말, 어디서 샀니? 이쁘다 얘."

세은은 헛김 빠지는 소리로 대꾸해.

"허, 양말까지 벗어달라는 말은 아니겠지?"

너는 넥워머를 두른 채 나가려는 세은 앞으로 가.

"왜 아니니. 그런 이쁜 양말을 살 거면 내 것도 사지 그랬니. 저만 알아요. 저만 이쁘게 하고 다닐 줄 알아요."

세은은 벼르고 별렀던 듯 네 앞에 딱 버티고 서.

"엄만 양심이라는 게 있는 거야 없는 거야? 날 할머니한테 맡겨놓곤 어느 초를 나왔는지, 어느 중을 나왔는지, 어느 고와 대학을 나왔는지, 지금은 뭘 하는지 알려고 하지 않았잖아. 관심이 있어야 알지. 졸업식 때 와 봤어야 알지. 그러면서 내가 하고 다니는 건 다 욕심이 난다 이거지?"

세은의 눈에 불꽃이 파닥여. 너는 그런 세은을 슬쩍 외면해.

"그게 뭐 그리 중요하다고 새삼 따지니? 중요한 건 네가 학교를 나왔다는 거야. 등록금 걱정 안 하고 나왔다는 거. 그게 다 누구 덕인지 알기나 하니? 그런 말할 거면 가."

세은은 코트 앞자락을 확 여미며 신발을 신어.

"누구 덕이냐고? 덕 준 그 작자 발꼬락에다 입이라도 맞출까? 난 엄마가 징그러워. 엄마가 무서워하는 벌레보다 더 무섭고 끔찍해. 벌레가 아니라 엄마한테 벌레 퇴치 약을 뿌리고 싶어."

꽝!

문이 닫혀. 꽝 소리가 그때의 총소리야. 너는 귀를 틀어막아. 꽝 소리가 여운으로 귓속을 파고들어. 너는 부들부들 떨며 안으로 들어가.

고요함이, 살을 저미고 뼈를 갉아낼 만한 고요함이 목을 죄어. 너는 주술에라도 걸린 양 꼼짝을 못해. 얼마나 시간이 흘렀는지 모를 즈음 번뜩 정신이 들어. 너는 세컨드! 그 무엇도 해치거나 건드릴 수 없는 세컨드! 너는 너를 상기시키며, 세뇌시키며, 실내화를 찍찍 소리 나게 끌며 베란다로 가.

베란다 창을 열고 고개를 쭉 내밀어. 세은은 보이지 않고 찬바람만 씽~ 뺨을 때려. 너는 탁 소리 나게 창을 닫아. 흥, 꼬라지는 있어가지고.

너는 몸을 틀다 대야에 발이 걸려. 대야 속에 든 인삼벤자민엔 개미들이 버글거려. 쳇, 이딴 게 뭐가 무섭다고. 너는 실내화 발로 힘껏 대야를 차. 대야 물이 밖으로 튀고 인삼벤자민 화분이 쓰러져. 쓰러진 화분에서 흙과 개미가 쏟아져 나와. 너는 실내화 발로 흙과 벌레를 씨근씨근 밟아. 밟고 밟는데도 신경질 나게 분이 풀리지 않아. 더 분이 풀리지 않는 건 할 일이 없다는 거야.

너는 소파로 와 털썩 앉아. 끈이 가는 여름 원피스 자락이 무릎에서 노래를 해. 예뻐해 달라고, 눈을 맞춰 달라고 콧소리를 내. 너는 여름 원피스를 맨살을 쓰다듬듯 쓰다듬어.

별안간 정신이 들어. 오늘 독일 바이어가 온다고 한정식으로 차리라고 했던 건 누가 한 말이지? 누가 했건 지금 그이에게선 연락이 없다는 거지. 연락이⋯⋯

연락보다 더한 소리가 귀를 찢어. 단거리 마라톤을 하듯 앵앵대는 소리가 나. 불자동차야. 이 깊은 밤에, 이 추위에 어디서 불이 난 거야. 그런데 이 집엔 왜 불이 안 나시? **무성한 소문처럼 이 집에도 불이 나야 하지 않나?** 세컨드가 불에 타 죽었다는 뉴스가 나와야 하지 않느냐고.

앵앵대는 소리가 애끓는 사연인 양 외쳐대더니 잦아들어. 너는 잦아드는 소리가 아쉽기만 해.

이제 앵앵거리는 소리는 나지 않아. 집안이 견딜 수 없게 고요해. 갑자기 전원이 끊긴 것처럼 너는 적막의 한중간에 갇혀버려.

이럴 때가 아니지. 너는 세컨드, 세컨드답게 흥겨워해야지. 죽는 순간에도 행복을 찍어낸 미소를 흘리고 있어야 해.

모두가 깊이 잠들었을 시간, 너는 다시 와인 잔을 잡아. 홀짝. 다시 홀짝홀짝. 다시 홀짝홀짝홀짝.

너는 빈 잔을 채우러 와인셀러를 열어. 그이가 가져다 둔 와인이 층층이 빼곡해. 소리 같은 것? 벌레 같은 것? 이렇게 비싼 와인이 많은데 무슨 개소리야.

너는 잔을 채우곤 오디오를 틀어. 그이가 걸어두었는지 내가 걸어두었는지 모를 시디에서 노래가 나와. 비틀즈야. 너는 비틀즈를 좋아했니? 그이는?

너는 여름 원피스에 넥워머를 두른 채 소파에 앉아. 비틀즈가 〈예스터데이〉를 불러. oh, I believe in yesterday 아, 그때가 좋았다고 라고 불러. 너는 그때가 좋았니? 너를 넘겨버리던 그때가? 이러면 안 되지. 넌 근무 중이야.

비틀즈가 〈예스터데이〉를 끝내고 〈오브라디 오브라다〉를 불러. 너는 잔을 든 채 일어나. 이렇게 흥겨운 리듬에 가만히 있을 수는 없지. 너는 어깨를 들썩이며 엉덩이를 흔들어. Ob-la-di ob-la-da life goes on 오브라디 오브라다 인생은 흘러가는 것이라고 불러.

그래, 인생은 흘러가는 거야. 총에 쓰러지던 남편도, 그것을 보며 정신을 잃던 너도 흘러갔는걸. 그때의 술판도, 석쇠에서 피어오르던 연기도, 마분지처럼 딱딱하게 굳어버린 고깃점도, 총소리에 화르르 떨어지던 벚꽃도, 악을 쓰며 울던 세은도 다 흘러갔는걸. 저 봐, 비틀즈가 노래하잖아. And if you want some fun, take ob-la-di ob-la-da 재미나게 살고 싶다면 오브라디 오브라다를 외쳐보라고.

너는 〈오브라디 오브라다〉를 부르며 와인을 넘겨. 목구멍 저 깊은 어디에선가 뜨거운 덩어리가 올라와. 너는 카디건을 벗고 넥워머도 벗어던져. 아무 것도 꿈꾸지 마. 현실이 꿈인걸.

너는 어깨끈이 가는 원피스 자락을 팔랑이며 오브라디 오브라다에 맞춰 춤을 춰. 그래야 하지 않나? 〈오브라디 오브라다〉가 야외전축에서 흘러나오던 바로 그때, 총소리가 났을 거야. And if you want some fun, take ob-la-di ob-la-da, 그 대목이 나오던 바로 그때, 남편이 쓰러졌을 거야. thank you, 마지막 그 대목이 나오던 바로 그때, 너도 쓰러졌을 거야. 그래서 뭐 어쩌라고? 어쩌긴. 잔이 비어버렸잖아.

너는 이번엔 와인을 꿀꺽, 단숨에 넘겨. 다시 꿀꺽, 다시 꿀꺽. 지금은 초저녁이 아니라 새벽이니까.

비틀즈가 〈오브라디 오브라다〉를 끝내고 다른 노래를 불러. 너는 다시 〈오브라디 오브라다〉를 틀어. 비틀즈는 어깨를 들썩이지 않곤 배겨날 수 없게 오브라디 오브라다를 끝내주게 외쳐. 너는 목청껏 〈오브라디 오브라다〉를 따라 불러. 따라 부르지 않으면 안되잖아. 정신을 놓지 않으면 안 되었던 그때처럼, 그이의 품에 안기지 않으면 안 되었던 그때처럼, 너는 태엽을 감은 장난감처럼 오브라디 오브라다를 계속해서 불러.

너는 이렇게 혼신을 다하며 사는 게 자랑스러워. 내용증명서라도 작성해 액자에 넣고 싶게 뿌듯해.

눈물인지 땀인지 모를 게 뺨을 타고 흘러. 너는 닦지 않아. 한밤중이나 새벽, 가끔은 아침에도 그이가 들를 때가 있거든. 그때 보여주고 싶은 거야. 근무 시간을 줄여달라고, 휴일도 명절도 없는 이십사 시간 삼백육십오일 근무는 노동법에 어긋나는 거라고.

마침 비틀즈가 thank you라고 하네.

그래, thank you야.

thank… you… tha…nk… you…

tha…nk yo…u… tha…nk… th……

역주행의 원리에 따라

신에게 말한다.

당신이 싫습니다.

신은 말한다.

나를 좋아하라고 한 적 없다.

신에게 말한다.

나를 좋아하지 않는 걸 압니다. 그 벌을 당신에게 돌려드리겠습니다.

신은 나를 좋아하지 않는 죄를 지었고, 나는 그 벌을 신에게 돌려주기로 한다.

신에게 줄 벌은 고통이다. 나는 신이 좋아하는 그들을 괴롭히고, 그들은 내게 괴롭힘을 당하는 것으로 신을 괴롭게 한다. 이만하면 합리적인 등식이 아닌가.

신에게 묻는다.

당신은 가슴이 아픕니까? 후회나 반성을 합니까?

신은 대답한다.

내게 상처란 없다. 내려 해도 나지 않는다.

나는 말한다.

당신이 아끼는 그 사람들을 해쳐도 상처가 없다면 당신은 신의 자격이 없습니다.

신은 스스로 존재한다고 하나, 그 존재를 존재케 하는 것은 인간이다. 하여, 인간인 나는 신에게 신의 자격을 부여하는 게 된다. 이만하면 신과 나는 동등한 관계여야만 하는데 현실은 그렇지 않다. 신의 숨결은 거칠고 참혹하며 불공평하다. 아무리 발버둥 쳐도 나는 나를 벗어날 수 없고, 신의 옥좌는 튼튼하다.

신의 옥좌를 흔들기로 한다. 나는 죽을힘을 다해 그들을 모욕한다. 그들도 죽을힘을 다해 나를 모욕한다. 나는 그들을 죽이고 그들은 나를 죽인다. 이런 관계는 신이 감동을 받을 때까지 이어질 것이다. 이런 말이 인생의 마지막 부록에나 있었더라면.

신에게 묻는다.

세상은 살 만합니까? 당신이 보기에 적절하게 굴러갑니까?

신은 대답한다.

파멸을 바란다면 더 노력해야 할 것이다.

나는 이미 파멸한 자. 그들에게로 향한 증오, 번뜻 스치는 동경, 줄기차게 잡아채는 가해와 또 가해, 그에 더한 무관심, 그러한 것들이 아무런 바람을 타고 풍력발전기의 날개로 휘휘~

신에게 묻는다.

당신은 자전과 공전의 힘을 받고 있습니까?

신은 말한다.

나는 높은 곳에 있으며 파국을 모른다.

내가 그들을 괴롭히고, 그들이 나를 괴롭히는 것은 자전과 공전을 동시에 수행하는 것과 같은 이치. 높은 곳에서 파국을 모르는 존재에겐 저속한 장난.

신에게 말한다.

당신을 죽이고 싶습니다.

신은 말한다.

하고 싶은 대로 하거라.

탕!

나는 신의 개입으로 녀석을 죽였다.

그때의 타이밍은 적절했던가. 적절했다. 신도 깜짝 놀랄 만큼 교묘하고도 탁월했다. 신은 좌절했다. 기대 이상을 넘어선 솜씨는 신을 우롱하는 짓이라는 걸, 신도 눈치 챘다.

신은 나를 버리지 못한다. 그들도 버리지 못한다. 파국을 연장시키려면 어느 누구도 버릴 수 없다. 이것이 신의 약점이다.

신에게 말한다.

당신이 아끼던 자를 죽였습니다. 그 죽음은 당신만이 보았습니다. 당신은 나를 고발하지 못합니다. 나는 살인의 채무를 떠안고 살아갑니다. 당신도 살인의 채무를 떠안으십시오. 가능하다면 살인의 채무에 질식사하길 바랍니다.

신은 말한다.

나는 얼굴이 없다. 징벌과 수형은 내게 해당 사항이 아니다.

나는 신에게 신이라는 자격을 부여한 자, 내게도 얼굴은 없다. 나는 얼굴 없는 얼굴, 포커페이스로 페이스오프 한다.

나는 그런 얼굴로 아까부터 차에 박혀 그녀의 아파트를 보고 있다. 그녀의 집은 환하다. 나를 기다린다는 뜻이다. 그래, 기다려라. 그것이 네 운명이라고 생각하는 것이 좋겠다.

새벽이 가깝다. 그녀의 집은 여전히 환하다. 저 불빛은 언제 와도 좋고 언제라도 맞이할 준비가 되어 있다는 속삭임이다. 지금까지 그녀는 불빛을 어긴 적이 없다. 이 불문율은 앞으로도 계속될 것이다.

시동을 걸고 집으로 향한다. 차는 새벽의 한중간을 질러간다. 텅 빈 도로는 훤히 속을 드러내고 신호기는 입력된 시간대로 신호를 바꾼다.

그녀에게 입력된 시간은 무기징역. 무기징역을 입력한 나도 무기징역. 내게 무기징역을 때린 신도 무기징역. 무기징역은 연대보증처럼 발단과 전개로 클라이맥스를 지향한다. 클라이맥스만이 영원한 클라이맥스.

보행신호가 켜진다. 신호기 속 보행자가 다리를 벌린다. 이 횡단보도를 녹색등에 든 보행자처럼 건너는 사람은 없다. 없지만,

존재 자체만으로 의미가 있는 것도 있다. 그녀와 나.

그녀와 나는 기업주와 하도급업체와의 관계와도 같이 상생을 꿈꾸며, 상생을 배반한다. 나는 그녀가 오래 살길 바라며 몰락하길 기다린다. 그녀도 내가 오래 살길 바라며 몰락하길 기다린다.

신호기의 역삼각형이 하나씩 꺼진다. 마지막 남았던 역삼각형이 꺼지며 빨간색으로 바뀐다. 빨간색은 시간이 되면 다시 녹색으로 바뀔 것이고, 녹색은 시간이 되면 빨간색으로 바뀔 것이나. 떡딱 규범대로 움직이는 것들은 밋밋하며 재미없다.

나와 그녀는 딱딱 규범대로 밋밋하며 재미없다. 처음부터 지금까지 똑같은 버전이다. 코드는 다르다. 버전과 코드가 같았다면 그녀와 나의 관계는 성립할 수 없었을 것이다. 그녀는, 나는, 마지막까지 같이 가야 할 방향성을 잊지 않는다.

차를 출발시킨다. 신호기의 시간처럼 규정 속도를 지킨다. 정해진 속도를 지키는 것은 안전키다. 그녀와 내게 꼭 맞는 안전키.

내 신호기는 그녀에게 멈출 때 멈추고 출발할 때 출발하게 한다. 그녀의 신호기는 내 신호기에 따라 움직일 때 움직이고 멈출 때 멈춘다.

그동안 그녀는 내 신호기를 잘 지킨 편이다. 내가 오든 오지 않든 불을 켜고 기다린다. 나는 그녀가 기다리든 말든 기다리게 한다. 그녀의 시간과 내 시간은 결코 물러지지 않는다.

신에게 묻는다.

당신에게도 내성이라는 게 있습니까?

신은 답한다.

살아있는 것들엔 내성이 필요하다.

신에게 말한다.

당신이 싫습니다. 나를 비웃고 꺼려하는 사람들보다 싫습니다.

신은 만족도 불만족도 내비치지 않는다. 그녀는 불만족을 만족으로 위장해 내비친다. 나는 그녀가 싫다.

도어락 번호를 누르고 대문을 연다. 그녀의 집과는 달리 캄캄하다. 나는 아무 때나 나가고 아무 때나 들어온다. 아내는 나를 포기했다. 대단히 인간적이다.

그녀는 나를 포기하지 않는다. 아침까지 불을 켜놓고 기다린다. 전혀, 인간적이지 않다. 그런 그녀가 좋다.

맞은편 아내의 방은 조용하다. 잠이 들었을 수도 있고, 자지 않고 있을 수도 있다. 그녀에게 있다 왔다고 짐작할 수도 있고, 그녀를 모르고 있을 수도 있다. 나는 그녀를 무시하듯 아내도 무시한다.

아내는 나를 무시하지 않으며 무시한다.

"당신, 건강 챙기세요. 어디서 밤일을 하든 좌우간 건강해야 하니까."

아내는 믹서에 인삼과 사과, 꿀을 넣고 갈아 내게 건넨다. 건강을 챙기겠다는 표정이 제법 진지하다. 아내는 자식새끼가 약을 다먹는 걸 확인해야 자리를 뜨겠다는 듯 내 앞에 버티고 선다. 나는 단숨에 인삼주스를 들이킨다.

그녀는 나를 무시하며 무시하지 않는다.

"아무 때나 오셔도 괜찮아요. 사업하시느라 바쁘신 거 잘 알아요."

그녀는 단 한 번도 기다렸다는 말을 하지 않는다. 한 달 만에 가도 일 년 만에 가도 그녀의 입에선 같은 말이 나올 것이다. 그녀는 지나친 배려로 존중과 모욕을 동시 수행한다.

하루 종일 얼굴 없이 산 얼굴이 무지근하다. 이불을 목까지 끌어 덮는다. 허한 기운이 목 언저리를 맴돈다. 그녀가 끼고 사는 기운.

그녀는 붉은 옷을 입고 향이 좋은 냄새를 풍기지만 차다. 깔깔거리며 웃기도 하고 애교 섞인 투정도 부리지만 허한 기운이 족적으로 남는다. 불빛만 보고 온 건 잘한 일이다. 그녀를 안았더라면 목을 누르고야 말았을 테니.

신에게 묻는다.

당신은 섹스를 압니까?

신은 대답한다.

허한 동물들은 애정 없이도 몸을 섞는다.

나는 애정 없이 그녀를 안는다. 그녀도 애정 없이 나를 안는다. 나와 그녀는 허한 동물이다. 허한 동물들은 기다림을 안다. 나는 차 속에서, 그녀는 아파트에서 기다린다.

그녀는 몇 번인가 베란다로 나와 서성인다. 창에 얼굴을 바짝 들이민 때도 있고 뒷모습만 슬쩍 보이다 만 때도 있다. 그녀는 잘 훈련된 개처럼 나를 기다린다.

기다리게 하는 것은 생각하라는 지시다. 나는 불빛을 보는 것으로 그녀가 내 지시를 따르는지 아닌지 확인한다. 그녀의 기다림은 몸뚱이에서만 나온다. 더 기다려야겠구나. 더 기다려라. 그것이 네가 내게 해줄 수 있는 최고의 친절이니.

몸은 허한 기운에 눌리고 잠은 오지 않는다. 그녀는 자면서 기다리거나 밤을 새우며 기다리거나, 들떠하며 기다리거나 화를 내며 기다리거나, 멍하게 기다리거나 참아가며 기다리거나, 좋아하며 기다리거나 싫어하며 기다리거나…… 기다려라.

그녀는 나를 좋아하지 않으며 좋아한다. 생활비를 준 날, 상품권을 빡빡하게 봉투에 넣어준 날, 카드대금을 넣어준 날, 그녀는 내 목에 매달려 입을 맞춘다.

"고마워요."

고맙다는 단 한마디. 그녀의 마음은 혓바닥에 있다.

그녀는 성의를 다하겠다는 듯 인형의 미소를 흘리며 옷을 벗는다.

나는 그녀를 안는다.

"냄새가 좋군."

그녀의 몸은 열린다. 나는 양복 차림으로, 넥타이도 풀지 않은 채 그녀를 만진다. 그녀는 더없이 차나 더할 수 없이 부드러워진다.

그녀는 양복 입은 내 몸을, 살이 아닌 천의 감촉을 더듬는다. 나는 옷을 입은 채 그녀의 구석구석을 더듬는다. 그녀가 절정을 향해 간다. 그 순간에 맞춰 손을 뗀다. 그녀의 몸은 정지되고 그녀는 치욕감에 치를 떤다.

나는 만족한다. 부실 시공자는 타격을 받아 마땅하다. 나는 타격의 마무리를 정성스레 한다. 그녀의 머리를 빗질해주고 속옷을 입혀준다. 새빨간 립스틱을 발라주고 손거울을 손에 쥐어준다. 그녀는 치욕감을 들키지 않으려 눈을 꼭 감는다. 마음이 아니라 입술로 한 말의 대가는 이것으로 충분하다.

나도 그녀를 좋아하지 않으며 좋아한다. 그녀가 내 차를 탈 때 나는 기사처럼 문을 열어준다. 내릴 때에도 마찬가지. 그녀는 불안함인지 불쾌감인지 모를 것을 어쩌지 못해 가면의 웃음조차 짓지 못한다. 나는 만족한다.

그녀에게 외제차를 사준다. 국산차인 내 차보다 훨씬 값나가는 외제차. 그녀는 딱딱하게 군다. 어떤 판단이 그녀를 움직이게 할지 기대감이 차오른다. 그녀는 질린 표정을 애써 추스르더니 내 뺨에 입을 맞춘다.

"고마워요."

이번에도 고맙다는 단 한마디.

그녀는 분에 넘치는 선물과 과도한 친절에 길들어간다. 하지만 아직 멀었다. 그녀는 신도 질려할 때까지 나를 빼다 박아야 하며 나는 그녀를 조립해야 한다.

신에게 말한다.

당신을 능멸할 것입니다. 당신이 아끼는 사람을 능멸하는 것으로 당신을 능멸하겠습니다.

신은 말한다.

역주행의 끝은 죽음. 죽음을 두려워하지 않는 자, 죽을지니.

바보 같은 소리다. 연어는 역주행을 하다 죽지만 연어의 알은 다시 연어가 된다. 신도 모르는 역주행의 원리.

그녀는 역주행의 원리로 태어난 후손이다.

녀석이 총에 맞아 죽던 순간 그녀는 내 품에 쓰러진다. 그녀는 총소리와 함께 사랑을 내던지며 다시 태어난다. 다시 태어난 그녀는 무척 영리하다. 언제 올지 언제 갈지 묻지 않는다. 온전히 기다리는지 아닌지 의문을 품게 하는 것으로 몸을 닳게 할 줄도 안다.

나는 때 없이 그녀에게 들이닥친다.

그녀는 고객을 관리하듯 말한다.

"오셨어요? 식사는 하셨나요? 밖이 덥죠? 오실 거 같아 에어컨을 틀어놓았어요. 식사는 하셨다니 시원한 맥주를 드릴까요? 아님 와인은 어떠세요?"

그녀는 고급 룸살롱의 마담을 닮아간다. 호칭 없이 대하는 것으로 룸살롱의 마담을 살짝 비껴갈 줄도 안다.

그녀는 맨 종아리에 타이트한 스커트, 가슴골이 살짝 드러나는 얇은 민소매 니트를 입고 있다. 브래지어는 일부러 하지 않아 젖꼭지가 도드라진다. 생활비와 카드대금을 지불해주는 사람에 대한 성의 표시다. 넘치지도 모자라지도 않게 딱 거기까지의 성의.

그녀의 완성도가 나를 모욕한다. 그녀는 가끔 완성도에 흠집을 내는 것으로 완성도를 높인다.

"다른 사람들은 날 예쁘다고 하는데…… 예쁘다고 하지 않아. 엉터리! 도망갈까 보다."

그녀는 앙탈인지 간사함인지 모를 것을 하다 내 등에 업히는 시늉을 한다. 내가 다리를 심하게 전다는 걸 의식해 무늬만 내는 것도 잊지 않는다.

나는 그녀를 내치지도 안아주지도 않는다.

"냄새가 좋군."

나는 그 말 한마디로 그녀의 각본을 망가뜨리지 않는다.

그녀의 각본은 망가진 적이 없다. 단 한 번도 아프다거나 기분이 저조하다는 내색을 하지 않는다. 결혼해달라고 떼를 쓰지도 않는다. 그녀를 두고 지금의 아내와 결혼했을 때도 그랬고 지금도 그렇다. 그녀가 결혼 얘기를 꺼냈거나 이혼을 운운했다면 각본은 싱거워졌을 것이다.

그녀는 푸념을 늘어놓는 일도 없다. 늘어지며 매달리지도 않는다. 그녀는 모범수로 나를 욕되게 한다. 나는 그녀를 짓밟고 싶은 욕구에 시달린다.

날이 밝아온다. 아내의 방에선 기척이 없다. 아내와 나와의 관계도 그녀와의 관계만큼이나 오래갈 것이다. 내가 아내를 무시하는 방식과는 다르게 아내는 나를 무시한다.

아내가 집 전화를 받는다.

"전화 잘못 거셨습니다. 그런 사람 없습니다."

아내는 전화를 끊으며 고소해 죽겠다는 표정을 짓는다.

"박 머시깽이, 아니 박 머시라는 사람을 바꿔달라는데 그런 사람이 있어야죠. 당신과 동명이인인지는 모르겠지만 우리 집엔 그런 사람 안 살잖아요. 박 머시라는 사장님만 사는데 안 그래요?"

나는 아무 반응도 하지 않는다. 반응이란 좋은 것이든 나쁜 것이든 관심이다. 관심이란 자신을 향한 것이든 타인을 향한 것이든 그 사람의 얼굴이다. 나는 내 얼굴을 함부로 드러내지 않는다. 반응 없는 반응이 아내를 무시한다. 내 마음은 평온해진다.

아내의 방문이 열린다. 아내가 욕실로 들어가고 나오고, 얼마 후 대문이 열렸다 닫힌다.

나는 점심때가 훨씬 지나서야 일어난다. 식탁엔 아무것도 차려 있지 않다. 메모도 없다. 몇 년 전부터 있어온 아내의 패턴이다. 아내는 그 어떤 관심도 표하지 않겠다는 의지를 활활 태운다. 아내의 의지가 마음에 든다.

휴대폰을 열어본다. 편집장의 문자가 와 있다.

사장님, 원고 두 편 보냈습니다. 열어보시고 답 주십시오.

나는 샤워를 마치고 이메일을 연다.

· · · ·

요즘 같은 시절에 돈이 되지 않는 책을 낸다는 건 모험이 아니라 자폭이다. 출판사는 만성 적자에 시달린다. 출판사를 접지 않는 이유는 따로 있다. 흑자를 내는 다른 사업체가 도산 위기의 출판사를 먹여 살린다. 다른 하나는 유년시절부터 꿈꿔왔던 일이다. 장애인이 보편적 권리를 누릴 수 있는 선 세상이 아니라 책이다. 책은 장애인을 말하지 않는다. 사건이 있고 이념과 투쟁이 있어도 장애인이라고 불평등하게 다루지 않는다. 책을 읽고 만드는 일은 세상과 내가 평등하다는 외침이다.

편집장이 걸러 보낸 원고는 시가 한 편, 소설이 한 편이다. 시를 훑어본다. 작가의 이름은 알려져 있지 않지만 가능성은 꽤 있어 보인다. 시집을 내기로 결정한다.

소설도 열어본다. 작가의 이름은 낯설지만 낯설지 않다. 언젠가 만나 본 적이 있거나 가까이에 있는 여자다.

소설은 연작장편이다. 첫 번째 단편 제목은「피스톨을 당겨」다.

소설엔 연극무대와 샌드백이 나온다. 샌드백을 치는 사람들은 한껏 예의를 차린 후 친다. 작가의 의도는 무엇인가. 구타하는 자를 구타하겠다는 건가.

소설의 주인공 '나'는 소극장을 나와 신호기 앞에 선다. '나'는 신호기를 메타포로 자신을 뛰어넘고자 한다. 사격장으로 기 피스톨을 골라들고 타깃을 향해 총구를 겨누기도 한다. 그 작업은 녹록치 않다. 혓바늘이 돋고, 멀미 같은 미열이 오르고, 구토를 한다. 작가는 지나친 열량을 냉소로 얼버무린다.

주인공이자 작가로 볼 수밖에 없는 '나'는 그러한 내러티브로 출간을 준비한다. 그 작업은 가혹하다. 회상하기조차 끔찍한 이야기가 수면 아래서 신음한다. 주인공은 마지막 대목에서, 인생이라는 스프링엔 부조리극의 완판도 들어있지 않느냐고, 세상과 자신을 빈정댄다. 작가의 내면처럼 인생은 순탄하지 않다.

작가에게도 내게도 이 소설은 달갑지 않다. 작가의 이름은 이제 낯설지 않다. 그 꼬마는 기어이 기억을 불러냈다. 얼굴 없는 얼굴을 향한 증오는 가히 보디 블로다. 보디 블로가 마음을 움직인다.

엄밀히 말하면 「피스톨을 당겨」는 극적이지도 슬프지도 않다. 총이 나오고 납득하기 어려운 연애가 나오지만 자학에 가까운 고통일 뿐이다. 고통이나 슬픔을 관통하려면 이보다 더 성숙한 의지가 있어야 한다.

슬픔에는 판타지가 들어있다. 통곡이나 울부짖음에는 들어있지 않은 판타지가 살아 숨쉰다. 적당히 즐기기도 하는 수음 행위처럼, 슬픔이란 자신을 애무하는 또 하나의 자신이다. 슬픔은 결코 저잣거리에 걸리는 간판이 될 수 없다.

작가이기도 하고 주인공이기도 한 '나'는 추측을 말한다. 생각만으로 울어버린 목구멍은 증거가 될 수 없다고, 그 남자가 총을 쏜 것을 봤다는 증거도 없다고, 머릿속에 웅크린 생각은 증거가 되지 못한다고, 결국은 추측으로 빠져나간다.

딴은 그럴 듯하나 그렇지 않다. 작가이자 주인공은 그때의 일을 너무도 또렷이 기억하기에 오히려 숨기고 싶어 한다. 숨기고 싶지만 드러내고 싶은 욕구, 드러내고 싶지만 숨기고 싶은 욕구의 충돌이야말로 나와 그녀를 카피한다.

이 소설의 작가를 만난 적은 없다. 죽기 한사코 나를 기다리는 그녀는 이 소설의 작가를 보여준 적이 없다. 그녀와 그녀의 딸, 그리고 나는 대단히 불행하다. 불행은 악연에서 시작되었다. 악연도 알고 보면 신이 직조해낸 그물망이다.

신에게 묻는다.

당신은 두뇌가 좋습니까? 그물을 짤 때는 어떤 생각을 합니까?

신은 대답한다.

그물은 짜는 자와 던지는 자와 포획되는 물체가 일치할 때에만 그물이 된다. 그물로는 해저나 허공을 잡을 수 없다.

신에게 말한다.

그때 당신이 짠 그물은 저급했으며 무자비했습니다.

신은 녀석과 아내와 딸이 함께 나오는 그물망을 짰다. 녀석이 혼자 나오는 그물망이었다면 나와 녀석은 지금쯤 소주잔을 기울이고 있을지도 모른다. 녀석이 그런 말을 하지 않았다면, 그녀가 그 말을 듣지 않았다면, 벚꽃의 눈부심이 없었다면, 술기운이 거나하지 않았다면, 강물이 솟구쳤다면, 바람이 세게 불었다면, 꼬마가 집에 가자고 졸랐다면, 그녀가 탄탄한 다리를 가지고 있지 않았다면, 총질을 자랑하지 않았다면, 석쇠에 올려놓은 고기가 타지 않았다면, 다리를 절지 않았다면, 군복무를 했다면, 오브라디 오브라다가 나오지 않았다면, 그렇게 피를 흘리며 죽거나 죽이지 않았을 수도 있다.

객쩍은 말이다. 신은 거짓이라는 키잡이를 앞세워 항해를 한다. 그녀가 거짓 키잡이임을 증명한다. 기뻐하지 않으며 기뻐하는 걸로, 기다리지 않으며 기다리는 걸로, 멈출지도 모를 항해를 지속시킨다. 돌리는 축은 한가하며 바쁘고, 바쁘며 지리하고, 지리하며 아프다. 언제 어느 때나 잘 보이자니 아프다. 아프다는 소리도 못하니 아프다. 이것이 신의 계략이다. 세상이 정직하고 깔끔하며 단정하기만 하다면 신의 가치는 제로가 된다. 그럴 때의 신은 한가하며, 지루하며, 아프다. 세상은 내 다리처럼 소아마비다. 발 모양은 갖췄으나 심하게 절뚝인다. 절뚝이는 이 세상, 신을 찾는 목소리가 커간다.

나는 신을 찾지 않는다.

신은 내게 벌을 내린다. 신의 벌은 퍼펙트하다.

내 벌도 퍼펙트하다. 신이 아끼는 그녀들을 허열에 시달리게 하고, 녀석을 단숨에 제거한다. 녀석의 아내를 첩으로 삼고, 그녀의 딸을 무간지옥에 던지려 한다.

벗나무 아래의 그 꼬마는 이제 성인 되어 절뚝이는 세상을 비웃는다. 절뚝이는 남자를 택하는 것이 고작이지만, 그 꿈이 이루어지길 바란다. 징벌에도 에피소드는 있어야 하니까.

그때의 에피소드는 진실했나. 가차 없이 제거할 만큼 절실했나. 녀석은 해서는 안 될 말을 해서 죽었고, 그녀는 들어선 안 될 말을 들었기에 살아서 죽어간다. 이런 에피소드와 꼬마가 행하려는 결혼 에피소드가 맞붙는다면, 어느 것이 신의 옥좌에 흠십을 낼 수 있을지.

편집장에게 연작장편을 내도 좋다고 알린다. 이번의 출간은 성인이 된 그 꼬마에겐 징벌이 되리라. 그때로부터 시작된, 연좌제와도 같은 징벌.

갑자기 그녀가 궁금해진다. 나를 기다리고 있을 그녀.

급히 셔츠를 갈아입고 집을 나선다. 저녁때가 다 되도록 아내는 오지 않는다. 아내는 집 근처 어디쯤에서 내가 나가는 것을 지켜보고 있을지도 모른다. 아내에겐 어설픈 역이다.

아내에 비해 그녀는 줄기차며 질기다. 한 뼘 여유도 없이 나를 닮아간다. 그녀와 내가 다리를 못 쓰게 될 때까지, 운전을 못하거나 서로의 얼굴을 알아보지 못할 때까지 있게 된다면, 있게 돼라.

주차장에서 차를 빼 도로로 나간다. 노란색 학원 차량이 아파트 앞을 오간다. 학원 차에서 내리는 아이들, 아이들을 기다렸다 반기는 엄마들과 할머니들. 저들의 기다림은 그녀의 기다림과는 다르다. 저들에겐 반드시 지켜야 할 시간이 있다. 저들은 시간이 지나도록 아이들이 오지 않으면 참지 않는다. 아이에게 전화를 걸고, 학원에 항의를 하고, 또래 엄마들에게 소문을 내고, 다른 학원을 알아보느라 야단스럽다.

그녀는 잘 참는다. 내가 어떻게 나오든 정원의 식물처럼 있기만 한다. 내가 죽었다 해도 그녀는 기다리고 있을 것이다. 그런 그녀를 확인하고 싶어 몸이 떨린다.

학원 차량과 아이들이 갈 길을 막는다. 스쿨존에 있는 방지 턱도 속도를 방해한다. 신호기도 새벽과는 달리 느리기만 하다.

겨우 자동차 전용도로로 진입한다. 퇴근 무렵이라 차가 밀린다. 나는 틈만 나면 차선을 변경한다. 그래봐야 옆 차선에서건 내가 있는 차선에서건 차의 흐름은 십에서 이십 킬로미터를 넘지 않는다. 차도는 주차장이 된 듯하고, 나는 앞차 뒤에 바짝 붙는다. 저 앞 어디에서 사고가 나지 않고야 이럴 수는 없다.

정체 모를 불안감이 소리인 양 들끓는다. 그녀가 나를 기다리지 않고 있다면, 다른 것에 관심을 두고 있다면, 나 모르게 뭔가를 꾸미고 있다면…….

그녀는 무엇으로도 나를 배제시키지 못한다. 그녀는 내가 어떤 인간이라는 걸 알며 나를 떠나지 못한다. 나와 그녀는 각성되어 있다. 언제 어느 때라도 불이 켜있어야 하는 것으로 균형을 잃지 않는다.

겨우 자동차 전용도로를 벗어난다. 거리엔 가로등이 켜지고 사물은 빛과 어둠 사이에서 농밀해져 간다. 퇴근 차량들과 사람들이 바삐 서두른다. 내 마음도 바쁘다.

그녀가 사는 아파트 앞에 정차한다. 그녀의 집엔 불이 환하다. 나를 몰아대던 조급함이 일순 가라앉는다. 운전석을 젖힌다. 비스듬히 누운 자세로 그녀의 집을, 나를 기다리고 있다는 신호를 지켜본다.

. . .

나는 밤과 새벽, 또 저녁을 그녀로 소비한다. 소비엔 인격이 들어있지 않다. 그녀는 인격 없는 소비이며 그 과정에 불과하다.

나는 그녀를 소비하지만 나를 소비하지는 않는다. 나는 나를 믿고 의지하며 나로 시작해 나로 끝난다. 이러한 나를, 신이 노여워 해준다면 더없이 반갑다. 노여움이 클수록 나에 대한 집중력을 커질 테고, 나는 신의 노여움이 추하고 지저분해질 때까지 신의 놀이터에서 놀 작정이다.

그녀의 집은 환하지만 음식 냄새는 없다. 그녀를 그녀로 만드는 건 주방이 아니라 화장대다. 나와 그녀가 마주 앉는 건 식탁이 아니라 침대다.

나는 침대에 걸터앉는다.

"냄새가 좋군."

그녀는 말이 떨어지기 무섭게 훌훌 옷을 벗는다. 하얗고 매끄러운 살결, 군더더기 없게 뻗은 종아리, 등을 따라 곧게 흘러내린 등뼈, 단단하게 튀어 나온 엉덩이, 살짝 나온 똥배. 그녀의 몸은 내 몸을 열등하게 한다. 나는 주먹을 불끈 쥔다.

나는 옷을 입은 채 그녀를 더듬는다. 그녀는 군말이 없다. 그녀는 보호가 필요했을 뿐이고 나는 소비가 필요했을 따름이다. 나는 그녀에게 비용을 지불하면 되고 그녀는 나를 맞이하면 된다. 애정 따위, 사랑 따위, 눈물이나 한숨 따위, 같잖은 얘기다.

그녀의 집은 여전히 환한데 뭔가가 빠져 있다. 새벽까지 보았던 불빛도 같고 베란다며 창도 다르지 않은데 어쩐지 다르다. 환하기만 한 불빛이 쇼룸을 연상시킨다. 불빛만 확인하겠다던 마음이 출렁인다.

차를 이동해 아파트로 들어간다.

음식물 쓰레기를 버리러 나온 주부, 분리수거를 하는 남자, 늦은 장을 봐서 들어가는 부부, 책가방을 메고 엘리베이터로 가는 남학생.

엘리베이터가 아이와 아줌마를 삼키는 것을 보자 계단을 이용한다.

성치 않은 다리로 십칠 층까지 올라간다는 건 쉽지 않다. 쉽지 않은 만큼 그녀의 불빛에 신경이 곤두선다. 계단을 돌아 오를 때

마다 센서 등이 켜진다. 한 층을 올라가면 센서 등이 꺼진다. 불빛
은 사람이 왔다 가는 것을 감지한다.

그녀의 불빛은 사람이 왔다 가도 꺼질 줄 모른다. 항상 환하기
만 불빛은 그녀를 감추었던 외투였는지도 모른다.

십칠 층, 늘 하던 대로 도어락 비밀번호를 누른다. 문이 열리자
그녀의 구두 몇 켤레가 가지런히 놓여 있다. 어쩐지 선뜻 발걸음
이 떼어지지 않는다.

안에선 소리도 냄새도 없다. 도어락 소리만 나도 쪼르르 현관
에 나와 있던 그녀. 샤워라도 하고 있나.

안으로 들어간다. 티브이도 소파도 오디오도 베란다의 화초도
그 자리 그 모습이다. 그것들과 함께 있어야 할 그녀만이 보이지
않는다.

소파에 앉는다. 그녀는 가까운 마트에 갔을 수도 있다. 마사지
숍이나 네일 아트 숍에 있을 수도 있다. 아니면 미용실이나 사우
나장에 있을지도 모른다.

당혹감인지 불쾌감인지 모를 게 뜨끈 솟는다. 그녀는 나를 놀
래주려 장난을 치고 있는 것일 수도 있다.

언젠가 그녀는 얼굴을 내비치지 않았다. 내가 침실 문을 열자
그녀는 양손을 고양이 발톱처럼 세우곤 야옹~ 대드는 시늉을 했
다. 내가 멈칫 서자 그녀는 필요 이상으로 크게 웃었다. 딴엔 치밀
하게 세운 이벤트였다.

나는 이벤트를 원하지 않는다. 그녀에게도 맞지 않다. 그녀는 내게 소비지 오락거리가 아니다. 오락을 하려고 총을 쏘고 그녀를 데려온 건 아니다.

소파에서 일어나 침실 문을 연다. 고양이 발톱도 야옹 소리도 없다. 화장실을 연다. 샴푸며 수건, 세면도구들이 언제나처럼 그대로다.

건넌방으로 가려다 말고 소파로 와 앉는다. 이런 장난은 억지로 웃거나 응석을 받아주는 꼴이다. 내겐 그럴 마음이 없다. 그녀는 잔소리를 하지 않는 것처럼 장난도 치지 말아야 한다. 이 방 저 방을 기웃대게 하는 짓은 계약 위반이다.

집을 나와 동 입구에 선다. 그녀는 코빼기도 보이지 않고 오가는 주민들만이 흘깃댄다. 다시 주차장으로 간다. 차를 빼 조금 전에 정차했던 자리로 간다.

그녀가 있는 집은 여전히 환하다. 환하기만 한 저 불빛은 속임수다. 나는 속아줄 마음이 없다. 그래서 어쩌겠다는 건가. 그녀를 찾아 나서기라도 하겠다는 건가. 두 번 다시 그런 짓을 못하게 다리라도 부러뜨리겠다는 건가. 하지 못할 것도 없다.

녀석이 죽은 지 삼 년째 되던 날이었다. 그녀에게 갔을 때 그녀는 보이지 않았다. 십 분쯤 기다리다 사업장으로 갔다. 일을 마치고 다시 갔을 때 그녀는 아래위 검은 정장 차림이었다. 그날 그 자리에 갔다 왔다는 시위로밖엔 보이지 않았다. 그녀가 옷이나 표정으로 그 어떤 의사를 표하든 내 눈에 들어온 건 그녀의 부재였다.

그녀가 소파에 앉았다. 나는 아무 말도 하지 않은 채 그녀를 밀었다. 그녀가 비스듬히 소파에 쓰러졌다. 그녀의 눈은 당혹감과 두려움으로 커다래졌다. 나는 그녀의 얼굴에 쿠션을 댔다. 그녀가 몸을 뺐다. 나는 그녀의 머리칼을 움켜잡고 쿠션을 쳤다. 그녀의 딸이 썼던, 연작장편소설에 나온 쇼트 블로였다. 그녀는 몸을 빼던 때와는 달리 비명을 지르거나 울지 않았다. 나는 넋 번인가 힘껏 쇼트 블로로 쿠션을 쳤다.

"내가 왔을 때 없다는 건 있을 수 없어. 다시 한번 그랬다간 기어 다니게 해주지."

다음 날 그녀에게 갔다. 그녀의 얼굴은 두 배쯤 부어있었고 얼굴빛은 멍으로 퍼렇고 검었다.

나는 고급 백과 옷을 그녀 앞에 던졌다.

"까불지 말라는 선물이다. 내가 왔을 때 너는 얼굴만 보여주면 돼."

나와 그녀는 그렇게 삼십 년 넘게 지내왔다. 이제 그녀는 명품 백과 외제차가 아니면 살아갈 수 없다. 그런데 지금, 그녀는 부재 중이다.

그녀의 집은 여전히 환하기만 하다. 어딜 갔는지 모르지만 와있을 수도 있다. 조바심 같은 것이 견딜 수 없게 들볶는다. 다시 그녀가 있는 집으로 간다.

집은 좀 전처럼 불빛만 환하다. 베란다의 화초 몇 개는 시들해

있거나 퍼런 줄기만 곧추세우고 있다. 유독 산세비에리아만이 꽃대를 올리고 있다. 저 꽃은 이 집으로 이사 한 후 그녀가 사다 놓은 것이다.

그녀는 산세비에리아를 가리키며 말했다.

"얘 이름은 산세비에리아예요. 꽃을 보긴 어렵대요. 그래도 언젠가는 꽃이 필 거예요. 꽃이 피면 그 집에 행운이 온다는 말도 있어요."

산세비에리아의 꽃대엔 꽃망울이 맺혀 있다. 화초나 애완동물은 사람처럼 손길을 원한다. 끊임없이 애정을 줄 때에나 제구실을 한다. 그녀는 사람의 손길 없이도 제구실을 한다. 그녀가 기특하다.

길 건너 건물이 환하다. 피트니스센터 간판이 붉고 푸른 네온을 내쏜다. 그녀가 이 베란다에 섰을 때 마주볼 수 있는 건 피트니스센터다. 그녀에게 피트니스센터는 운동이 아니라 바람을 쏘이는 소일거리다. 소일거리도 때가 있는데 지금은 내가 와 있지 않나.

동 건물 아래엔 작은 공원이 외등 빛을 받아 희부윰하다. 외등 아래 벤치엔 애완견을 안은 여자가 휴대폰을 들여다본다. 그녀의 부재와는 아무 상관이 없는 것들, 와락 분이 치받는다. 혹시 해외여행을 간 것은 아닐까. 아니, 그녀는 내게 허락을 받지 못했다.

새로 나온 명품 백을 사가던 날, 그녀는 손으로 명품 백을 쓸어가며 말했다.

"해외여행…… 가면 안돼요? 같은 아파트에 사는 여자들이 가자고 하네요."

저걸 말이라고 하나. 나는 아무 대꾸도 하지 않았다.

그녀는 명품 백을 열었다 닫았다 해가며 말했다.

"이렇게 좋은 백과 옷이 있으면 뭐해요. 나갈 일도 만날 사람도 없는데."

나는 자리에서 일어나며 대꾸했다.

"지금 나와 같이 있는 건 뭐지?"

그녀의 얼굴에 아차 실수했구나 하는 표정이 어른댔다. 그녀는 이내 표정을 추스르지만 했던 말을 주워 담거나 돌이키지 않았다. 그녀가 나를 닮아가는 게 조금은 대견했다.

집을 나온다. 찐득찐득한 기분이 스멀스멀 차오른다. 엘리베이터 버튼을 누르다 다시 집으로 들어간다. 집안의 불을 전부 끄고야 나온다.

차로 돌아와 그녀의 집에서 눈을 떼지 않는다. 저 집은 그녀가 살긴 하나 그녀의 집은 아니다. 집은 단순 소비가 아니므로 그녀 앞으로 등기를 내주지 않았다. 그녀는 집이 필요한 게 아니라 살 공간이 필요하다. 그 공간에서 그녀는 항상 불을 켜놓아야 하며, 나는 그 불빛을 봐야 한다.

언제나 환하기만 하던 빛이 지금, 룰을 깨고 있다. 불빛은 몇날 며칠이고 켜져 있던 건지도 모른다. 매일 간 것이 아니므로, 불빛만 보고 온 날이 많았으므로, 불빛으로 속였다 해도 알 수 없다. 후끈, 목덜미가 달아오른다.

다급히 그녀가 사는 집으로 간다. 현관 센서 등이 켜진다. 나를 속이다니 이럴 수는 없다. 그 대가가 어떤 건지 잊었단 말인가.

실내등을 전부 켜고 작은방을 열어본다. 쓰지 않는 방이라지만 이건 방이 아니라 창고다. 택배 박스가 뜯기지도 않은 채 켜켜이 쌓여있는가 하면, 배송 온 그대로 던져놓은 비닐봉투나, 봉투 입구에 테이프가 그대로 붙은 쇼핑백들이 널려있다.

홈쇼핑 딱지가 붙은 상자를 뜯어본다. 검정색 가죽 재킷이 들어있다. 다른 상자를 뜯어본다. 채칼 한 세트가 들어있다. 보라색 비닐봉투를 뜯어본다. 패딩이 두꺼운 노랗고 빨간 꽃이 수놓아진 브래지어와 티 팬티가 들어있다. 그 옆에 있는 쇼핑백을 집다 말고 문득 멈춘다. 너는 이런 식으로 너를 즐겼더란 말이지. 나를 제외시키는 걸로 허를 찔렀더란 말이지. 열기인지 분노인지 모를 게 부글거린다.

작은방을 나온다. 너는 어디로 간 것이냐. 어디서 무얼 하며 나를 조롱하는 거냐. 다시 침실을 열어본다. 침실에 딸린 화장실도 열어본다. 화장실 옆 드레스 룸도 열어본다. 그녀가 술병을 쥔 채 바닥에 엎드려 있다. 그녀 옆엔 휴대폰과 와인 잔이 나뒹군다. 발끝으로 그녀를 툭 친다. 그녀는 미동조차 하지 않는다. 지금 뭐하자는 거냐. 술에 취했으니 봐달라는 거냐.

느닷없이 전신에 한기가 퍼진다. 빳빳이 선 채 그녀를 내려다본다. 핫팬티 밑으로 드러난 허벅지와 종아리가 그때처럼 탄탄하다. 저 다리가 욕심이 났던가. 저 다리를 빼앗고 싶었던가. 저 다리를 실컷 주물거리고 싶었던가.

반팔 티셔츠를 입은 팔뚝이 반들반들하다. 티셔츠는 반쯤 올라가 엉덩이 위쪽과 등뼈 아래쪽을 고스란히 드러낸다. 저게 그녀인가. 나를 기다렸던 불빛이었던가. 헌데 왜 꼼짝을 안하는 거냐. 내가 왔는데 어째서 일어날 생각을 하지 않는 거냐.

그녀의 휴대폰을 열어본다. 연락처는 단 한 개도 남아있지 않다. 사진을 뒤져본다. 남아 있는 게 없다. 문자도 통화 기록도 말끔하게 지워져 있다.

휴대폰을 내던진다. 이따위로 날 골탕 먹이겠다? 이따위로 도망치겠다? 서툰 짓 작작해라. 넌 나를 기다려야 한다. 언제까지고 기다려야 한단 말이다. 그 사실을 잊었더란 말이지? 어떤 결과가 나오든 상관하지 않겠다는 말이지?

갑자기 숨 쉬기가 빽빽해온다. 그녀가 없다는 것. 나를 기다리던 불빛을 더는 볼 수 없다는 것. 있을 수도 있어서도 안 되는 사실이 버젓이 벌어지고 있다.

나는 반쯤 미쳐가며 헐떡인다. 그녀와 나는 한 치의 어긋남도 없이 빡빡하게 짜인 관계여야만 한다. 그녀는 누구의 허락을 받고 이러한 관계를 파기한단 말인가.

신에게 말한다.

이런 그물망이 나를 향해 짠 것이라면 실수한 겁니다. 당신의 전략은 결코 승리할 수 없습니다. 나는 이 정도로 물러나지 않습니다. 당신이 아끼던 여자를 내가 어떻게 하는지 두고 봐야 할 겁니다.

힘껏, 그녀를 걷어찬다. 휴대폰과 술잔을 밟고 술병을 내던진다. 헐떡이는 숨소리, 유리가 깨지는 소리, 술병이 박살나는 소리, 소리의 다발이 벽으로 튕기다 내게로 와 박힌다.

소리들이 영락없이 그때의 총소리다. 그때 녀석에게서 솟구치던 피가 이러했던가. 그 피를 맞았을 때의 감각이 이러했던가.

그때를 압축해 놓은 듯한 순간이 때 없이 친근해온다. 마치 불안을 증폭시켜 저장한 연료통처럼, 그 연료통을 격발로 폭파시키는 것처럼 통쾌하기만 하다. 나는 그 날카로운 열기에 마비된다. 신이 이런 나를 보고 있다면 전율할 것이다. 공포에 더한 황홀함이 신이라면.

나는 정돈된 얼굴로 돌아가기 전, 데시보드에서 꺼내온 총을 그녀에게 겨눈다.

"네가 뭔데 이렇게 판을 뒤집지? 판을 뒤집을 수 있는 건 네가 아니라 나다."

그녀와 나는 퇴장할 수 없다. 노련한 기획자의 솜씨로 긴 듯 아닌 듯, 그러나 충실한 내용으로 계속 나가야만 한다.

나는 슈팅 라인에서 과녁을 쏘아보듯 그녀를 노려본다. 그녀는 항상 불빛으로 환했지만 그때로부터 지금까지 음을 소거한 채 있었다.

신에게 말한다.

당신은 통곡을 준비하십시오. 당신이 아끼던 여자를 위해서가 아니라 당신 자신을 위해 울어야 할 겁니다. 내 의지는 꺾이지 않습니다. 나는 역주행의 미가 어떤 것인지 당신에게 보여줄 깃입니다. 당신은 기나긴 동안 고통스레 나를 보아야 할 것이고, 나는 그런 당신에게 줌 인 기능이 탁월한 카메라를 건넬 것입니다.

그때처럼 방아쇠를 잡고 있는 손가락에 힘을 준다.

"아무리 그래봐야 넌 너로 돌아갈 수 없어. 돌아갈 길이 없어졌다고. 그 사실을 분명하게 알려주지."

이 난장판은 그때와 다르지 않다. 강가엔 벚꽃이 피어 있었고, 새가 날았고, 고기판과 늘씬하고 건강한 종아리와 꼬마가 있었다.

그리고 실탄이 장전된 총이 있었다.

나는 방아쇠를 당긴다.

다시 얼굴 없는 얼굴, 포커페이스로 돌아간다.

포커페이스, 이 얼마나 유용한 무기인가.[*]

신이 보고 있다면 후회하거나 총을 뽑거나.

---

[*] "침묵, 얼마나 유용한 무기인가." 크리스타 볼프, 한미희 역, 『카산드라』, 문학동네, 2016, 65쪽.

비난은 야하게

나의 믿음직한 친구 톱. 그들과 내가 악착스레 살아있다는 것을 깨우쳐주는 교감신경 톱. 훌륭하고 대단하고 격정적인 파트너 엔드 파트너십 톱.

나는 흥부가 박을 타듯 슬근슬근 톱질한다. 엔도르핀은 폭폭 솟고 땀샘은 촉촉하게 분비된다. 나는 달떠지며, 말랑말랑해지며, 쾌감의 혼돈에 빠져든다.

나는 그의 표정을 톱질하기도 하고 내 생각을 톱질하기도 한다. 기훈의 꼴통을 톱질하기도 하고 내 언어를 톱질하기도 한다. 복잡하고 다양한 것을 톱질하자면 기술이 필요하다. 만에 하나 톱날이 살짝이라도 빗나가면 살점이 떨어지고 피가 나온다. 참을 때 참고 도전할 때 도전할 줄 아는 요령만 안다면, 모두는 나처럼 톱질의 훈장님이 될 수 있다.

나는 오늘도 톱을 짊어지고 기훈에게 간다. 기훈은 꼴통대마왕이다. 이유 없이 뿔따구를 내기도 하고 이유 있게 틀어져 있기도 한다. 기훈은 오늘따라 무슨 날벼락의 계시라도 받았는지 쓰윽 웃는다. 얼럴럴? 누구 맘대로 조렇게 어여쁜 웃음을 날리지? 뾰루퉁함 더하기 씩씩거림 더하기 괴팍함의 캐릭터가 맛이 갔나?

기훈의 웃음을 접수해 말아 살짝 망설이다 기대감으로 바꾼다. 기훈은 저렇게 웃어봐야 오래 가지 못한다. 언제 어떤 트집을 잡아 난리를 피울지 기훈도 모르고 나도 모르고 신도 모른다.

기훈의 트집은 내가 가진 톱의 종류만큼이나 많다. 나는 기훈의 트집을 잘게 썰거나, 굵게 썰거나, 팍팍 다지거나, 버무리거나, 삶거나, 볶을 준비가 되어 있다. 다시 말해 나는야 톱질의 베테랑이자 매니지먼트. 기훈이 저렇게 나올 때일수록 톱질도 알아서 해야지 까딱하다간 진짜 톱날이 기훈과 나 사이를 핑핑 날 수도 있다. 나나 기훈은 아직까지는 몸뚱이를 요절낼 마음이 없다.

나는 인삼과 사과를 넣고 간 주스를 탁자에 놓는다.

"어제 결심? 아니면 그저께 결심? 아니면 내가 들어오는 순간에 맞춰 결심? 내가 오면 웃겠다는 거."

기훈의 쓰윽 웃음은 아직도 꺼지지 않고 있다.

"결심한 건 맞아. 왜 결심한 건 모르지만."

나는 인삼주스가 든 유리병을 위아래로 흔든다.

"결심해야 데미지가 줄어든다는 걸 깨달으신 모양이네. 결심의 생명력이 몇 초인지 그게 문제겠지만."

나와 기훈은 오늘을 이렇게 시작한다. 별스러운 일도 아니다. 나는 거의 매일 기훈에게 오고 기훈은 항상 그 자리에 있다. 나는 갈 데가 없고 기훈도 그 점은 안다.

기훈과 나는 그럴싸하게 꾸미는 인간이 아니다. 외롭고 지친, 톱질이나 할 줄 아는 동물에 가까운 인간들이다.

톱질 실력이라면 기훈도 만만치 않다.

"이 주스, 서방님 주고 남아서 가져온 거지? 서방님은 이런 주스 마시고 밤일 잘하냐? 나랑 밤일 할 일도 없는데 가져온 거 보면 버리기 아까워서 아냐?"

나는 컵에 인삼주스를 따른다.

"잘도 맞추네. 인삼이 내 몸에 맞았다면 너한테까지 돌아갈 게 어디 있겠니. 버리기는 아깝고 어쨌든 인삼주스잖아."

기훈은 인삼주스를 단숨에 들이켠다. 목울대가 불룩, 보기 좋게 불룩. 나는 기훈의 목울대를 빨아먹을 듯이 바라본다. 징그러울 정도로 큰 것도 아니요, 무시할 정도로 작은 것도 아니요, 과하게 돌출한 것도 아닌, 그냥 바라보기엔 아까운 목울대다.

목울대가 멈추고 빈 컵만 남는다.

나는 멈춘 목울대를 아쉬워하며 늘 하던 말을 던진다.

"나, 지금부터 잘 거니까 말 시키지 마 응? 숨소리도 작게, 알았지 응?"

나는 기훈의 침대에 벌렁 눕는다. 기훈은 어쩐 일로 이불을 끌어당겨 덮어준다. 이런 짓은 기훈에게도 내게도 심히 오글거린다. 내가 없는 동안 천사라도 다녀갔나.

오늘의 시작은 대충 심심하다. 일 분도 못 돼 난리를 칠지 어떨지 모르지만 수면 환경은 좋은 편이다.

나는 잠자고 싶을 때면 기훈을 찾는다. 기훈과 대판 싸워도 잠은 자고 간다.

처음부터 이랬던 건 아니다. 나와 기훈은 호시탐탐 기회를 엿보는 간신배들처럼 틈만 나면 싸운다. 싸우면서 정 든다는 말은 맞지 않다. 기훈과 나는 무조건, 닥치는 대로 싸운다. 이성은 없고 몸뚱이만 남은 동물로 오직 쌈질에 열중한다. 피터지게 싸우다 보면 나와 기훈에게서 피비린내가 진동한다.

기훈과 나는 허구한 날 아득바득 만난다. 물론 내가 기훈에게 가는 거지만 기훈이 문을 걸어 잠근 적은 없다.

기훈이 오늘은 쓰윽 미소로 시작했지만, 기훈과 나는 그런 미소로 만족할 인간들이 아니다. 좀 전에 가져온 인삼주스만 해도 그렇다. 다른 때 같으면 인삼주스 하나로도 하루가 모자라게 싸웠을 판이다. 예컨대,

"서방님은 이런 주스 마시고 밤일 잘하냐고? 그걸 말따구라고 하냐? 너는 밤일도 못하는 주제에 무슨 풀 뜯어먹는 소리를 하시냐? 넌 말을 할 때마다 입으로 하는 게 아니라 주둥이로 하더라. 언제 이를 닦았는지 주둥이에서 메주 뜨는 냄새가 와장창 난다."

"뭐가 어째? 너야말로 올 때마다 밑도 안 닦은 냄새나 질질 흘리면서 뭔 개뼈다귀 소리냐? 넌 말할 때마다 똥구멍으로 하잖아."

"그래, 말 잘했다. 난 말할 때마다 잘난 똥구멍으로 하신다. 니 똥구멍처럼 후졌다면 너랑 살았겠니? 널 버린 건 내가 아니라 니 똥구멍이야."

"야아아아아아아아! 난 누구한테도 버림받지 않아! 네가 아무리 버릴 수 있는 물건으로 취급해도 난 버려지는 물건이 아냐!"

"아우~ 그러셔? 물건이 아닌 분이라면 증거를 대보셔라."

"서딘 드러운 닌! 아버지 끝은 놈과 사는 주제에 뭐기 이께? 치사하고 가증스러운 년. 돈만 보고 돈에 팔려간 년."

기훈과 나는 어떻게 하면 상처를 입힐 수 있나 최선을 다한다. 헌데 무엇 때문인지 기훈과 내센 상처가 나지 않는다. 링 위에서 한바탕 몸을 풀고 난 권투 선수들처럼 후련하기까지 하다. 죽기 살기로 쌈질을 한 후엔 치킨을 시켜먹는다든지, 피자 또는 족발을 시켜먹는다. 기훈은 휠체어에 걸어놓은 판때기 식탁에서, 나는 기훈의 침대에서 며칠 굶은 짐승처럼 허겁지겁 먹어치운다.

나는 진탕 먹고 나면 식곤증에 나가떨어진다. 내가 잠이 든 동안 기훈이 무얼 하는지는 알 바 아니다. 나는 톱질이 하고 싶었고 잠이 들고 싶었다. 기훈 역시 톱질이 하고 싶었고 여자가 와서 자길 바랐는지도 모른다.

모처럼 쌈질을 건너뛰었음에도 잠이 쏟아진다. 아아, 잠님이여, 고맙습니다.

잠이라는 것은 말이다, 귓바퀴를 잡아당기거나, 젖꼭지를 꼬집거나, 콧대 끝을 찍 올려 들창코로 만들면 방문하는 그런 거라면 좋겠다.

나는 언제부터인지 모르지만 불면에 시달린다. 불면의 원인은 모르겠고 아무튼 집에 있으면 잠이 안 온다. 그가, 그는 남편을 말한다. 그가 있어도 잠이 안 오고 없어도 안 온다. 그는 성가시게 굴거나 깐죽대거나 얌통머리 없게 굴지도 않는다. 그래서 잠이 안 온다면 호강에 겨워서다. 웃기는 놈의 호강 같으니라고.

잠에서 깼다. 쌈질을 건너뛰어선지 치킨도 피자도 족발도 당기지 않는다. 대낮도 길다. 집에 가고 싶은 마음도 없다. 에고고고 이런 상태는 너무너무 마음에 들지 않는다. 너무너무 마음에 들자면 톱질을 해야 하는데 무엇으로 톱질을?

기훈과 나는 톱질에 목숨 거는 무임금 노동자이자 톱 킬러다. 가스레인지의 호크를 누르기만 하면 타타타닥 불꽃이 이는 것처럼 준비된 불꽃이다. 불꽃은 얼마나 인화성을 기다렸는지 말 한마디에도 파르륵 파르륵 잘도 탄다.

기훈과 나는 내연의 사이는 아니지만 부부가 될 뻔한 사이다. 결혼 전만 해도 쌈질은커녕 러브스토리의 역사를 재편집해야 할 정도로 찐하게, 애틋하게, 진지한 애국자처럼 사귀었다. 그때가 그리운 건 아니다. 그때는 그때대로 아쉬운 부분이 있고 지금은 지금대로 아쉬운 점이 있다. 내게 아쉬움이라는 것은 계산기로 두드려도 답이 나오지 않는 숫자와 비슷하다.

나는 아쉬움을 삭이려고 그랬는지 어쨌는지 얼마 전엔 식탁 의자 다리를 톱질했다. 철판 끝에 상어 이빨 같은 날이 달린 진짜 톱으로 했다는 말이다.

처음 톱질을 하던 때, 어찌나 가슴이 두근대던지. 심장이 열 개쯤 있어도 모자랄 지경이었다. 쓰윽쓰윽쓰윽, 흥부가 박을 타듯 쓰윽쓰윽쓰윽, 일 센티미터쯤 잘라냈다. 여기서 핵심은, 네 개의 다리가 아닌 두 개의 다리만 잘랐다는 사실이다. 그게 그렇게 마음에 들 수가 없었다. 나는 분수대의 물이 쭉쭉 솟구치는 흥분을 맛보며 의자를 똑바로 놨다. 삐딱해진 의자가 어쩌면 그리 잘나보이던지. 남편은 자신만큼이나 잘나 보이는 의자에 시기심이 동했는지 앉지 않았다.

다시 일 센티미터쯤 잘라냈다. 의자는 조금 더 삐딱해졌다. 남편은 자신처럼 생긴 의자가 심히 사랑스러웠는지 앉지 않았다. 슬슬 기분이 나빠지려고 했다.

다시 이 센티미터인지 삼 센티미터인지 팍 잘라냈다. 의자는 한눈에 보기에도 쓰러질 듯했다. 남편은 의자에 앉기는커녕 봤는지 안 봤는지 아무 말도 하지 않았다.

호강에 겹다 못해 진저리치게 쉰내 나는 얘기다.

기훈에 대한 아쉬움도 있다. 기훈이 교통사고를 당하지 않았더라면, 두 다리를 잃지 않았더라면, 결혼을 약속하지 않았더라면…… 아쉬움은 절절함을 주기도 하지만 현실을 깨닫게도 한다.

나는 아쉬움에 정복되기보다 장애인이 된 기훈에게서 가뿐히 빠져나갔다.

"네가 이렇게 되지만 않았다면 결혼했겠지. 근데 말이지 난 이렇게 된 너와 오래 살 자신이 없다. 사랑했다는 말, 하지 않을게. 사랑하지만 떠나야겠다는 말도 하지 않을게. 속죄하는 심정으로도 살지 않을게. 난 보통 사람들처럼 내 앞날을 생각하고 더 좋은 사람을 찾을 거고 너를 잊을 거야."

기훈은 길길이 뛰지도, 가슴을 치며 울지도, 잘 가라고도, 좋은 남자 만나 행복하게 살라고도 하지 않았다. 기훈은 비웃음이라고밖에는 볼 수 없는 미소를 슬쩍 흘리기만 했다. 대답치곤 꽤 그럴듯했다.

그때부터였을 것이다. 나는 비웃음이라는, 제법 센 카드를 이용한다. 주로 남편에게 해당되지만, 남편이 마음에 들지 않을 때 기훈의 비웃음을 날린다. 나를 등진 어깨에다, 인삼주스를 가는 믹서에다, 낮인지 밤인지 모르고 들어와 자는 방에다, 벗어놓은 셔츠에다, 짧게 혹은 길게 던진다. 나는 약간, 아주 약간 진정된다.

톱질이 없으니 별난 생각이 난다. 오늘은 기훈을 데리고 밖에 나가야겠다. 밖에서 뭘 하나 하면 공원을 싸돌아다닌다. 기훈이 약이 올라 팔팔 뛰도록 나 혼자 팔랑거리며 뛰어다닌다. 그런 다음 기훈을 잊은 양 집으로 가버린다. 기훈을 버리고 결혼했을 때처럼 가볍게, 흐뭇하게.

나는 뭉깃뭉깃 침대에서 일어난다. 기훈은 휠체어에 앉아 눈을 감고 있다. 자나? 나와 기훈이 자진모리장단으로 난리굿을 피운 후면 나는 나대로 기훈은 기훈대로 축 늘어진다. 실컷 자고 눈을 뜨면 기훈이 잠들어 있을 때가 있다. 에효, 잘 자라 불쌍한 자식.

지금도 잘 자라 불쌍한 자식, 하는데 기훈이 눈을 뜬다. 기훈은 다시 눈을 감으며 말한다.

"눈이 기려워. 꽃기루 때몬인기 뵈. 인약을 넣이아겠이."

저 말은 안약을 넣어달라는 말씀? 기훈이 미쳤군. 저렇게 나직하고 유순한 기훈은 기훈이 아니다.

나는 수납장에서 안약을 꺼내 기훈 앞에 선다.

"자, 눈을 뜨고 위를 보세요. 그렇지, 그렇게."

기훈은 순순히 내 말에 따른다. 푸흡, 나는 입 밖으로 새는 웃음을 감추지 않는다. 기훈은 내 웃음소리를 들었는지 말았는지 여전히 어미 찾는 강아지다. 나는 기훈의 눈에 안약 한 방울을 톡 떨어뜨린다. 안약은 눈물인 양 볼을 타고 흘러내린다. 나는 얼른 티슈를 뽑아 안약을 닦는다.

"이러고 있으니까 사랑받고 있다는 느낌 들지 않아? 그대?"

기훈이 내 손을 탁 뿌리친다.

"사랑 같은 소리 하고 자빠졌네. 공치사하려거든 꺼져. 난 그따위로 말하는 년하곤 안 논다. 너랑 나 사이에 젤 드러운 말이 뭔지 이직도 기르쳐 줘야 하냐? 가식도 수준 있게 해라. 골이 딩딩 비었다는 티 좀 그만 내고."

음, 쌈질의 스타트. 기훈 말대로 사랑이 뭐 말라비틀어진 북어 대가리냐.

"사랑을 모르는 놈한테 사랑 교육 좀 시켜줬더니 헛소리만 하네. 너, 나한테 열등감 있니?"

기훈의 얼굴이 일그러진다. 기훈은 일그러지기보다 비웃음이 더 어울린다. 잘 갈린 칼날이 순간 쨍 빛을 터트리며 차갑게 갈려나오는 웃음, 꼬이고 꼬인 속내가 뜨겁게 똬리를 틀다 나오는 웃음, 천마디 만 마디의 말이 응축되어 서리서리 꽃을 피우는 웃음, 일명 비웃음. 지금의 저 표정은 너무나 노골적이어서 싼 티가 난다.

"기훈 씨야, 잘 들어라. 네가 열등감을 갖든 말든 그건 네가 알아서 처리하셔라. 난 네 화풀이나 받아주려고 여기 온 거 아니거든? 자원봉사자로도 도우미로도 온 거 아니거든? 그쯤 알았으면 자세가 나와야지."

기어이 기훈은 휠체어를 움직여 손에 닿는 물건을 닥치는 대로 던진다.

"그래, 이게 내 자세다! 네가 말하는 헛소리 자세다. 이 정도론 양에 안 차지? 어떻게 발광할까? 어떻게 더 개판을 칠까? 넌 이보다 강도가 세어야 그나마 눈에 차지? 야비한 년! 천한 년! 음탕한 년!"

나는 팔짱을 끼고 기훈 앞에 버티고 선다.

"잘 아시네. 네가 발광과 개판을 치느라 지금 집어던진 저 물건들, 네가 치워야 할 걸? 난 네 도우미가 아니니까. 네 말대로 야비하고 천하고 음탕한 년이니까. 눈썹 하나 까딱 않고 너를 버린 거 보면 알잖아. 알았음 알아서 기서라."

기훈이 책을 던진다. 나는 피하지 않는다. 책 모서리가 뺨에 맞고 바닥에 떨어진다. 광대뼈가 즐겁게 화끈거린다.

거울 앞으로 가 책에 맞은 부위를 손끝으로 쓸어본다. 빨강 색연필로 굵게 그은 듯한 자국이 자랑스럽게도 선명하다.

기훈에게 다가가 벌게진 뺨을 들이민다.

"이 정도 가지고 되겠니? 더 센 걸 던져봐. 왜 팔이 닿지 않니? 뭘 가져다줄까? 부엌칼 어때? 너랑 꼭 닮은 부엌칼 말이야."

기훈은 팔을 팩팩 저으며, 주먹으로 휠체어를 치며, 손에 닿는 물건을 퍽퍽 친다.

"저런 쌍년! 늙은 놈팡이한테 가더니 눈이 뒤집혔군. 그래, 부엌칼 줘라. 네 배를 콱 쑤셔버릴 테니. 네가 바라는 것도 그거 아냐?"

싸움은 꼭짓점을 향해 달린다. 싸움의 열정은 기훈과 나를 기훈과 내가 아닌 다른 무엇으로 바꾼다. 내장이 뒤집히고 골수 색이 변하고, 사과가 배로 보이는 그런 변화라면 좋겠지만, 서운하게도 그렇지는 않다. 기훈과 나는 문법은 맞지 않으나 끝없이 이어지는 열렬한 문장과도 같이 진이나 뺄 줄 안다. 그럴 바에야, 나는 침대로 가 벌렁 눕는다.

"난 네 도우미가 아니라고 했을 텐데. 힘껏 찾아서 니 배를 쑤시든 네 눈을 쑤시든 맘대로 하셔라."

기훈은 악악 소리를 지르며 주방으로 간다. 손에 닿는 컵이며 밥그릇을 내던진다. 그래봐야 다 플라스틱으로 바꿨는걸. 플라스틱 그릇은 안전 지킴이거든. 긴장감을 주지 못하는 얼띤 장난감이거든. 장난감으로 장난질이나 치는 기훈은 어린애거든. 어린애는 철이 없거든. 저밖에 모르니 오래 상대하면 안 되거든. 오래 상대하다 보면 신경질이 나거든. 신경질이 나도 팰 수가 없으니 참아야 하거든. 참기보다 나가는 게 낫거든.

기훈의 집을 나온다.

기훈의 발광은 계속 이어진다.

"돈밖에 모르는 년! 돈에 팔려간 년! 밤일도 돈하고 하는 년! 밤일 할 때마다 돈은 얼마를 받냐? 그 돈으로 똥구멍이나 닦아라 양아치 년아!"

통제할 수 없는 언어의 저 육체성. 막무가내로 찢고 뭉개고 짓이기며 해체하는 저 괴력의 힘. 내가 바라던 게 저런 야만이었나. 내가 느끼고 싶어 하던 게 저런 시궁창이었나. 그럴지도 모른다는 생각이, 머릿속에서 풋, 김빠지는 소리를 낸다.

기훈의 말을 뒤통수에 달고 거리로 나온다. 휠체어에 기훈을 태워 공원에 가겠다는 생각이 길거리를 배회한다. 배회하는 것도 쉽지만은 않다. 이럴 때 타이레놀 한 알만 먹으면 만사 오케이 딩동댕이 되는, 그렇지, 그런 약을 만들라고 제약회사에다 말을 넣어야겠다.

필요 이상 어깨를 젖히고 걷는다. 이 동네에는 손바닥만 한 공원도 없다. 벤치는 말할 것도 없고 벌레 먹은 가로수조차 없다. 걷기엔 불편하기 짝이 없는 보도블록이 울퉁불퉁 튀어나와 있다. 지자체에선 뭘 하고 있담. 연말이면 보도블록을 교체한답시고 펑펑 돈을 써대면서 여기 보도블록은 눈에 안 들어오나? 거지같은 동네라 교체할 가치가 없다고 여기나?

나와 기훈과 꼭 닮은 보도블록을 딜레딜레 걷는다. 갈 데가 없다. 기훈의 집 외엔 도대체 갈 데가 없단 말이다. 눈물도 없는, 안 나오는 비극.

비극은 어디서 비롯됐을까. 안약을 넣어주는 데서 시작됐다. 그 순간만 해도 잘 나갔는데 왜 갑자기 틀어졌을까. 잘 나가나 싶으면 꼭 사단이 난다. 둘 중 하나가 약속이라도 한 양 시비를 건다. 시비가 없다면 싸울 일은 없어진다. 싸울 일이 없어지면…….

싸울 일이 있는 게 좋다. 싸움이 격렬할수록 나는 살아있다는 느낌을 받는다. 약을 올리고, 상스러운 언어를 쓰고, 집어던지는 걸 아슬아슬하게 볼 때, 나는 가슴이 아프며, 우울해지며, 그런데 나를 느낀다.

기훈도 그럴까. 기훈에게 물어보고 싶은데 방금 나온 게 떠오른다. 한바탕 푸닥거리를 한 지가 얼마나 됐다고 꼴 나게 금세.

커플 티를 입은 남녀가 애정을 과시하며 간다. 그래, 저거다! 커플 티를 사서 기훈에게로 가는 거다. 기훈이 좋아하든 말든, 커플 티로 공원엘 가든 말든, 무조건 사고 보자. 커플 티야말로 우리의 빈곤한 애정을 과시하기엔 딱 맞지 않나.

기훈은 커플 티를 받아들면 대충 이럴 것이다. 돈밖에 모르는 년이 이깟 커플 티로 위선을 떠냐. 야야, 그러지 말고 걸레로 써라! 생리대로 써라!

그러거나 말거나, 그래, 제발 그렇게 해다오.

목적이 생겼지만 커플 티는 사러 가지 않는다. 커플 티는 기훈과 내겐 너무 약하다. 기훈과 나는 상징성 있는 폭력은 하지 않는다. 싸운 뒤 머리를 싸매고 어떤 의미였는지 따지는 짓도 하지 않는다. 간접적인 폭력은 나나 기훈을 무기력하게 만든다.

나와 기훈은 직격탄을 선호한다. 반사적이며, 즉각적이며, 선동적이며, 원색적일수록 만족도가 올라간다. 가슴이 찢어지게 아프고 심하게 침울해지는 걸 만족도라 해도 된다면.

목적을 버리니 갈 데가 없어진다. 다시 집으로 가자니 남편이 있다. 자고 있든 나갔던 집엔 항상 남편이 산다. 없을 때에도 있다는 느낌이야말로 해괴하다. 남편은 해괴한 동물인가. 해괴한 동물과 사는 나도 해괴한 동물인가. 해괴한 동물만 모아놓은 도감은 없나. 있다면 남편과 내가 있는지, 없다면 넣으라고 청탁을 넣어야 하는 건 아닌지.

여긴 처음 와 보는 동네다. 낡은 다가구주택이 다닥다닥 붙은 동네로 작은 놀이터가 있다. 놀이터로 가 벤치에 앉는다.

벤치엔 원형의 긴 투명 플라스틱 통이 놓여 있다. 통 안엔 과자 부스러기가 있고 개미가 고물거린다. 개미들은 과자부스러기를 입에 물고 원통의 그 길고도 매끌매끌한 암벽을 타느라 애를 쓴다. 개미가 아무리 반복 등산을 해도 나바론의 요새와 닮은, 긴 원통을 성공적으로 탈출하기엔 요원해 보인다. 방법이 있긴 하다. 누군가, 혹은 바람 같은 것이 원통을 쓰러뜨리면 된다. 원통은 옆으로 눕게 될 테고, 개미는 절벽이 아닌 평지를 기어 나오게 된 것이다. 누가, 어떤 자연의 힘이 긴 원통을 쓰러뜨려줄까.

우리는, 즉 나와 기훈은 길고도 매끌매끌한 원통에 갇혀 욕질과 쌈질을 일삼는다. 누군가, 혹은 바람 같은 자연의 힘이, 나와 기훈을 세상 밖으로 나오게 한다면, 나와 기훈은 자해를 하느라 굶어 죽을지도 모른다.

나는 자해보다는 의욕적이고 자발적인 쌈질과 욕질에 포섭되길 바란다. 그 투쟁의 에너지는 하염없이 고달프나, 고달파서 끊을 수가 없다.

나와는 다르게 고달파 보이는 남녀가 맞은편 벤치에 앉아 있다. 노년에 가까운 남자가 가출 소녀로 보이는 소녀의 어깨에 팔을 두른다. 소녀는 남자의 팔을 뿌리치지 않는다. 남자가 소녀의 귀에 대고 소곤댄다. 소녀는 무표정하게 휴대폰에 문자만 친다. 남자가 소녀의 어깨를 자기 쪽으로 당긴다. 소녀는 상체만 기울어진 채 여전히 문자를 친다. 소녀가 문자를 치다말고 문득 나를 본다. 나는 눈을 돌리지 않는다. 소녀도 눈을 돌리지 않는다. 남자가 바지 뒷주머니에서 지갑을 꺼낸다. 남자는 만 원짜리 한 장을 소녀의 손에 쥐어준다. 소녀는 나를 빤히 보며 만 원을 받는다.

나는 참지 못하고 벤치에서 일어난다. 돈을 보고 늙다리 놈과 결혼했다고 소리치던 목소리, 더럽고 야비한 년이라고 외치던 목소리, 목소리들이 왕왕 귀청을 때리고 고막을 찢는다.

나는 들짐승에 쫓기듯 놀이터를 나온다.

· · ·

아침에 나온 집은 텅텅 울리게 비어있다. 새삼스러울 것도 없다. 남편이 있거나 없거나 이 집은 귀곡산장이다. 익히 그 점을 알면서도 집에 들어올 때마다 갑자기 정전된 공간에 갇히는 기분이 든다. 그래서인가. 집에 들어오기만 하면 나도 모르게 거실 복판에 멀거니 선다. 잠시 발랄하게 쌈질했던 나는 별나라 달나라의 무사가 되고, 침울해진 내가 진짜 나로 여겨진다.

한쪽이 삐딱해진 식탁 의자에 앉는다. 몸이 기우뚱 쓰러질 듯 쏠린다.

남편은 이 의자처럼 걷는다. 의자도 남편도 넘어질 듯 넘어지지 않는다. 남편은 비어나 속어를 쓰지 않는다. 욕도 하지 않고 구타도 하지 않는다. 웃지도 울지도 졸지도 않는다. 멋대로 들어오고 나가는 것만 빼면 꽤 괜찮은 가장이다.

꽤 괜찮은 가장은 무엇을 생각하는지, 어딜 쏘다니는지, 무슨 사업을 어떻게 운영하는지 말하지 않는다. 생활비도 넉넉하게 주고 내가 뭘 하든 참견하는 법도 없다. 그런데도 이 집에선 도통 잠이 오지 않는다.

이 집이 불면의 집이라는 걸 알았다면 결혼하지 않았을까. 사람들의 충고니 염려를 무시힐 만큼 남편과의 결혼은 설대석이었던 걸까. 기훈의 욕설은 사실이다. 돈에 팔려간 년. 거짓도 꾸밈도 없는 진솔한 손나팔 소리.

나는 그랬다지만 남편은 왜 나와 결혼했을까. 사지가 멀쩡한 젊은 여자를 보니 이게 웬 떡인가 싶어서?

남편은 나이 많고 다리는 절지만 자신을 헐값에 넘기는 형이 아니다. 가오를 잡으려거나 에헴 어른 흉내를 낸 적도 없다. 가르치려 들거나 투덜대거나 인상을 쓴 적도 없다. 필시, 남편에겐 눈물샘이 없다. 꽃가루 알레르기도 타지 않는다. 기훈처럼 안약을 넣을 일도 없다. 남편은 지르르 가짜 눈물조차 흘릴 줄 모른다. 남편은 누구도 풀 수 없는 엑스파일이다, 분명.

한쪽이 삐뚤한 의자에 앉은 탓인지 생각마저 어질어질하다. 남편은 어질어질 그림자로 거뜬히 살고, 기훈은 어질어질 반쪽짜리 몸뚱이로 매 맞듯 살고, 나는 어질어질 톱질을 하며 톱이 되어 간다.

톱, 톱질. 그것이야말로 칼칼한 맛의 진수다. 나는 귀곡산장을 더욱 기괴스럽게 하려 작품을 만든다. 남편은 내가 톱질 시리즈를 내놓는다 해도 돌아보지 않을 것이다. 침대를 반으로 잘라 놓는다 해도 반 토막 난 침대에서 잘 것이다. 왜 이렇게 했냐고 묻는 게 아니라 잠을, 푹푹, 잘 것이다. 애정 따위야 처음부터 물 건너 간 거지만, 초지일관 무관심으로 산다는 건 대단한 인간성이다. 강아지도 자신의 집을 반으로 잘라 놓으면 고개를 갸우뚱거릴 터인데, 남편을 강아지에 빗대면 안 된다.

강아지는 저리 치우고, 호모 에렉투스, 딱 거기에 맞게 장난을 친 적이 있다.

나는 인삼과 사과와 꿀을 넣고 주스를 만든다. 주스 잔을 남편에게 건네며 해도 되고 안 해도 될 말을 한다.

"당신, 건강 챙기세요. 어디서 밤일을 하든 좌우간 건강해야 하니까."

심하게 다리를 절지만, 늙어가는 처지지만, 어느 눈 먼 여자나 가까이 올까말까 한 분위기지만, 너는 남자라는 뜻이다. 아직도 생식기에 문제가 없는, 능력이 되는 남자라는 말이다. 이만한 비아냥거림이 어디 있을까만은, 남편은 그 비아냥거림조차 무시하며 주스를 마신다.

문제는 그런 남편과 이혼할 마음이 없다는 거다. 남편 역시 그렇다고 본다. 이런 집구석이 세상에 있을까 싶지만 분명히 있다.

남편은 오늘 반찬이 입에 맞는다거나 맞지 않는다는 말 같은 것도 하지 않는다. 피곤하거나 즐거운 표정이 슬몃 떠오른 적도 없다. 남편과 나는 끈질기게도 묵묵히 산다. 내가 다른 남자를 끼고 들어와 자빠져 자도 남편은 아무런 반응도 보이지 않을 것이다. 남편과 나는 괴물이다. 괴물들의 행진.

괴물 의자에서 일어난다. 신경의 어느 부분이 어질어질해진 몸을 잡겠다고 움찔 놀란다. 놀란 몸은 풀어줘야지. 풀어주는 데는 톱질만 한 것도 없지.

톱.

톱…….

벌컥 휴대폰을 잡는다.

"돈밖에 모르고, 돈에 팔려가고, 밤일도 돈하고 하는 년을 상대하는 년 뭐니? 그렇게 말하는 너 말이다, 치졸하다는 생각 안 드니? 난 든다. 그래서 하는 말인데 너랑 나, 열나절 욕하면서 오래오래 살아야 하지 않겠니? 지금보다 더 추잡하고 추접하고 더더더더 추한 욕을 준비하라는 말씀이닷."

거친 숨소리가 실내를 달군다. 휴대폰을 소파에 던진다. 휴대폰이 까맣게 먹통이다. 전화번호도 누르지 않고 떠들었다는 얘기다.

혼자 떠들고 판단하는 것, 외롭지. 남편은 혼자 떠들거나 판단하는 짓 따윈 하지 않지. 외롭지 않지. 외로운 사람과 외롭지 않은 사람이 한집에 산다는 건 꽈당! 자빠질 일일까 벌떡! 일어설 일일까. 나는 무엇이 어떻게 되길 바라서 이토록 시래깃국만도 못한 생각에 빠져 있나.

사랑 말고 미움 말이지, 미움에도 가치가 있다. 미움이야말로 진실의 어느 돌기일지도 모른다. 신만 모르는 핵폭발 수준의 동력이자 측면 공격수 말이다. 하여, 신께선 사랑하라 말씀하셨도다. 모두가 하는 그렇고 그런 사랑 말고 원수까지도 사랑하라 말씀하셨느니라. 불가능을 요구하신 신의 분부가 내겐 도무지 불가능하여 내 방으로 숨어버린다.

방에는 고이 모셔둔 톱이 있다. 상어 이빨 같은 날에 손가락을 대본다. 여지없이 찔러대는 날카로움, 속이 벌렁대며 들뜨며 울컥댄다. 이 격앙된 증상이 가시기 전에 조심조심 톱을 들고, 가만가만 방을 나와, 조용조용 소파로 다가가, 소파 다리에 은근한 눈길을 던지며, 신중한 손길로 소파 다리에 톱날을 대며, 단호히 톱자루에 힘을 주며, 백만 번 천만 번 주문을 외운다. 응답하라 톱날이여! 힘을 내라 톱날이여! 기어이, 톱자루를 잡고 쓰윽쓰윽 두둥~ 쓰윽쓰윽 두둥~

흥부는 박을 타며 흥분했던 거야. 흥분하는 흥부에겐 생수 한 병이 있어야 했던 거야. 뭐가 나올지 예상했으면서도 모른 척하셨잖아. 모른 척하기는 자기 자식을 몰라보는 것만큼이나 어려운 것이잖아. 어려운 걸 어렵지 않게 하려면 생수가 있어야 하잖아. 그 심난하고 괴로운 심사를 씻어주거나 달래줄 생수 말이지.

흥부전은 다시 써야 한다. 톱과 생수는 물론 요즘 독자들을 위해 휴대폰도 넣어줘야 한다. 흥부는 블루투스로 통화하며 박을 탄다. 얼씨구 쓰윽쓰윽쓰윽, 절씨구 쓰윽쓰윽쓰윽…… 우헤헤헤 이거시 머시다냐, 로또 아니다냐.

박이 아닌 톱밥이 화장한 뼛가루인 양 목구멍으로 들어간다.

나무를 먹는 나, 나무나 되렴. 나무가 되면 나무 같이 된 기훈과 내기를 해야지 누가 더 알차게 욕은 하냐, 누가 더 실력 있게 괴롭히나 시합해 봐야지.

나무가 되면 나무보다 더한 남편을 꾸짖어야지. 밤이면 자지러지게 웃는 소리로, 낮이면 으스스 귀신 우는 소리로 반죽음을 시켜야지.

쓰윽쓰윽쓰윽, 쓰윽쓰윽쓰윽…… 톱질 소리가 귀신 우는 소리를 흉내 낸다. 기훈이 들었다면 휠체어를 탁탁탁탁 치며 이렇게 말했겠지. 걸레 년의 신음이다!

남편은 뭐라 할까. 듣기나 하나. 귀까지 먹었는걸.

얼마 동안인지 모르게 톱질한다. 이 소파라는 것은 식탁 의자와는 달리 톱날을 쉬이 먹지 않는다. 두께도 두께지만 소파 무게가 다리를 짓눌러서다. 소파를 확 뒤집어 벌렁 올라간 다리를 집중 공략하면 뜻대로 될지도 모른다.

소파 다리 하나도 못 베고 나가떨어진다. 아쉽게도, 미움의 진실성은 미완성으로 나를 물 먹인다.

소파 다리는 톱날을 문 채 표정이 없다. 표정 없는 것들은 들입다 패줘야 한다. 철썩철썩 물볼기를 쳐야 표정이 나올까, 조인트를 까야 표정이 생길까. 물볼기도 조인트도 지금은 할 여력이 없다. 여력이 없을 땐 밥을 먹어줘야 한다.

냉장고를 뒤져 먹다 남은 나물을 양푼에 쏟는다. 밥도 잔뜩 퍼 양푼에 넣는다. 고추장을 푹 떠 쓱쓱 비빈다. 고추장 힘으로 소파를 들어 올리고야 말겠어.

비빔밥을 아귀아귀 먹는다. 먹는 내내 소파 다리와 톱날에 눈을 박는다. 눈으로 쏘아보면 유리컵이 깨지고, 전등이 박살나고, 동전이 우그러지고, 책장이 고꾸라지는, 뭐 그 정도까지 바라진 않는다. 고추장에도 작은 염력 같은 게 있긴 할 테니 그 점을 은근 바래본다.

한 양푼이나 되는 고추장 비빔밥을 뚝딱했지만 소파 다리와 톱날은 그대로다. 고추장 비빔밥엔 염력의 먼먼 친척도 없었던 모양이다. 아니, 신은 미움의 진실성을 모른다고, 신에게 대든 죄다.

죗값을 치르려고 다리가 불편한 사람과 결혼한 건 아니다. 나는 사회적 통념 내지 관례에 민감하지 않다. 기훈은 자기가 잘못해서 교통사고가 났고, 양 다리를 없애야 했고, 결혼한 사이도 아니었고, 애를 가진 것도 아니었고, 아니라는 것을 줄줄이 읊을 정도로 아닌 것투성인데 내가 왜 그런 기훈에게 인생을 던져야 했을까. 내가 시켜서 교통사고가 난 것도, 다리를 절단한 것도 아닌데 왜? 기훈을 버렸다, 혹은 기훈에게서 도망쳤다는 말은 수정이 불가피하다. 저 소파 다리를 반으로 잘라야 할 필요성만큼이나 필요하다.

어느새 실내가 껌껌하다. 배도 부르겠다 고추장도 힘을 못 쓰겠다, 에에라 소파에 눕는다.

소파 앞엔 티브이가 있게 마련이고, 있으면 보게 마련이고, 보려면 리모컨을 잡게 마련이고, 잡으면 저절로 누르게 마련이다. 소파와 티브이와 리모컨은 절친을 넘어 피붙이가 되고, 혈육보다 진한 생리현상으로 자리 잡는다.

생리현상의 하나, 키스 장면이 나온다. 저 키스는 날림에다 눈속임이다. 입술만 딱풀로 붙인 듯 대고 있으면서 고개를 살짝 기울여 붙임을 감춘다. 에헤, 공영방송에서 눈속임이나 내보내다니 시청자를 뭐로 아시나.

남편은 공영방송 수준으로 채널을 고정시킨 채 있다. 나를 기훈에게 가게하고, 불면과 톱질을 조장하고, 의자 다리를 자르게 한다. 남편이야말로 무관심의 창과 방패로 자신을 엄숙하게 지킬 줄 아는 비단옷의 조련사다. 이보세요 남편, 그렇게 목에 잔뜩 힘을 주면 목 디스크 걸려요. 목 디스크 걸리면 목에다 누런 깁스를 하고 외계인처럼 다녀야 한다고요.

남편의 방문이 벌컥 열린다. 아이 깜짝이야! 남편은 나간 게 아니라 집에 있었다는 말? 귀신이 따로 없네.

남편이 거실 등을 켠다.

나는 소파에서 발딱 일어난다.

"안 나갔어요?"

"응."

"배고파요?"

"응."

"저녁 차릴까요?"

"응."

남편은 출생 일 개월이면 누구나 할 줄 아는 "응"으로 지금까지 산다. 응응응응응을 붙이면 의성어가 된다. 청각 장애인도 그 정도의 언어는 사용할 줄 안다. 간단하고 편하며 경제적이고 이기적인 언어 '응'. 의사소통에 전혀 문제가 없는 '응'.

'응'조차 하지 않을 때에 비하면 지금은 상당히 상냥한 편이다. 상냥한 남편을 존경한다. 존경심이 꺼지기 전에 어여어여 저녁을 차려야지.

저녁밥을 먹는 남편, 말이 없다. '응'만 배우고 말면 저렇게 과묵해진다.

저녁밥을 먹은 남편, 말없이 욕실로 간다. '응'만 배워도 똥은 눌 줄 안다.

남편은 욕실로 들어가고 나는 티브이를 끄고 내 방으로 간다.

남편에게, 나는, 중요하게, 할 말이 있다. 바라건대 남편, 지금처럼, 더도 덜도 아니게 백 년만 사세요. 백 년을 사는 동안 나는 그게 웃겨서, 그냥 비웃을게요.

방으로 들어왔지만 하다 만 톱질 때문에 정서 장애가 온다.

다시 거실로 나가 욕실 앞을 서성인다. 남편은 샤워를 했음에도 입었던 옷차림 그대로 나온다. 놀랄 일도 아니다. 처음엔 순진하게도 이런 생각을 했다. 벗은 몸을 보이는 게 부끄러운가? 보이면 안 될 어떤 문신이나 상처가 있나? 성치 못한 다리를 보이는 게 싫어서인가? 그래서 밤일도 칠흑같이 깜깜하게 하고 했나?

그것도 이젠 옛말. 남편과 나는 그저 그런 사물의 하나로 각각의 방에 틀어박혀 살거나 죽거나 한다.

남편이 방으로 들어가는 순간, 나는 뭔지 모를 것에 눌려 폭발하고야 만다.

"나를 내쫓고 싶어요? 나가길 바라요?"

나로선 말다운 말을 하는데 남편은 별 일 아니라는 듯, 귀가 먹었다는 듯, 들은 척도 하지 않는다.

나는 말꼬리가 식을세라 재차 말한다.

"말을 해도 대꾸를 안 해. 쳐다보지도 않아. 이건 내쫓거나 나가라는 뜻이야."

남편은 문고리를 잡은 채 잠시 서는 걸로 내 말을 잘 듣고 있다는 표를 낸다. 표를 냈으면 그 다음이 나와야 하는데 그것으로 끝이다. 무반응도 폭력이라는 걸 알지 않은 다음에야 이럴 수는 없다.

나는 남편이 방문을 닫기 전 할 말을 마저 한다.

"내쫓거나 나가기 전에 할 일이 있어요. 저 구닥다리 소파, 모던하게 손 좀 볼까 하는데 혼자 힘으론 안 돼요. 소파를 들어주세요."

나는 얼른 소파 가장자리를 움켜잡는다. 내가 한껏 힘주어 말한 것에 비해, 남편은 싱거울 정도로 선뜻 내가 잡은 소파 반대편 가장자리를 잡는다. 남편은 소파를 어디로 옮길 것인지, 으르렁 꽂혀있는 저 톱은 무엇인지, 소파로 무엇을 어떻게 하려는지 묻지 않는다.

남편의 손에 저절로 눈이 간다. 저 손은 안아주고 싶은 가녀린 여자만큼이나 얄쌍하니 섬세하다. 손은 그런데 손바닥은 다르다. 습하다고나 할까 끈적인다고나 할까. 끈끈이 풀을 만지는 감촉이다. 찬 것과는 다르게 선뜻한 느낌이다. 그래 그런지 수시로 목을 졸리거나 멱살을 잡히는 착각마저 든다.

나는 뒤끝이 긴 편이므로 말이 나온 김에 더 하겠다. 남편의 입술은 보통사람들의 붉은 빛과는 딴판으로 거무튀튀하다. 낙엽이 쌓인 곳을 들추면 드러나는 축축한 색이랄까. 멋있게 말하면 어두운 수수께끼를 물고 있는 듯한 검은빛이 도는 붉음이다. 톡 까놓고 말하면 죽은 입술이다. 첨단 의학을 동원해도 고칠 수 없는 병과도 같은 게 남편의 입술 색이다. 줄기세포를 이용해 해맑은 입술로 만든다 해도, 그 입술은 여전히 탁류와도 같은 분위기를 풍길 것이다. 아니, 끔찍하게도 더러운 탁류다.

나쁜 것에 오래 빠져 있어서 좋을 건 없다. 나는 제법 아내다운 권위로 말한다.

"이 소파를 옆으로 뉘어주세요. 그래야 작업하기가 쉽거든요."

남편의 눈엔 이렇다 할 감정이 들어있지 않다. 표정 없는 저 표정이야말로 의문이다. 달군 쇠붙이로 발등을 지진다 해도 무표정할 얼굴이다. 자고로, 무표정한 얼굴은 사랑 받기 위해 태어난 얼굴이다. 사랑을 듬뿍, 또 듬뿍 주자고 마음먹는데, 남편이 소파 잡은 손에 힘을 준다. 나는 어렵게 잡은 기회를 놓칠세라 남편이 튼 방향에 맞춰 힘을 쓴다. 소파가 옆으로 눕는다. 소파는 네 개의 다리를 밤일할 때처럼 쫙 벌린다. 바닥을 드러내는 저 적나라함이라니, 일찌감치 소파를 옆으로 뉠 걸 그랬다.

남편은 방문을 닫는 것으로 할 일을 다 했음을 고한다. 나는 팔짱을 끼고, 제법 포스 있는 폼으로, 다리를 쫙 벌리고 있는 소파를 내려다본다.

한쪽 다리에 톱날을 물고 있는 소파, 기훈을 닮았다.

한쪽 다리에 톱날을 물고 있는 소파, 남편을 닮았다.

한쪽 다리에 톱날을 물고 있는 소파, 나를 닮았다.

이런이런, 기훈과 남편과 내가 같은 파라고? 같은 파끼리 모이면 종교가 된다고? 종교가 되면 교리를 외워야 한다고? 교리를 외울 시간이 있으면 톱질하는 게 낫다고?

잡생각 나부랭이를 툭툭 털고 톱자루를 잡는다. 쓰윽쓰윽쓰윽,

쓰윽쓰윽쓰윽…… 소파는 똑바로 있을 때보다 확실히 잘 잘린다.

남편이 방문을 열고 나온다.

나는 남편을 돌아보지 않은 채 말한다.

"나가시게요? 지금 나가면 만날 사람이 있겠어요? 술집도 파장할 시간인데. 아, 모텔은 열었겠네요."

남편에겐 별 가치도 없는 말을 코 푼 휴지인 양 던진다. 남편은 늘 그렇듯 말없이 대문을 연다. 부디, 돌부리를 만나면 차여주시오, 위독하신 폐하여.

나는 나무가 되지 못하며 나무를 자른다. 이런 행위는 비이성적이다. 감성적이지도 감동적이지도 않다. 낭비 또는 소모에 불과하다 해도, 인생 수첩의 어느 갈래엔 꼭 있어야 할 부분이다, 라고 우겨본다.

드디어 소파 다리 두 개를 절단한다. 반 토막 난 소파 다리가 어쩌면 이토록 철학적인지. 그래, 그래야 한다. 자존감을 가지고 뿌듯뿌듯 살아가자면 이 정도는 해줘야 한다.

뜻밖에도 남편이 들어온다. 나간 지 얼마나 됐다고 벌써? 만날 사람이 떨어졌나? 술집이 마음에 들지 않았나? (사실 술을 마시는지 못 마시는지도 알지 못한다.) 내연녀가 집을 비웠나?

나는 남편이 지금처럼 나갔다 들어오는 일이 자주 있었다 해도 알지 못한다. 남편이 집에 있을 때에 나는 나갔고, 내가 나가지 않았을 때에도 남편이 방에 틀어박혀 있으면 나갔다고 알았을 터다.

나는 반갑게 남편을 맞이한다.

"때마침 잘 들어오셨어요. 저 꼰대 소파, 모던 보이로 바꿨는데 보기 어떠세요? 이제 똑바로 놓기만 하면 돼요. 아까처럼 들어주실 수 있죠?"

남편은 소파를 뉘일 때와 똑같은 얼굴로 소파 가장자리를 잡는다. 물고기도 표정이라는 게 있는데, 남편을 물고기에 빗대면 안 된다.

물고기는 저리 치우고, 심장이 한 시간에 한 번 한 달에 한 번 뛰면 저런 얼굴이 된다. 저런 얼굴은 특허를 내거나 타임캡슐에 넣어 대대손손 전해야 한다.

대대손손 전해야 할 얼굴과 나는 영차영차 힘을 써 소파를 제자리에 놓는다. 소파는 신통방통하게도 내가 원했던 각을 뽑아낸다.

나는 기울어진 소파에 벌렁 눕는다. 머리는 아래로, 다리는 위로, 아이고야 재미있어라.

"이 소파, 재밌지 않아요?"

남편은 이미 자기 방 문손잡이를 잡고 있다.

나는 아래로 쏠린 머리를 조금 든다. 남편의 등판이 눈에 꽉 차게 들어온다. 어떤 반응도 할 줄 모르는 등판, 어째 살풍경해 보인다. 몇 겹이고 방부처리 하지 않으면 나올 수 없는 등판, 지금의 나처럼 피가 거꾸로 쏠려서다. 거꾸로 쏠린 피는 제자리로 돌려놔야 미치지 않는다.

미치지 않으려 머리를 위쪽으로 다리를 아래쪽으로 바꾼다. 피의 흐름이 너무도 순탄 평탄해진다. 순탄 평탄이 길어지자 권태가 온다. 권태는 먼지떨이개로 탁탁 털어내야 숨통이 트인다.

숨통을 열고자 다시 자세를 바꾸는데, 마침내 알아차린다. 남편에겐 급소가 없다. 연쇄살인을 해도 아무도 모르게 하겠다. 남편의 손에 죽어가거나 죽은 자는 몇이 될지 알 수 없겠다. 남편의 살인법은 산 채로 말려죽이거나 소음 총으로 급소를 쏘는 것이겠다.

급소가 있는, 아주 건강하게 있는 기훈에게 가야겠다. 기훈은 책도 던질 줄 안다. 욕도 욕답게 한다. 성질도 성질나게 부린다. 잠도 방해하지 않는다.

달콤한 잠이 아롱아롱 손수건을 흔든다. 톱질할 때가 가까웠다는 증세다. 톱질한 후엔 제일 잘나가는 야식을 시켜먹어야지. 껄껄 트림도 하고 드르렁드르렁 코도 골며 신나게 자야지.

소파에서 일어나 남편 방 앞에 선다.

기쁨도 슬픔도 고통도 모르는 공산품. '응'과 '아니'만 리플레이할 줄 아는 녹음기. 무관심과 무반응과 근친상간하는 핫한 패륜아. 저런 유기체를 판화로 만들어 문패로 걸어둘까. 가상계좌를 만들어 욕이란 욕은 죄다 숫자로 바꿔 보내볼까. 인간과 종이 다른, 저 슬픈 로보캅을 동영상으로 찍어볼까.

이건 무척이나 야한 발상이다. 소파 다리를 절단하는 것보다 야한.

그날을 거닐다가

밤공기가 달큰하다. 남몰래 달고나를 빨 때가 이외 같을까.

벚나무에 올라 강 건너를 향한다. 강은 낮의 그 푸르렀던 빛 대신 먹빛을 던진다.

몇 시간 전, 우리는 저 강을 건너 왔었지. 몇 시간 후, 나는 죽었고 너희들은 갔다. 생은 예측할 수 없는 바람과도 같은 것. 한때 우리는 정겨웠고 또 한때는 치열했다. 어쩌다 우리는 헤어졌고 이시대의 절망과 사랑, 우정도 가버렸다. 느닷없이 닥친 반칙이 이런 것이라면, 나는 그 반칙을 이 시대의 일부라고 생각하겠다.

훈풍이 분다. 물비린내와 꽃냄새가 난분분히 나를 적신다. 이 냄새를 타고 가면 너희들이 나오겠지. 저 멀리 아열대와 우기와 낯선 언어도 만나겠지.

나는 이제 비어버린 몸. 어디부터 갈까. 너희를 만나러 가기엔 너무 이른가.

벚나무에서 내려온다. 벚나무 둥치 주변엔 불에 바짝 구워진 고깃점이 흩어져 있고 나는 말끔히 치워졌다. 육신이, 이렇듯 후

루룩 씹지도 않고 넘기는 국수와도 같으리라곤 생각해 보지 않았다. 빠르다 한들 늦다 한들 어느 누가 생의 시간을 잡을 수 있을까. 너희는 서둘러 갔고 나는 아직도 남았는데. 홀로 남은 이 시간조차 내 것이 아닌 바에야.

돗자리를 깔았던 자리엔 술병 몇 개와 핏자국이 남아있다. 저 피는 얼마 전까지만 해도 내 몸이었다. 그 몸이 혈기를 불렀던가. 나는 모처럼 술에 취했고 휴대용 전축에선 오브라디 오브라다가 나왔다. 나는 노래를 따라 부르며 인생이 저 노래처럼 가볍기만 한 것은 아니라고 생각했다. 그러니까 이런 노래라도 불러야 한다며 목청을 열어젖혔던 듯싶다.

우린 소풍을 왔었다. 벚꽃을 보자며 나선 길, 배를 타고 강을 건너 물가 가까운 자리에 돗자리를 폈다. 벚나무는 너른 그늘을 주진 않았지만 꽃은 주었다. 꼭 우리 세은이처럼 여린 잎과 색으로 우리를 기쁘게 했다. 나는 세은에게 목마를 태우며 벚꽃을 따게 해주었고 아내는 가져온 음식을 자리에 깔았다. 넌 벚나무 밑에서 버너를 돌렸다. 버너가 말을 잘 안 듣는다며 툭툭 치기도 했던 것 같은데 맞니?

우린 강을 바라보며 고기를 굽고 술잔을 나눴다. 강바람이 제법 훈훈했다. 술은 달았고 고기는 혀를 매혹시켰다. 휴대용 전축에선 우리의 소풍을 축하라도 하듯 비눗방울 같은 음을 내보냈다. 그때 우리는 무슨 이야기를 했나. 아버지와 어머니의 안부를 나넜던가. 누이와 형제들의 근황을 물어보고 답했던가. 직장에 얽힌 이야기도 했던 걸로 기억한다. 군대와 월남전에 관해서도.

강바람이 낮과는 다르게 분다. 달착지근하면서도 시원한 게 감미롭기까지 하다. 몸이 사라지니 많은 것들이 별나게 다가온다. 감각은 무게가 없어진 나처럼 가볍고, 생각도 가벼워졌는지 어떤지는 아직 모르겠다.

핏자국에 나를 뉘어본다. 어둑한 그늘로 눅눅하게 누워있는 내 몸의 흔적. 핏자국에 누워보나 실감은 나지 않는다. 지나간 일은 실감하기보다 반추하길 즐겨한다.

핏자국에서 일어난다. 핏자국은 벚나무 둥치와 땅바닥에 오줌을 싼 자리처럼 남아있다.

너는 나를 죽였고 나는 너로 인해 오줌을 싸듯 피를 쏟았다. 지금, 그때 그 모습으로 너를 찾아간다면 너는 나를 맞이해주려나. 반기기보다 남아있는 총알을 발사할 수도 있겠다. 이 또한 부질없는 얘기다.

내가 했던 말들 중 어떤 것은 부질없는 것도 있었을 테고 아무 뜻이 없던 것도 있었을 테다. 내가 한 말이나 행동이 죽음으로 값을 치른 것이라면 나는, 그리고 너는, 편안해져야 하는데 나는 편치가 않다. 만약 우리 삶의 일부를 죽음에까지 가져갈 수 있다면 나는, 그리고 너는, 무엇을 가져갈까. 기쁨 조금하고 슬픔 조금만 가져갈 수 있다면 나는, 그리고 너는, 어떻게 달라져 있을까.

우리의 삶은 어느 면은 강한 색채로, 어느 면은 흐릿한 색채로, 또 어느 면은 얼룩져 무엇인지 모르게 되어 있다. 너는 강한 색채로 무엇인지 모를 얼룩이었다. 이제야 하는 말이지만 살아있을 땐 왜 그러한 것을 몰랐는지 모르겠다. 살아있기에 모르는 게 많다는 것은 삶의 아이러니가 아닐 수 없다.

우리는 학창시절을 씹어가며 술잔을 비웠다. 교련시간에 땡땡이를 쳐 교무실에서 원산폭격을 하던 일이며, 같은 대학교를 가자며 도서관을 들락거리던 일, 버스표가 없어 신촌에서 흑석동까지 걸었다는 이야기도 했다. 네가 석쇠에 올린 고기를 뒤집을 때 나는 그때 맞았던 칼바람에 대해 얘기했던 듯싶다. 너는 나와 같은 시절을 살지 않은 양 마지못해 고개를 끄덕였다. 너의 집은 넉넉했기에 내 말에 동의할 수 없었을지도 모른다. 아니, 지금 생각해보니 네 다리는 불편했고 너는 그렇게 먼 거리를 걸을 일이 없었다.

나는 너와는 다른 환경에서 살았지만 서로를 알고 있다고 믿었다. 이제야 알게 된 사실은 그 사람을 안다는 것은 몸으로 느끼는 일이라고 생각한다. 파악하는 게 아니라 느끼는 것 말이다. 나는 너를 느끼고 있었다고 여겼는데 그게 아니었던 모양이다.

나는 거의 일방적으로 떠들어댔고 너는 침묵했다. 이야기의 신명은 내게만 있었다. 술기운 때문이라고 말하기엔 미진하다. 너의 침묵이 내 말문을 계속하게 했다고 말하겠다. 잘못은 있었다. 나는 군 미필자인 네게 군대 이야기를 장황하게 늘어놓았다. 특히 월남전 복무에 대해.

저 멀리, 열대몬순 지역엔 더위와 비가 있었다. 공포에 질린 얼굴과 경계심으로 번들대는 눈도 있었다. 늘 기습에 대비하고 사는 사람들과 알아들을 수 없는 언어는, 파병 군인에겐 죽음을 옆구리에 차고 지내는 것과 다르지 않았다.

사람을 죽이는 일은 쉽지 않으나 쉽다. 군복을 입고 적과 적이 되면 쉽지만 민간인 신분이 되면 쉽지 않다. 너는 민간인으로 나를 죽였으니 쉽지만은 않은 일을 한 셈이다.

너는 내게 방아쇠를 당기며 살고 싶을 때 죽인다고 말했다. 아우슈비츠나 월남전을 대변하는 말이었다. 나는 네가 소아마비라 징집을 면제받았다는 사실을 잊은 채 해병대 출신임을 떠벌였다. 월남전의 그 지독한 전투에서 살아왔다는 사실도 자랑스레 말했다. 말만 했더라면 지금쯤 너와 나는 어떻게 되었을지 한편 궁금하기도 하다.

그때 나는 왜 권총을 가지고 있었는지 모르겠다. 벚꽃 구경을 나선 소풍 길에 말이다.

나는 권총을 꺼내들고 말했다.

"이거, 미군이 쓰던 건데 귀국할 때 슬쩍해왔다. 자~알 생겼지? 요놈은 콜트 45구경 자동권총이다. 실탄도 들어있어. 일곱 발이나. 무거운 게 단점이긴 한데 꽤 쓸 만해."

나는 강 저편을 향해 총구를 겨눴다. 네가 어떤 표정으로 나를 봤는지 보진 못했지만 타는 듯한 눈빛으로 쏘아보지 않았나 짐작해본다. 이렇게 되고 보니 하는 얘기다. 만약 죽지 않았더라면 그 순간의 표정 따위가 무슨 얘깃거리가 되겠니.

나는 네게 총을 건네며 말했다.

"조심해라. 실탄 들어있다. 총기는 말이야 애인 다루듯 해야 하는 거야. 살살, 신경을 집중해서."

너는 내 말이 마음에 들지 않았는지 총 자체가 거북했는지 슬쩍 보기만 했다.

나는 방아쇠에 집게손가락을 넣고 빙빙 돌려가며 말했다.

"맘에 들지 않는 놈 있음 말해라. 내가 요놈으로 혼을 내줄 테니. 난 월남에서 사람을, 아니 베트콩을…… 에이, 관두자. 암튼 총은 쏜다고 다 맞힐 수 있는 게 아냐. 나처럼 총깨나 만져본 놈도 백 프로 맞추진 못해."

나는 강 쪽에다 총을 겨누다 하늘을 겨누다 수풀을 겨누다 해가며 한껏 폼을 잡았다. 강 저쪽에서 새 한 마리가 날아올랐다.

나는 날아가는 새를 겨냥하며 말했다.

"내가 월남에 갔을 때 넌 뭐했냐? 내가 콩을 드르륵드르륵 갈기고 있을 때 연애라도 하지 그랬냐."

너는 말이 없었고 새는 하늘로 솟는 듯하더니 강변 저쪽으로 날아갔다.

나는 계속 주절거렸다.

"난 가끔 이 총을 꺼내보곤 해. 죽고 싶을 때 아니면 죽이고 싶을 때. 딱히 누구라기보다 그냥 쏘고 싶은 충동을 느낄 때. 넌 총을 안 쏴봐서 모를 거다."

너는 꽤 오래 침묵하고 있었다. 지금에야 하는 말이지만, 너의 침묵은 할 말이 없어서라기보다 생각이 많아서였다.

너는 내가 아닌 내 손가락에 끼어있는 총에 눈을 박고 있었다. 그 눈을 뭐라 말해야 할까. 먼지를 묘사하기 어려운 것처럼 네기 총을 바라보던 눈은 설명할 길이 없다. 그래, 설명 따위 뭐 그리 중요할까. 나는 이미 화장되었고 내가 죽었던 바로 이 강에 뿌려졌는데.

이러한 죽음, 사실 특별하지도 않다. 월남에서 보았던 수많은 죽음에 비하면 점잖기까지 하다. 모두는 죽음이라는 신을 싫어하지만, 살아있는 너도 언젠가는 만나게 될 친구라고 말해두겠다.

죽음을 얘기하는데 갑자기 출출해온다. 죽은 자도 배고픔을 느끼는지 조금은 당황스럽다. 학교가 파하고 집에 갈 때 느꼈던 배고픔 같은 것이 속을 달군다. 아, 어머니한테 가야겠구나. 어머니가 만들어주셨던 생선조림은 얼마나 맛이 좋았던지. 너도 그 맛은 기억하고 있을 것이다.

우리가 비좁은 방에서 대낮까지 뻗쳐 자다 말다 뒹굴 때, 어머니는 상을 차려주셨다. 밥상엔 무를 넣고 조린 생선이 있었다. 어머니는 그 생선을 동네 가게에서 외상으로 가져오셨을 것이다. 가게엔 나달나달한 작은 수첩이 있었고 수첩엔 내 이름이 적혀 있었다. 어머니는 내 이름을 대고 고등어와 밀가루, 식용유를 외상으로 가져오셨다. 월급을 받으면 어머니는 득달같이 가게로 달려가셨다. 외상으로 살 때는 깎지도 못하고 덤을 달라는 소리도 못하지만, 외상값을 갚을 때면 깎기도 하고 덤도 원했던 걸로 안다. 그 시절 우리의 어머니들은 그랬다.

지금도 우리 어머니는 그 시절에 머물러 있다. 내가 오길 기다리며 대문 앞을 떠나지 못한다. 얘가 올 때가 됐는데 왜 안 오지? 어머니의 눈이 골목 어귀를 더듬는다.

아버지가 대문을 열고 나온다. 아버지는 어머니의 겨드랑이에 팔을 낀다.

"그만 들어갑시다. 밤바람에 감기 들겠소."

어머니의 눈길은 여전히 골목 어귀를 떠나지 못한다.

"얘가 어쩐 일로 아직 안 오죠? 책가방을 받아주어야 하는데. 하루 종일 공부하느라 얼마나 지쳤겠어요. 걔가 좋아하는 생선조림이랑 계란말이 해놓은 거 다 식겠네."

아버지가 한숨을 푹 쉬더니 하늘을 올려다본다. 아버지가 보는 하늘엔 내 죽음이 들어있다. 나는 한 줌 재로 하늘을 떠다니다 강물로, 차도로, 강가를 찾은 어느 여자의 머리칼 위로 나풀 내려앉다 허공을 돌아다닌다.

아버지가 어머니를 잡아끈다.

"우리 애는 안 와요. 그만 들어가자니까."

어머니의 눈이 휘둥그레진다.

"안 오다니 그게 무슨 말이에요? 아침만 해도 차비 달라고 해서 줬는데."

아버지가 아무 말 없이 어머니를 대문 안으로 밀어 넣는다.

나는 지그시 어금니를 깨문다. 어금니 사이로 아릿한 조각들이 몰린다. 기어이 눈물이 차오른다.

아버지가 어머니를 소파에 앉힌다. 어머니는 손님처럼 앉아 있더니 갑자기 두 손을 마주친다.

"아이고, 내 정신 좀 봐. 우리 애는 월남에 갔지. 내가 이렇다니까. 어제 편지 받고도 학교에서 안 오는 걸로 알다니 정신머리 하곤."

어머니가 아버지를 돌아보며 멋쩍게 웃는다. 아버지는 또 들릴 듯 말 듯 한숨을 쉰다.

어머니는 마치 어제 일인 양 입가를 늘인다.

"우리 애는 전방이 아니라 후방에 있댔어요. 펜대 굴리며 작전을 짠댔어요. 우리 애는 머리털 하나 다치지 않고 올 거예요. 내가 이렇게 기다리는데 무슨 탈이 나겠어요."

더는 볼 수 없어 집을 나온다. 골목으로 밤바람이 비질을 하듯 불어온다. 밤바람을 타고 바람이 가는대로 간다. 바람과 나는 매연 속을 떠돌다 낯선 골목으로 들어간다.

도둑고양이가 쓰레기통을 뒤지다 언뜻 나를 바라본다. 광선에 가까운 저 빛, 내가 세상에서 마지막으로 보았던 빛. 나는 저 광선의 눈빛을 잊지 못한다.

벚나무 아래서, 그 깜찍한 계절에, 나는 어울리지도 않게 총질에 대해 말했고 너는 그런 내게 진절머리를 내고 있었는지도 모르겠다. 나는 술기운을 빌어서라도 비열했던 나를 각색해야 했다.

각색은 서툴렀다. 아니, 각색도 뭣도 아니게 방향을 잘못 잡았다. 내가 월남에 갔을 때 넌 뭘 했느냐고, 연애라도 하지 그랬냐고, 생각해주는 척하면서 참전 사실을 은근히 드러냈다. 너는 그런 나를 굳세게도 잘 참아냈다. 그보다 기회를 엿봤다는 게 맞다. 내 총으로 나를 쏠 기회 말이다.

나는 술에 취한 채 내 관자놀이에 총을 겨눴다. 죽고 싶을 때 아니면 죽이고 싶을 때 총을 꺼내본다는 말을 했다. 너는 총을 쏴보지 않아서 모를 거라는 말도 했다. 그때까지도 너는 잘 참고 있었다.

나는 잘 참고 있는 네가 왠지 근지러웠다. 방아쇠울에 손가락을 끼고 빙빙 돌리다, 목구멍에 들이밀다, 이마 한가운데에 갖다 대다, 온갖 지랄을 떨어가며 주체할 수 없어졌다. 무엇을 주체할 수 없었던 걸까. 삶이, 전쟁터처럼 왜곡되어 있다는 것일까. 아니면 열대와 우기와 낯선 복장들, 죽는 순간의 얼굴들이 주체할 수 없었던 걸까.

나는 그렇게 정체모를 것들에 끌려 다녔다. 그때 너의 얼굴엔 나만큼이나 정체모를 것이 떠돌았다.

너는 한참을 침묵하다 입을 뗐다. 생각이나 감정이 들어있지 않은 듯, 평면과도 같은 목소리였다.

"내가 다리를 절며 걸을 때 사람들은 나를 해충처럼 보지. 생전 목욕도 안 하고 세수조차 하지 않은 걸로 알지. 마치 전염병 환자와 같이 있는 것처럼 꺼려하기도 하고, 학교 문턱엔 얼씬거리지도 않은 걸로 단정 짓기도 하지. 너는 그 냉대의 시선을 아니? 콩을 죽이고 총질할 때 내가 뭘 했냐고? 내가 할 수 있는 게 무엇이었겠니. 튼튼한 다리를 용서할 수 없었다거나 월남에 간 너를 부러워했다고 말하길 바라니."

너의 눈동자와 목소리는 말의 내용과는 달리 무척이나 차분했다. 아니, 차갑다고 해야 하나. 네 눈과 목소리에서 동정도 동의도 구하지 않겠다는 뜻을 읽었다. 나는 그런 네가 마음에 들지 않았다. 지독히도 무심한 것이, 냉정하도록 차분한 것이 비위에 거슬렸다.

나는 관자놀이에 총구를 꾹 누른 채 말했다.

"고상한 척 하긴. 네 말대로 튼튼한 다리를 죽이고 싶지 않니? 사람을 죽이는 건 생각보다 쉬워. 이 방아쇠에 조금만 힘을 주면 돼. 말하자면 검지 하나가 생과 사를 쥐고 있는 거지. 손가락 병신도 할 수 있어."

나는 관자놀이에 총구를 겨눈 채 너를 유인했다. 너는 내 유인을 뿌리치려는 듯 천천히, 총을 잡고 있는 내 손을 잡았다.

"그런 소리 하지 마라. 넌 내 친구야. 월남전에 갔다 온 조국의 아들. 오래 살아야지."

그 말을 하며 너는 방아쇠에 대고 있던 내 검지를 네 검지로 당겼다. 그 순간 너는 참고 참았던 말을 뱉듯이 말했다.

"네가 나를 친구로 삼아준 것에 감사하길 바랐냐. 너는 죽고 싶을 때 아니면 죽이고 싶을 때 총을 잡는다고 했지. 나는 살고 싶을 때 총을 쏜다. 지금처럼."

네가 하는 말은 총소리와 함께, 오브라디 오브라다의 흥겨운 음과 함께 내 관자놀이를 관통했다. 땀이 얼음이 되는 순간이 이럴까. 동상에 걸린 발이 불에 닿을 때가 이럴까. 나는 몹시도 뜨겁고 따가운 감각을 한꺼번에, 한순간에 느끼며 쓰러졌다.

내가 피를 뿜어대며 쓰러질 때 너는 지금의 저 고양이의 눈빛과도 같은 눈으로 나를 보았다.

"내가 널 죽였으니 네 가족은 내가 책임지겠다."

아내는 그 말이 끝나기를 기다렸다는 듯 네 품에 쓰러졌다. 짜고 치는 고스톱처럼 아내는 자신의 역할을 훌륭히 해내었다.

세은의 울음소리가 났다. 그 소리는 살을 찢어대게 날카로웠고 벚나무 꽃잎을 흔들었다. 벚꽃 잎이 탄피처럼 내 몸에 떨어졌다.

경찰이 왔다. 내 총엔 네 지문이 없었다. 총을 쏜 각도며 자세, 만취한 상태며 아내의 증언은 월남전 때의 트라우마를 극복하지 못해 자살한 것으로 끝을 냈다. 네가 나를 쏜 게 아니라 내가 나를 쏘게 한 그 치밀한 계획이라니. 너는 한방에 러닝 홈런, 그라운드 홈런을 했다. 그것도 모른 채 나는 너를 유인한 걸로 알았으니 삶의 구조를 가벼이 여긴 건 맞다.

네가 원하던 바, 내가 원하던 바, 나는 속 시원히 죽었다. 너 자신을 시그널로 두고 그 신호에 따랐을 너. 너 외에 어느 누가 그러한 너를 감당할 수 있을까.

그때 네 눈은 죽은 자의 부릅뜬 눈이랄까, 너무도 맹렬했고 텅비어 있었다. 그 눈과 내 눈이 마주쳤다. 네 눈은 내 눈을 보고 있는데…… 잠깐만, 아, 잠깐만.

…… 네 눈은 내 눈을 보고 있는데, 보고 있지 않았다. 그러한 게 가능할까 싶은데 가능하다는 것을 알았다. 그것은 너의 모든 에너지가 한곳에 집중되어 일시에 나를 통과해 다시 네게로 돌아가 그 무엇도 아닌 것이 되는 그런 거였다. 전부가 들어있으나 그 무엇도 들어있지 않은 눈. 세상의 처음이자 마지막과도 같은 눈. 그 눈이 내내, 너를 잊을 수 없게 한다.

• • •

밤바람을 타고 달빛 위를 걷는다. 말캉한 이 느낌이 미련도 후회도 애착도 던지라고 타이른다. 나는 그렇게, 밤바람을 타고 이 밤을 맞는다. 내가 이렇게 하는 지금 아내는, 세은은, 너는 무엇을 하고 있니. 네가 너만의 시그널로 나를 쏘았듯, 나는 밤바람을 시그널로 앞장세운다.

밤바람이 너를 향해 간다. 너는 아내가 사는 아파트 앞에 차를 세운 후 운전석을 젖힌다. 자려는 모양새인데 너는 아내가 사는, 불빛이 환한 창에서 눈을 떼지 못한다. 무엇을 찾으려는 거니. 혹시 판타지를 꿈꾸는 건 아닌지.

삶은 판타지를 원한다. 네가 한 여자를 기다리게 하는 것도 판타지다. 고통스러운 판타지. 하필이면 왜 그런 판타지를 택했는지 모르겠지만 부디, 인간만이 가진 자존심을 욕되게 쓰지 않길 바란다.

너는 아내가 사는 집을 보며 바지 지퍼를 내린다. 네 손이 바지 속에서 부지런을 떤다. 너를 보고 있자니 독일 나치스의 친위대 SS맨이 떠오른다.

SS맨은 유대인 여자가 고문 받는 걸 지켜본다. 군복은 칼 같이 서 있고, 칼라엔 번개 모양의 SS표식이 붙어 있다. 팔뚝엔 붉은 바탕의 완장을 차고, 완장엔 갈고리 십자형의 하켄크로이츠 문양이 새겨져 있다. 허리는 콘크리트 벽처럼 꼿꼿하고, 양 다리는 돌기둥인 양 딱 벌리고 있다. 가죽 장화는 무릎 바로 아래까지 타이트하며 번쩍번쩍 광이 난다. SS맨은 그 자세로 바지 주머니에 두 손을 찔러 넣는다. 고문당하는 여자를 보며 SS맨은 바지 주머니 속에서 마스터베이션을 한다.

극한을 볼 땐 몸도 극한이 되는지 묻고 싶다. 너는 한 여자가 너를 기다리는 것을 알면서도 가지 않는다. 고문 받는 유대인 여자와 너를 기다리는 여자, SS맨과 너, 그 관계가 어째서 지금 하나로 보이는지 모르겠다. 지금도 그라운드 홈런, 러닝 홈런을 꿈꾸고 있어서 그렇다면 할 말이 없다.

밤바람이 아내가 사는 집 앞 공원 나무로 올라간다. 나와 바람은 앙상한 나뭇가지에 올라 겨울 끝자락에 온라탄다. 시림들이 어깨를 움츠리고 종종걸음을 친다. 사람들의 입에서 입김이 나온다. 조각달이 덩그러니 겨울밤을 채운다.

공원 벤치엔 위로 받지 못한 영혼 하나가 휴대폰에다 문자를 친다. 답이 오지 않는지 다시 문자를 친다. 손가락이 쉴 새 없이 문자를 치고 치더니 두 손으로 얼굴을 감싼다. 어깨가 들썩이는가 싶더니 흘러내리는 눈물을 주먹으로 문댄다. 위로 받지 못한 영혼이 벤치에서 일어나 조각달을 멀리 하고 간다.

나도 나뭇가지에서 일어난다. 앙상한 이 나뭇가지는 벚꽃이 찬란했던 나뭇가지와는 다르다. 잎 하나 없는 가지는 흔들리는 마음과도 같이 위태롭고 불안하다. 바람도 오래 머물 수 없는지 편한 자리를 찾아 자리를 뜬다. 나는 바람과 함께 아내가 사는 집안으로 스며든다.

아내는 소파에 앉아 홈쇼핑을 보고 있다. 반바지에 반팔 티셔츠를 입고 손엔 휴대폰을, 눈은 티브이를 향해 한껏 열려있다. 아내는 화면에 나오는 전화번호를 빠르게 휴대폰에 친다. 아내가 전화번호로 믹서를 주문한다. 믹서 주문이 끝나자 채널을 돌린다. 다시 휴대폰을 열더니 굴비 세트를 주문한다. 그 다음엔 건강식품이라는 무엇을, 그 다음엔 차렵이불을, 그 다음엔 정장 바지를, 그 다음엔 화장품을, 아내의 주문은 홈쇼핑의 메뉴가 바닥날 때까지 이어진다.

아내는 홈쇼핑을 마치자 베란다 창가로 간다. 아내의 목덜미에서 쓸쓸함이 빗물처럼 흘러내린다.

아내가 거실로 들어간다. 오디오 앞에서 잠시 망설이다 오브라디 오브라다를 튼다. 아내는 오브라디 오브라다를 들으며 베란다 창가로 간다. 흥겹게 발가락이나 손가락을 까딱거리는 게 아니라 멍한 눈으로 화초에 눈을 둔다.

아내는 무엇을 생각하나. 언제 올지 모를 사람을 기다리는 것보다 홈쇼핑을 하는 게 낫다고 여기나. 언제 올지 모를 사람을 기다리는 것보다 택배기사를 기다리는 게 낫다고 여기나. 언제 올지 모를 사람을 기다리는 건 화초가 시들게 되는 과정과 같다고 여기나.

아내는 베란다에서 나와 와인셀러를 연다. 칸칸이 들어찬 와인을 보며 아내가 픽 코웃음을 웃는다. 아내는 손에 닿는 와인을 꺼내 코르크 마개를 딴다. 펑, 밀봉되었다 터지는 음이 아내의 코웃음보다 진지하다.

아내가 와인 잔에다 퐁퐁, 와인을 따른다. 아내는 강가로 소풍 갔던 시절엔 있는지도 몰랐던 와인을 물마시듯 넘긴다. 아내가 홀짝거리던 와인을 단숨에 넘긴다. 꿀꺽꿀꺽, 시원스레 식도를 타는 소리가 어쩐지 쓸쓸하다.

아내가 다시 한 잔을 따른다. 아내는 반쯤 마시다 병을 들어본다. 병 속 액체는 바닥을 향해 간다. 아내가 병을 흔든다. 찰랑찰랑, 찰랑찰랑. 아내는 소리가 듣기 좋아선지 아쉬워선지 병에 귀를 대고 자꾸 흔든다.

아내가 와인 병을 들고 침실로 간다. 침대 옆 보조탁자 서랍을 열더니 알약이 든 병을 꺼낸다. 아내는 손바닥 가득 알약을 쏟아 단번에 털어 넣는다. 아내가 픽, 콧소리인지 헛웃음인지 모를 음을 내며 와인을 병째로 들이켠다.

아내가 침실을 나온다. 거실은 여전히 부동 상태다. 소리도 냄새도 없는, 네모반듯한 침묵이 무겁게 짓누른다.

아내는 빈 술병을 마치 젖먹이를 안듯 품에 안고는 거실을 왔다 갔다 한다. 아내가 다시 오디오를 튼다. 오브라디 오브라다가 예전과는 달리 들썩임도 흥도 없이 음을 내보낸다. 아내는 노래에 맞춰 어설프게 팔과 다리를 흔든다. 계속 그 동작으로 작은방을 열어보다 주방으로 간다. 주방에서 다시 침실로, 침실에서 드레스 룸으로 간다.

아내는 드레스 룸의 문을 닫더니 한동안 그 자리에 서 있기만 한다. 아내가 빈 술병의 주둥이를 관자놀이에 대더니 빵! 하고 말한다. 아내는 아이들이 전쟁놀이를 할 때처럼 쓰러진다.

얼마 후 도어락 누르는 소리가 난다. 네가, 조금은 초조해진 낯빛으로 들어온다. 너는 잠시 소파에 앉는가 싶더니 침실 문을 열어본다. 아내가 없자 다시 소파로 가 앉는다. 너는 아내를 찾는다는 사실에 모욕감이 든 듯이 보인다. 낯빛은 변함이 없지만 걸음걸이는 보통 때보다 딱딱하고 절룩임의 각도 크다.

너는 아내의 집을 나와 자동차로 간다. 한동안 운전석에 앉아있기만 하더니 대시보드에서 권총을 꺼낸다. 진짜 총인지 가짜 총인지 모르지만 총을 양복 안주머니에 넣고 아내가 사는 집으로 간다.

너는 이 방 저 방을 열어보다 드레스 룸을 연다. 아내가 술병을 든 채 쓰러져 있자 머리끝까지 열이 오른다. 그래, 그럴 것이다. 너는 등이 가렵지만 손이 닿지 않아 긁어줄 누군가가 필요했으리라.

사실 너를 봤을 때만 해도 이런 말을 할 생각은 없었다. 헌데 지금의 너를 견디기가 그때의 나를 견디기보다 힘들다.

너는 아내가 쓰러져 있거나 말거나는 아내의 관자놀이에 총구를 댄다.

"네가 뭔데 이렇게 판을 뒤집지? 판을 뒤집을 수 있는 건 네가 아니라 나다."

너는 아내의 관자놀이에 총구를 꾹 눌러대더니 방아쇠를 당긴다. 내 관자놀이에 방아쇠를 당긴 것처럼 당기지만 피는 나오지 않는다. 이번엔 총을 이마로 옮기더니 구멍이 나도록 눌러 방아쇠를 당긴다. 이번에도 피는 나오지 않는다. 네가 가진 총은 장난감 총이든지 총알이 없는 총이다. 너는 그런 식으로 너를 죽여야 할 만큼 무엇에 시달리는 거니. 무엇이 너를 그토록 몰아가는 거니.

너는 아내의 입을 벌려 총구를 찔러 넣는다. 그런 후 아내의 손을 잡아끌어 총신을 잡게 한다.

네 얼굴은 이제 사나움을 토해내지 않는다. 너는 내게 방아쇠를 당길 때와 같은 눈으로 얼마간 아내를 내려다본다.

"깨어났을 때 니 꼴을 봐라. 그 꼴이 네게 어떤 교훈을 주는지."

너를 보고 있자니 패닉상태가 된다. 네가 아내를 죽이며 죽이지 않는 것은, 언제까지고, 변함없이, 너의 존재를 확인시켜 줄 존재가 필요했던 것이리라. 그것이 너를 살아가게 하는 너만의 질서라는 걸, 이제는 알겠다.

나는 부쩍을 하지 못한 채 네 주위를, 아내 주위를 빙빙 돈다. 너는 그때처럼 태연하고 아내는 그때의 나처럼 쓰러져 있다. 벚꽃의 흩날림도 없는데 아내는 피보다 더한 피를 흘린다. 저런 아내에게 벚꽃이, 어린 나비의 날갯짓으로 내려앉았으면 한다.

패닉상태에 빠진 나처럼 별안간 비가 내린다. 나는 비틀비틀 비를 마중하러 간다.

· · ·

비를 머금은 바람이 네온의 빛 사이를 미끄러져 돌아다닌다.
나는 비와 바람과 함께 어느 우산꼭지에 내려앉다 모서리를 스치
고, 젖은 아스팔트 바닥을 훑다 네온의 빛이 닿지 않는 폐차장을
지난다. 한적한 버스 정류장을 거쳐 시공 중인 아파트 단지를 지
나 새로 생긴 지하철역에 이른다.

역사 아래엔 드문드문 사람들이 서 있거나 의자에 앉아 있다.
의자 옆 기둥엔 LED광고판이 붙어 있고 광고판엔 아오자이를 입
은 여자가 원뿔형 모자 넝을 손끝으로 살짝 들어 올리고 있다.

저곳엔 떠나지 못한 내가 아직도 서성댄다. 무전을 치던 내 몸
위에, 탄피가 떨어지고 포탄이 터지던 그 자리에 비가 내렸다. 빗
줄기는 굵었고 줄기찼다.

내 앞으로 동료 하나가 떨어져 내렸다. 작전에 투입되기 바로
전까지만 해도 내게 행운을 바란다고 말해주던 그. 그는 수류탄이
터지는 것과 동시에 무전기 바로 옆에 떨어졌다.

나는 철모를 타고 내리던 빗줄기 속에서, 포연이 자욱한 한가운
데에서 몸서리를 쳤다. 피로 범벅이 된 얼굴, 떨어져나간 한쪽 어
깨, 귀에서 솟구치던 피, 나를 바라보던 간절한 눈, 안간힘을 써가
며 무슨 말인가를 하려고 달막이던 입술, 그 위로 내리꽂던 빗줄기.

나는 등골이 시리고 전신이 와들와들 떨렸다. 무슨 정신인지 모

르게 무전기를 챙겨들고 자리를 떴다. 강변의 벚꽃이 화사하던 그 자리에서도, 동료의 손은 내 다리를 잡고 놓아주지 않았다. 살려달라고, 눈으로 입으로 절실하게 말하던 그. 외출 날이면 술집에 가서 키들대던 그. 베트남 여자와 자봤냐고, 자봤다고 껄렁대던 그.

그를 떨치고 부대로 복귀했을 때 비의 울음소리를 들었다. 그 소리는 동료의 울부짖음 같기도 하고 내 울부짖음 같기도 했다. 비가 올 때마다 나는 울음소리를 듣는다. 매몰차게 돌아섰던 내게, 적지에 동료를 버리고 온 내게, 위생병을 부르거나 업는 시늉을 하기는커녕 손 한번 잡아주지 못한 내게, 비는 드르륵드르륵 총을 갈긴다. 콩에게 총을 갈겼다는 말은 사실이 아니다. 나는 총을 쏘듯 무전을 쳤을 따름이다.

비는, 언제 어느 때 어떤 모양으로 오든 내게 부끄러움을 던진다. 비가 좋다거나 나쁘다거나 무료하게 느껴지는 날은 더는 오지 않았다.

나는 LED광고판을 떠나 역사 밖으로 나온다. 세은을 닮은 여자가 체크무늬 우산을 쓰고 길을 건넌다. 나와 비와 바람은 세은을 닮은 여자를 쫓다 세은이 사는 집으로 간다.

세은은 거실 바닥에 엎드려 빗소리를 듣는다.

저 빗소리는 커튼. 먼지 낀 외부를 차단하는 자연 칸막이. 저 칸막이를 들추면 엄마가 나오지. 욕망이 욕망만 알 듯 엄마는 엄마밖에 모르지. 노을이 무엇인지, 서리가 어떤 것인지, 강물이 왜 강물인지 알고 싶어 하지 않지. 엄마는 행복에 시달리지. 조악한 행복 센서를 브로치로 달고 으스댈 줄만 알지. 엄마의 활극은 수다스럽고 끝이 없지. 엄마하곤 수없이 이별했지만 이별하지 못했지. 엄마와 나는 그때 헤어졌지. 총소리가 나던 바로 그때. 총소리, 그것을 건드리지 마. 아파. 몹시 아파. 다른 생각을 해야지. 다른, 다른 어떤?

세은은 부스스 일어나 책상다리를 한다. 눈을 감고 두 팔을 어긋나게 끼고 미간을 찌푸린다.

나는 시큰한 마음으로 세은을 바라본다. 세은이라는 이름은 누가 지었던가. "세은아 아빠 왔다" 하고 부르면 세은은 기저귀를 찬 채 뒤뚱거리며 달려왔고, 잠이 들 때면 내가 사준 아기 인형을 품에 안았다. 조금 더 컸을 때는 읽어준 동화책을 자꾸만 읽어 달라 졸라댔고, 입고 싶은 옷만 고집했다. 그네를 타다 모래밭에 떨어져 얼굴을 긁히기도 했고, 세발자전거를 타고 골목을 돌다 뛰어오는 사내 녀석과 부딪쳐 자빠지기도 했다.

그리고 벚꽃 소풍이 있었다.

그 후엔 사람보다 피스톨을 좋아한다. 절뚝이는 남자를 원하고, 출판 계약서를 찢고, 혓바늘을 달고 산다.

성인이 된 세은과 나는 가끔 이야기를 나눈다. 슬퍼도 화나도 참지 않을 거야 아빠. 벚나무 말고 다른 나무를 봐라 세은아. 새까만 모자와 마스크와 안경을 쓰고 사는 기분이야 아빠. 캄캄한 밤에도 해가 있다는 걸 잊지 마라 세은아. 사는 게 질려서 질식하겠어 아빠. 일찍 헤어져서 미안하다 세은아. 엄마처럼 될까봐 무서워 아빠.

세은이 눈을 뜨고 팔을 푼다. 세은의 눈동자가 부서져 맴돈다. 세은은 펴놓은 밥상 앞에 앉더니 무언가를 끼적인다.

저 꽃병 속에 찬바람과 두하를, 가뭄과 엄마를, 벚꽃과 슬픔을 우겨넣어. 그런 다음 수의에 싸서 내다버려.

세은은 끼적인 글의 메모지를 떼더니 빈 화병에 붙인다. 먼지가 두껍게 낀 화병은 보라색 메모지를 달고 책꽂이 구석에 박혀 있다.

세은이 화병을 낚아채듯 잡고는 후~ 메모지를 분다.

"반발심도 없는 것들!"

메모지가 팔랑 하더니 내려앉는다.

세은은 아예 화병을 가져다 밥상 위에 놓는다. 세은이 손끝으로 화병을 톡톡 치며 웅얼댄다.

"넌 누구니? 어떻게 내게로 왔니? 수레에서 파는 걸 아무 생각 없이 사왔어. 쓰레기를 버리러 갔다 누군가가 버린 걸 주워왔어. 개밥그릇이나 고양이밥그릇으로도 쓸 수 없는 신세가 똑같다고 여겨서 가져왔어."

세은이 물티슈를 뽑아 화병을 닦는다.

"네게 인기를 줄까. 꽃을 줄게. 꽃은 누구에게나 인기가 좋지."

세은은 다시 메모지에다 뭔가를 끼적인다.

어느 새악시가 오시나 밤의 빗소리가 나긋나긋하여라.

세은은 글 쓴 메모지를 떼더니 도르르 만다. 빨대처럼 길고도 가는 대가 되자 화병에 꽂는다.

세은이 다시 고개를 옆으로 살짝 기울이곤 메모지에 끼적인다.

죽기엔 더없이 고운 벚꽃이었지만 헤어지기엔 가슴 저리도록 슬픈 벚꽃이었어.

세은은 그 메모지도 떼어 도르르 만 다음 화병에 꽂는다.

세은이 다시 글을 쓴다.

신호기가 없는 횡단보도는 횡단보도가 아니야.

휴대폰처럼 배터리가 다 되면 죽는 것, 자연사.

아빠의 죽음은 당겨버린 돌연사.

기쁨이 출몰할 때를 기다리는 것보다 손톱을 깎는 게 좋아.

제일 낯선 호칭은 아빠. 아빠는 십칠 초. 십칠 초 동안 떨어지던 벚꽃.

어깨를 와들거리며 혼자 실컷, 혼자 맘껏, 울어버릴 그때를 기다려.

슬픔은 슬픔에 열중하지.

세은은 여러 색의 메모지에 글을 쓴 다음 떼어서 말고, 만 것을 화병에 꽂는다.

화병엔 노랗거나 붉거나 파란 종이로 된 대가 꽃대처럼 삐죽삐

죽 꽂힌다. 개연성을 찾기엔 시간이 걸리는 글의 꽃들.

세은은 글로 꽃대 만들기를 멈춘다.

세은이 퀭한 눈으로 창 너머 저 어딘가를 바라본다.

출판사에서 책이 나왔다고 알렸다. 세은은 슨생님 소리가 떠올랐다. 아무한테나 책을 내주지 않는다는 말도 생각났다. 출판사로 가기보다 집으로 우송해주길 바랐지만 그 말은 하지 못했다.

세은은 거동이 불편한 사람처럼 느릿느릿 출판사로 갔다. 출판사 입구로 막 들어서자 노년으로 접어든 남자가 나왔다. 남자는 흘끔 세은을 보더니 다리를 절룩이며 주차장으로 갔다.

세은은 뭔지 모를 게 쿵 내려앉았다. 언젠가 어디선가 마주친 듯한 느낌, 지독히도 불쾌한 느낌. 세은은 잠시 그 자리에 있다 편집실로 들어갔다.

편집장은 책이 나왔다고 전화했을 때와는 달리 쌀쌀맞았다. 종잡을 수 없는 게 사람 마음이라고는 하나 편집장의 변덕은 이해하기 어려웠다.

세은은 고개를 까딱 숙이기만 했다. 편집장은 냉랭한 얼굴을 감추지 않았다. 표정은 그랬지만 입에서 나오는 말은 여전히 상냥하고 친절했다.

"여기까지 오시지 않아도 되는데 그랬어요 슨생님. 택배로 부쳐달라고 하셨음 부쳐드렸을 건데 그랬어요 슨생님."

물도 먹어들지 않게 빤들빤들 코팅된 언어들. 세은은 갑자기 죽고 싶다는 생각이 치밀었다. 사격장으로 가야겠구나. 어서 이곳을 벗어나 총질이라도 해야겠구나.

세은은 나온 책을 펼쳐보는 걸로 편집장의 시선을 피했다.

"책이 잘 나왔네요. 애쓰셨습니다."

마지못해 하는 말로 들렸으련만 편집장은 예의 그 슨생님 소리를 해가며 생색을 냈다.

"슨생님도 수고하셨지만 우리 직원들도 다른 거 다 제쳐두고 이 책에만 매달렸어요 슨생님. 사장님이 슨생님 책에 많은 관심을 두시면서 빨리 해주라고 하셨거든요. 슨생님과 사장님은 아는 사이인가요? 이런 예가 없어서 하는 말이에요 슨생님."

세은은 짧게 아니라고 대답했다.

편집장은 아니라는 답에 궁금증을 더했다.

"그래요 슨생님? 사장님은 일루 나오시는 일이 거의 없어요 슨생님. 저도 사장님 얼굴을 잊을 정도예요. 그런데 슨생님 책이 은제 나오느냐고 물으시더니 오늘 나온다고 하니까 몇 시에 오기로 돼 있냐고 그러셨어요. 참, 여기 들어오실 때 사장님 못 보셨어요 슨생님? 슨생님 들어오시기 바로 전에 나가셨는데."

세은은 이번에도 뭔지 모를 게 쿵 내려앉았다. 다리를 심하게 절며 나가던 남자가 이 출판사 사장이었단 말인가. 그는 대체 누구…… 속이 후르르 떨렸다.

세은은 급히 화장실로 갔다. 세면대의 수도꼭지를 틀었지만 비누는 보이지 않았다. 비누, 비누, 비누…… 쌍놈의 화장실! 비누도 없이!

세은은 좌좌 쏟아지는 물에 손을 대고는 마냥 있었다. 가슴이 뛰고 속이 메슥거렸다. 목이 뻣뻣해지고 다리가 후들거렸다.

세은은 화장실을 나와 편집실로 갔다. 편집장은 마우스를 잡고 모니터를 보는 중이었다. 세은이 책을 집어 들었다.

편집장이 자리에서 일어났다,

"가시게요 슨생님. 이쪽 지나는 길 있음 들리세요 슨생님. 사장님이 슨생님을 기다리신 거 같았는데……."

편집장의 마지막 말은 의혹에 의혹을 더했다.

세은은 출판사를 나와 횡단보도 앞에 섰다. 사장이라는 그 사람은 누구인가. 왜 나를 기다렸다는 건가. 갑자기 한기가 몰려왔다. 아니, 그럴 수는 없다.

세은은 십칠 초, 십육 초, 십오 초를 세며 횡단보도를 건넜다. 몸살기 같은 한기가 등줄기를 타고 오르내렸다.

집에 와 구두를 벗는 순간 눈앞이 흐려졌다. 현관 신발장이, 주방 싱크대가, 거실 창문이, 책상으로 쓰는 밥상이, 그 외의 모든 것이 회색 덩어리로 보였다. 귓속이 윙 울렸다. 속이 울렁거렸다. 식은땀이 솟고 다리가 풀렸다. 회색 덩어리가 커다랗게 짙어지며 윤곽을 흐리더니 몸을 덮쳤다. 귓속에서 윙 울리던 소리마저 뚝 끊겼다.

강가의 벗나무가 호르르 바람에 흔들린다, 아빠가 목마를 태워준다, 벚꽃을 따 얼굴을 간질인다, 술을 마신다, 관자놀이에 총을 댄다, 아빠 친구가 총을 잡는다, 총소리가 난다, 아빠가 쓰러진다, 아빠 친구의 얼굴로 피가 튄다, 엄마가 아빠 친구 품에 안겨 부들부들 떤다, 아빠 친구의 얼굴이 납빛이 된다, 아빠는 눈을 부릅뜬 채 저 어딘가를 바라본다, 꼬마는 운다, 전신을 떨어가면 운다, 운다, 운다, 아빠 친구가 엄마를 배에 태워 강을 건넌다, 엄마가 꼬마에게 손을 흔든다, 꼬마는 아빠 곁에서 운다, 운다, 운다…….

세은은 현관과 거실 턱 사이에 쓰러져있다 눈을 떴다. 현관 천장이 울렁거리며 한쪽으로 쏠렸다. 세은은 몸을 일으켰다. 현관 천장이 굴렁굴렁 춤을 추더니 바닥으로 떨어졌다. 세은은 천장에 눌려 다시 정신을 잃었다.

강가의 벗나무는 핏빛이다, 아빠 친구는 얼굴로 튄 피를 닦는다, 꼬마는 운다, 운다, 운다, 아빠 친구가 뒤돌아 선 채 말한다, 울지 마라 듣기 싫다, 꼬마는 울음을 그치지 않는다, 엄마가 꼬마의 입을 막으며 쉿! 한다, 꼬마는 엄마의 손을 잡아뗀다, 아빠 친구가 꼬마의 울음을 뒤로 하고 간다, 절룩절룩 아빠 친구의 걸음걸이에서 총소리가 난다, 탕! 탕! 탕탕탕탕탕…….

세은은 눈을 떴다. 총소리가 지속적으로 머릿속을 흔들었다. 세은은 엉금엉금 기어 거실로 갔다. 거실 창으로 햇빛이 참빗만큼이나 촘촘하게 들이쳤다. 세은은 거실 바닥에 엎어졌다. 책 한 권이 현관 바닥에 떨어져 있는 게 보였다. 출판사에서 보았던 남자의 뒷모습이 어른댔다. 늘 머리에서 떠나지 않던 걸음걸이.

그는 내게 무슨 짓을 한 건가. 알면서도 책을 내준 이유는 무엇인가. 이렇게 되리라는 걸 알았다면 무엇을 어떻게 했을까.

나는 세은 옆에 앉았다. 산다는 건 씨줄과 날줄로 정교하게 짠 태피스트리의 무늬와도 같은 것. 거기서 누군가는 죽어 무덤이 되고, 누군가는 살아 무덤을 덮는다.

세은이 엄지와 집게손가락을 총인 양 관자놀이에 댔다. 나는 세은에게서 눈을 돌렸다. 기억이란 찐득한 고약과도 같은 것임에야. 어찌해볼 수 없는 입덧과도 같은 것임에야.

세은이 툭, 팔을 떨어뜨렸다. 나는 세은에게 나직이 말했다. 기억은 쏟고 사라지는 게 아니란다. 어느 책에는 이런 말이 나온단다. "고통은 우리로 하여금 서로를 기억하게 할 것이다. 훗날 우리가 다시 만나면, 우리는 고통을 통해 서로를 알아볼 것이다."[*]

고통스러움이 어느 인연이 되는 날, 나와 세은 그리고 그들은 서로를 알아보며 웃거나 울거나 묵묵히 돌아설 수도 있다. 그마저 없을 수도 있지만, 그 또한 고통이 트는 물길일 터.

나는 세은이 좀 더 세월을 먹는 어느 날 즈음, 아기에게 젖을 물리며 아무렇지도 않게 벚꽃을 따 아기 볼을 간질이기를 바란다. 그때가 되면 세은은 이따금 나와 이야기하던 걸 멈추고, 아기에게

---

[*] 크리스타 볼프, 한미희 역, 『카산드라』, 문학동네, 2016, 185쪽.

걸음마를 시키고, 동화책을 읽어주며, 지는 해와 돋아난 별을 보여주리라.

세은이 메모지가 꽂힌 화병을 든다. 세은은 싱크대로 가더니 화병 속에 세제를 따른다. 세제가 화병 밖으로 흘러넘친다. 세은이 수도꼭지에 달린 샤워기를 화병에 대고 튼다. 빗줄기를 닮은 물줄기가 화병과 화병에 꽂힌 메모지를 적신다.

그제야 나는 세은을 떠나 허공으로 들어간다.

가설무대와도 같았던 그때의 강변이, 저 아래 어디쯤에서 나른 나른 하품을 풀어놓는다.

나는 기지개를 켜며 호흡을 고른다. 죽음은 살아있을 때나 있는 것. 나, 다시 죽으면 바위나 되어볼까. 누구든 걸터앉아 거친 숨을 쉬어가게 하는 바위.

규범화되지 않은 길에 열광한다.

그 세계는 풍요롭지만 슬픈 기억들도 움식인다.

슬픔은 점묘와도 같은 무엇.

차마 드러내기 힘든 관능의 세포.

태풍의 진로를 정확히 짚어 말할 수 없는 것처럼

슬픔의 진행 방향도 가늠하기 어렵다.

긍정적이어야 긍정하는 세상에서,

슬픔을 노출시키고 봐야 하는 일은 불편할지도 모른다.

슬픔 또한 다양한 옷을 입고 있는바,

그 속내를 건져내는 일에 의미를 둔다.

『은밀한 선언』은 지금 강보에 싸여 있다.

곧 걸음마를 배워 세상으로 나아갈 테고

튼튼한 관절로 달리기도 할 것이다.

추위와 더위를 이겨낼 즈음엔

의미와 의미 저 편을 보기도 할 터이다.

건강하게 자라 숲을 이루는,

한그루의 나무가 되길 바래본다.

한 권의 책이 나오기까지에는 여러 정성이 깃들어 있다.

늘 응원을 아끼지 않는 전상국 선생님,

관심으로 지켜봐주시는 정선태 선생님,

이 글에 마음을 얹어주신 케포이북스 대표님,

열성으로 편집과 교정을 해주신 이정빈 편집자님,

모든 분들께 감사를 드린다.

2020년 5월

김정주